JN221048

フェアリーテイル・クロニクル
～空気読まない異世界ライフ～
8
埴輪星人
Haniwaseijin
安全第一

フェアリーテイル・クロニクル
～空気読まない異世界ライフ～
主な登場人物
Main Characters
長身イケメンドワーフ
カカシ（ゼオ・バッソ）
東《あずま》 宏《ひろし》
ザ・オーバースペック職人
水橋《みずはし》 澪《みお》
シュールな毒舌少女

積極的で行動派な才女
藤堂《とうどう》 春菜《はるな》
何かと頼れる妻帯者
香月《かづき》 達也《たつや》
〝腐〟の才を持つ酒豪剣士
溝口《みぞぐち》 真琴《まこと》

「この飼い主、本当にひどい。
ハニーに会わせてもくれない癖に、
大した権限もない私に対応丸投げしてる……」
宏に恋する健気な諜報部員
レイニー・ムーン
「権力者というのは
そういうものだ、
諦めろ」
ファーレーン王国第二王子
レイオット

これまでのあらすじ

やっとや、ほんまマジでやっとやで
こっち来てから苦節ウン月、ようやく待望のリアルフォーレに到着や！
なんでそないに来たかったって？
んなもん、決まっとるやん
フォーレは職人プレイヤーの桃源郷《とうげんきょう》、鉱石山盛りや！
ここでしこたま掘れば武器に防具に家具に機材、
いろんなもんが一気に充実すんねん
魔鉄や属性鉱石はもちろん、上位鉱石も可能性は十分やし
ここに来たがらへん職人なんざ、モグリもええとこやで

普通の鉄も手に入るやろし、ちょうどええ機会やから
春菜さんもメイキングマスタリー目指して
採掘に精錬、鍛冶なんかをがっつり頑張ってもらおか

っちゅう感じで予定立てとったけど、
そんな風になんもなしに素直にものづくりだけ
楽しませてなんざくれんわなあ

そもそも初日から妙な厄介事に巻き込まれるとか
こらもう、フォーレも平穏無事とはいかん流れやなあ、間違いなく……

フォーレ編　プロローグ

「今日は儂《わし》のおごりじゃ！　飲め飲め～!!」

「おう!!」

「酒じゃ酒じゃ!!」

「じゃんじゃん持ってこい!!」

一人のドワーフの号令とともに始まった宴会を、宏達《ひろし》はどうにも場に馴染《なじ》めない風情で呆然《ぼうぜん》と眺めていた。

「ねえ、お姉さん」

「はい、何でしょう？」

「この街って、いつもこんな感じ？」

「そうですねえ。ここに限らず、ドワーフの多い街の酒場は、いつもこんな感じですよ」

右を見てもドワーフ、左を見てもドワーフという光景の中で、数少ない人間である店員が真琴《まこと》の質問に対して苦笑しながらそう答える。

現在宏達がいるアロゴードマインの街は、ミダス連邦最北端の国・ジェノアとの国境から北に五十キロほどという、フォーレの中では辺境の方に位置する鉱山の街である。鉱山の街であるがゆえに人口の七割がドワーフという少々偏った種族分布をしている街だが、大霊峰《だいれいほう》の山麓《さんろく》にある鉱山の街は大体どこもこんなものだ。

「まあ、今日は大きな落盤事故があったと聞きますし、それが奇跡的に死者、負傷者ともにゼロとなれば、皆さんがはしゃぐのも無理はないかな、とは思いますよ」

「ははは……」

料理を並べながらの店員の言葉に、思わず乾いた笑い声を上げてしまう日本人一行。

というのも、時間は半日前に遡《さかのぼ》る。

☆

「そこおったら危ない!!」

鉱山見学で案内してもらっていた宏達。坑道の入口が見えてきたところで、かすかながら異常な振動音を拾った宏が、血相を変えて叫ぶ。

「はよこっち来たほうがええ!!」

「何じゃ、藪から棒に……」

宏の異常な剣幕《けんまく》に驚き、怪訝《けげん》な顔をしながらも、鉱石を積んだ猫車を押して大急ぎで坑道から出てくるドワーフ達。

二人目が出てきたところで誰の耳にも聞こえるほどの振動音があたりに鳴り響く。

その音に青ざめながら最後の一人が大慌てで出てきたところで、坑道の入口が大きく崩れる。

「落盤じゃ！　落盤が起こったぞ！」

「手すきのやつ、全員呼んでこい!!」

「まだ崩れるかもしれん！　中にいる連中と連絡は取れるか!?」

目の前での大事故に、その場にいた作業員達がにわかに慌ただしく動き始める。

そんな中、慎重に崩れた入口に近づき、落盤の状態を確認する宏。

「これやったら、衝撃与えんと入口掘りかえせるかもしれへん」

「本当か!?」

「今やったら向こう側に人近づいておらんはずやし、ちょっと試しに軽く掘るわ」

宏の言葉に頷《うなず》き、連絡がついた坑道の中の作業員に入口に近づかないよう指示を出す。大事故を前にして、他所者《よそもの》だとか素人だとかそんなことは気にしていられないらしく、実に動きが迅速だ。

その間に宏が、つるはしを取り出し軽く掘って状態を確認する。

「やっぱりや。土木魔法とセットでやれば、これ以上崩れんと掘れる！　兄貴！」

「おう！」

「私も手伝うよ！」

宏の呼びかけに、達也《たつや》と春菜《はるな》が即座に応じる。初級の地属性魔法には土を固めて崩れなくしたり、トンネルを掘ったりするような小技がいくつかある。それらをまとめて通称・土木魔法といい、宏と行動することが多かった達也は、その手の魔法も身につけているのだ。

春菜にしても、最近は土木作業に関わることも多く、あると便利だからと達也から教わっていろいろ身につけている。

「よし！　向こう見えた！　一気に広げるから補強の準備頼むわ！」

「了解！」

高レベルの採掘技能と土木技能を駆使し、わずか数分で崩れた入口を掘りかえす宏。

その圧倒的なスピードに負けず、掘りかえされた岩を邪魔にならないよう次々と撤去していく作業員達。

妙な一体感を持って入口の仮復旧作業を行い、大急ぎで中に取り残されていた人間を避難させ、事故発生から一時間後には全員の無事が確認された。

幸運なことに、入口以外に大きく崩れた場所はなかったようで、自力で動けないような怪我をした者はいなかった。

とはいえ、最初の落盤の際に中で小規模な崩落はあり、その崩れた石が当たって軽い怪我をした者はいたのだが、宏が念のために配ったポーションとそれまでの出来事での興奮により、痛みを感じる暇もなく、怪我をした事実そのものがなかったことになってしまう。

「落盤事故で死人ゼロ、負傷者ゼロか！」

「いや、ポーション飲ませたんやから、そら怪我は治っとるだけやで」

「細けえことはいいんだよ！　どうせ今日は危なっかしくて仕事にはならねえ！　怪我人もなく全員無事だった奇跡を祝って、宴会じゃあ!!」

「おう!!　そうじゃ、お前さんらも来るんじゃぞ！」

「僕らでっか？　別にそないなつもりやあらへんかったんですけど」

「いんや、お主らが功労者であるから、こちらが労《ねぎら》うのは当然だ」

「結局、あたし達ってこういうことになるのね……」

☆

　というわけで、宏達がここにいるのは、落盤事故の救助活動に関わって獅子奮迅の活躍を見せたからだ。しかも、死者ゼロはともかく負傷者ゼロの立役者は彼らであり、その理由が間違いなく宏の特異性にある以上、乾いた笑いを抑えることなどできはしない。

「それにしても、この分だとこの店の酒とか、余裕で全部飲み干しかねんよなあ……」

「もうすでに樽酒《たるざけ》だものねえ……」

　最初の乾杯分だけはジョッキだった酒は、まだ料理も出揃《そろ》っていないというのにすでに各テーブルに一つずつ樽を配置するというやり方で手を抜かれてしまっている。ピッチャーやボトルをすっとばして、いきなり樽である。しかも、ドワーフ達はそこに一切の疑問の様子を見せず、喜々として樽の栓を開けてジョッキに中身を注いで回っている。

　中身がたっぷり詰まった、なかなかの重量がある樽。それを持ち上げて傾けて注ぎ込むやり方をしているというのに、一滴たりともこぼす気配を見せないところを見ると、どうやら日頃からこの飲み方に慣れているようだ。

「なんか、僕ら三人が非常に浮いとるやんなあ」

「そうだよね……」

「未成年万歳？」

「かもね……」

　現在、この店の中で酒を飲んでいないのは宏と春菜、澪《みお》の三人だけである。

この国に限らず、どこの国に行っても未成年の澪はもちろんのこと、宏も春菜もお酒は二十歳になってから、という意識が強い。基本的に真面目な宏と春菜は、日本にいたころも正月のお屠蘇《とそ》や酒を効かせた料理を口にすることはあったが、法的に許されない種類の飲酒はしたことがない。

澪に至っては体が弱かったがゆえに両親がやたらと過保護で、入院するまでは家には一切アルコール類が存在していなかった。そのため、外食などでちょっとお酒を使った料理を食べることはあっても、酒そのものはこちらの世界に来るまで現物を見たことがなかったりする。

故に、未成年組は三人とも、酔うという状態は気になるのだが、酒そのものにはほとんど興味がない。料理の過程で舐《な》めることも多いので酒の味は知っているが、どんな味かを知っているがゆえに、わざわざ法を犯してまで飲みたいとは思わないのである。

「とりあえず、あれだ」

「何？」

「エルフの時のお前らじゃないが、一つどうしても釈然としねえところがあるんだが……」

「あ～、何を言いたいのかは分かるわ。あたしも微妙に釈然としてないし」

身長百四十から百五十センチでビア樽体型かつ、全員見事な髭面《ひげづら》のドワーフ達。どこからどう見ても、どこのファンタジーにも普通に存在する典型的なドワーフである。それが全部男であるなら。

「そうだよね。エルフがああだったのに、ドワーフはすごく原典に忠実なんだよね」

「だからって、男女ともに髭面とか、そこまで原典に忠実ってのはどうかと思うんだが、どうだ？」

「それを私に言われても困るけど」

そう。この世界のドワーフは、男女ともに立派な髭を生やした、いわゆる古典ファンタジーの設定に忠実なドワーフなのだ。見た目だけでは男女の識別は一切つかず、そのくせ、声は普通に人間やエルフの男女と同じ感じなので、話をしていると違和感がひどい。中にはどう見ても親方としか言えないような立派な外見で、春菜やエアリスといい勝負ができるほどの美声を持つ女性ドワーフもいるため、見た目と声とのちぐはぐさがどうにもしっくりこなくて困ってしまうのである。

余談ながら、『フェアリーテイル・クロニクル』の時のドワーフは、男性はこの世界と同じ髭面でずんぐりむっくりのビア樽体型だが、女性はごく普通にずんぐりむっくりのおばちゃん、といった感じであった。言うなれば、和製ファンタジーのドワーフによくある設定だったと言えよう。

ただし、行動原理はこの世界のドワーフと大差なく、宏達もその点については一切違和感を持ってはいない。

「ドワーフがこうなのに、なんでエルフはああなんだろう？」

「澪、おそらくそこ気にしても、答えとか出てけえへんと思うで」

「ドワーフ……合法ロリババアを期待したのに……」

「なぜに澪がそれを期待するんかについては、あとで真琴さんが小一時間ほど問い詰めてくれるとして、さすがにここまで識別が難しいと、僕のセンサーも微妙に精度落ちよるなあ」

ある種切実な問題について、宏がかなり微妙な表情でこぼす。

別にドワーフの男女など識別できなくても問題なさそうなものだが、本質的には女性全般をあまり信用できていない宏のこと。見た目があぁでも中身は普通の乙女である可能性は排除できないのだから、宏がいくら警戒しても警戒し足りないと思うのは仕方がない。

「まあ、とりあえずは折角のおごりだし、今は考えてもどうにもならないことは置いといて、フォーレ料理ってやつを食おうぜ」

「そうそう。トラブルがあったら、その時はその時で考えるしかないよ」

宏の、切実ながらも考えてもしょうがない問題提議に、とりあえず話を切り上げることを提案する達也と春菜。その提案を聞き、苦笑しながら頷いて料理に手をつける宏。

フォーレはジャガイモと腸詰めがメインの、いわゆるドイツ料理に近い食文化を持っている。この世界では酢というものがほぼ使われておらず漬物の類《たぐい》もないため、ピクルスやザワークラウトのような料理はないが、炒め物やサラダなどによくキャベツは登場する。

ダールと違って香辛料は胡椒《こしょう》ぐらいしか使われておらず、その分素材の味がしっかり味わえる。味付けという観点では、ダールの料理よりはかなり日本人向けと言えるだろう。

「このソーセージ、ごっつ美味《うま》いわあ」

「こっちの肉と野菜の重ね焼きもなかなか」

「でも、パンがそのままだと噛《か》み切れないほど硬いのはウルスとかと変わらないよね。アメリカとかドイツとかで主流の、ハードタイプのパンともちょっと種類が違う硬さ」

「ゲームと違ってザワークラウトとかがないのがちっと寂しいよなあ」

「ゲームみたいにドイツ料理そのまま、とはいかないのはしょうがないよ」

とりあえず食うしかできることがない未成年組が、早速食った料理に対して評論を始める。

「なんつうかこう、美味いソーセージ食うと、ホットドッグとか作ってみたならへん？」

「あ〜、確かに」

「つちゅうか、ちょっと調味料こっそり使うて、ひそかにホットドッグ作ったろうか、みたいな気分になっとるんやけど……」

そう言いながら、こっそりケチャップとカレー粉とマヨネーズを取り出す宏。恐らく作るのは関西風の、キャベツにカレー粉で味をつけたタイプのものだろう。粒マスタードは好みが分かれるため、完成後にどうするか考えるらしい。

「宏君、気持ちは分かるけど、お店の中でそういうことするのはやめようね」

「そうだぞ。やるにしても許可を取ってからだ」

飲食店の中で出されたものに勝手に持ち込みの調味料で手を加えるのは、いくらなんでもマナーやら何やらが絡む部分でまずい。

「あ～、ごめんごめん。つい魔がさして」

春菜と達也に窘《たしな》められ、店員さんに見られないうちにさっさと調味料を片付ける宏。

宏が新しい料理を作らなかったことに内心微妙に落胆しつつ、川魚の塩焼きに手を伸ばす澪。

「それにしても、ドイツ料理に似てるっていっても、さすがに野菜サラダ以外で生で食べる系の料理はないか……」

目の前に並んだ料理に舌鼓を打ちながら、そんな妙なことを言ってのける春菜。その発言に、その場にいる人間全員の視線が集中する。

「ドイツ料理に、生で食う料理なんてあるのか？」

「うん。確かメットっていう名前だったと思うんだけど、特殊加工した豚肉を生で食べる料理があるんだ」

「それ、大丈夫なのか……？」

「食中毒とかを起こさないようにするために、育て方を含めていろいろと工夫がなされてるらしいよ。向こうの人にとっては、感覚的にはユッケとかを食べる感じが近いんじゃないかな？　ドイツに行ったことあるけど、食べたことはないからはっきりとは分からないんだけど」

春菜の説明に、納得しているようなしていないような感じの日本人一同。特に、合いびきミンチでひどい目にあった宏はどうにも胡散臭《うさん》そうである。

とはいえ、ちゃんと処理しているとはいえ馬肉でも牛肉でも生や半生で食べる日本人が、いくら対象が豚肉だといっても他国の生食文化を否定するのはいろいろとおかしいので、あえてこの場は何も言わない。

「まあ、何にしても、ファーレーンとフォーレじゃ得意料理の違いぐらいで、食べてるもの自体は大きくは違わないし、新しい食文化の開拓はあんまりないかも」

「せやなあ。食材もファーレーンからの輸入が結構多いみたいやしなあ」

春菜の指摘に頷く宏。現在テーブルの上には代表的なフォーレ料理が並んでいるが、そのほとんどがファーレーンでも見かけたものばかりで、せいぜいジャーマンオムレツっぽい卵焼きがこちらの独特の料理という程度。ファーレーンのものに比べてはるかに美味いというだけで、ソーセージの類はフォーレにしかないわけではない。

肉類にしても、フォーレは虫やトカゲをよく食べる文化ではあるが、それはファーレーンでもさほど大きく違わない。せいぜい虫やトカゲとそれ以外の肉の割合が五対五か四対六かぐらいの違いでしかない。

また、肉の加工に関してもファーレーンとフォーレはともに燻製《くんせい》文化ではあるが、ブロック肉をそのまま燻《いぶ》すファーレーンに対して、フォーレは腸詰めが主体となる。

これは、国内に山岳地帯が多いためあまり農業に向かず、酪農もそれほど盛んではないお国柄が出ているのではないか、とのこと。

中国のように足が四本のものは机以外何でも食べる、というほどではないにしても、食べられる生き物はできるだけ無駄なく食べようとする文化が根付いているフォーレでは、ブロック肉で燻すより腸詰めにしたほうが無駄になる部位が少なくなるという理由で、仕留めた生き物の肉は何でも腸詰めにする習慣があるのだという。

逆にファーレーンでは、そこまでしないと食べづらい部位は、むしろ加工して肥料に回すのが一般的である。そのため、それほど腸詰めのバリエーションも多くなく、味もフォーレのものに比べると一枚から二枚劣るのである。その代わり、ブロック肉の燻製に関してはファーレーンの圧勝だ。

などと料理の品評をしていると、

「お主ら、ちゃんと飲んでおるか？」

ジョッキ片手にいい感じに出来上がったドワーフが、宏達のテーブルに絡みに来た。

見ると、すでにどのテーブルも新しい樽が空になっており（銘柄が違うのですぐ分かる）、テーブルによっては足元に転がっている樽も合わせて最低三樽は空いているところすらある。

その樽を回収して中身の入ったものを置いていく店員達は、皆細身で年頃のお嬢さんだというのに、かなりの腕力を持ち合わせていると言える。

そんなどうでもいいことをちらりと考えながら、目の前のドワーフに視線を移す一同。この街の鉱山組合の組合長であり、採掘技師としてもトップの技量を持つ男である。

「なんじゃ、折角のおごりじゃというのに、ちっとも飲んでおらんじゃないか」

「あ〜、そっちの三人は、俺達の国だとまだ酒を飲める歳じゃなくてな。戻った時にややこしいことになるから、飲ませないようにしてるんだよ」

「なんじゃ。そんなことを気にしておったのか。別に言わなければ問題になるまいに」

田舎の酔っぱらいのように、とにかく酒を飲ませようと躍起になる組合長。ドワーフの世界では、酒の席で酒を飲まないというのはとんでもない暴挙なのだそうだ。

いわゆる田舎の宴会に出没する酔っぱらいと同じである。

「あのさ、おじさん」

「なんじゃ？」

「味も分からない子供に飲ませるなんて勿体《もったい》ないことできるお酒は、このテーブルには一滴もないの。この子達に飲ませるぐらいなら、全部あたしに頂戴」

このままでは力ずくで飲まされかねないと危機感を募らせ始めたところで、助け舟とばかりに真琴が口を挟む。もっとも、この言い分はかなりの割合で本音だったりするが。

「ほうほう、なるほどのう。ならば無粋なことは言わん。じゃんじゃん飲め飲め!!」

そう言って、店員に持ってこさせた特大ジョッキになみなみと度数の高い酒を注ぎこむ。それを歓声を上げて受け取る真琴。

『とりあえず、酔っぱらいの相手は真琴に任せるぞ』

『賛成』

『真琴姉なら、多分潰《つぶ》されたりしない』

『つちゅうか、真琴さんえらい慣れとるなあ』

『騎士団の連中も、ユリウス以外は酒が入るとこんなもんだから』

　こそこそパーティチャットで性質《たち》の悪い酔っぱらいを真琴に押し付けることを決め、マイペースに料理を楽しみつづける四人。真琴自身そのつもりだったので、そのことについて特に文句を言うつもりもない。

　結局、宏達四人が一足先に引き上げたあとも真琴一人が残り、店の酒を全て飲み干した上でドワーフ達を全員ノックアウトして平然と帰ってきたのは、ここだけの話である。

☆

　ここで、現在彼らがいるフォーレについて触れておく。

　フォーレ王国は、別名『鉄の国』とも呼ばれる、大陸西部三大国家の一つである。大霊峰を挟んでファーレーンの東隣に位置し、ミダス連邦とシャルネ川、およびアルガ川を挟んでダールの北側に位置するこの国は、その別名のとおり鉱物資源が多数埋蔵されている鉱工業国家だ。

　フォーレは国内に多数の鉱脈を抱えている関係上、住人の多くが鉱物資源の採掘を生業《なりわい》としている。そのせいか、国民の実に三割近くがドワーフという一風変わった人口構成をしており、その他の種族も足すとヒューマン種の割合と逆転するという珍しい国でもある。

　鉱山に隣接して街があるためか、街の名前には『～ケイブ』や『～マイン』というものが実に多く、その名前が付いている街は最低でも住民の四割、規模が小さいところだと九割以上がドワーフであり、こういった街がフォーレの人口におけるドワーフの比率を押し上げている理由の一つにもなっている。

なお、なぜドワーフが百パーセントにならないかについてだが、彼らは商売、特に飲食業が著しく苦手であるためだ。苦手な理由は簡単で、人が飲み食いしているのを自分だけ黙って見ているということができないからである。結果として自分の店の売り上げよりも多くの酒を飲み、客に出すよりも多くの飯を食ってしまうため、一部の例外を除いて飲食店をやっても維持できないのだ。

そんな国であるからか、この国を現在治めているゴウト王は、ヒューマン種でありながら巨大なドワーフかオーガと言われても納得できる体格と風貌をしており、性格も外見に見合った豪快な人物である。油断するとすぐに大宴会を行おうとする困った、だが国民から非常に愛されている王だ。

産業は鉱業が発達しており、緯度が高い位置にあるという地理的条件もあって、農業はそれほど盛んではない。硬度が高くそのままでは飲めないほどミネラルを過剰に含んだ水脈が多いため、作れる農作物の種類が制限される点も、フォーレで農業があまり盛んではない理由である。

むしろ、農業に制約があるからこそ、フォーレは多数のドワーフという人的資源を利用し、高品質高性能な金属製品を多数作ることによって、ファーレーンとは別の形で世界に必要とされる国に成り上がったのだとも言える。

しかしそれは、食料に関してはファーレーンに依存しているということであり、それがフォーレとしての最大の弱点として認識されている。

さらに問題なのが、ファーレーンからの輸送ルートが、冬場は使えない北側の街道、もしくは港かミダス連邦とダールという複数の国を経由する南側のルートしかないことだ。この輸送問題はゴウト王の頭を常々悩ませている。

東隣のローレンにはフォーレまで支えるほどの農業生産力は存在せず、ミダス連邦は自分達のことで手いっぱいな上、食糧事情はフォーレとそれほど大差ない。

鉱工業に強みを持ち、農業生産に不安を抱えるフォーレは、必然的に軍事的にも少数精鋭となる。

フォーレは三大国家の中では最も兵の練度が高く、そこに優れた装備が加わるのだから、その戦闘能力の高さは推して知るべしである。

もっとも、それだけの実力があっても、ドーガやレイナ、ユリウスのような特殊例が一人いるだけで半壊しかねないのが、この世界の無情なところではあるが。

ヒューマンとドワーフの国であり、強くて弱い鉄の国、それがフォーレである。

☆

「そういえば、昨日の落盤事故の時、石とか結構回収してたけど、あれいいの？」

朝食の席。パンとスープとサラダ、追加料金のソーセージが出揃ったところで、昨日の宏の行動のうち見過ごせないものについて春菜が問いかける。

「ちゃんと許可は貰《もろ》うとるで」

「だったらいいんだけど」

パンをスープに浸しながらの宏の返事に、特に問題ないのであればと一応納得しておく春菜。

宏が回収していた石というのは、落盤事故で入口をふさいでいた岩盤を砕いたものである。

「それにしても、不自然な落盤事故っちゅう感じやったで、あれ」

「そうなの？」

「あんな坑道の入口近く、それもちゃんとガチガチに補強してあるところが崩れるとか、よっぽどやで」

フォーレに来て早々の物騒な話に、思わず顔を見合わせる春菜と澪。

小さな声で唸《うな》る達也にため息をついて額を押さえる真琴。

不自然という時点で真っ先に思い浮かぶ心当たりはあるが、アロゴードマイン自体は街の規模が大きいものの、そこまで重要な鉱脈ではない。わざわざここを崩す意味を感じない。

「ヒロ、どう見る？」

「何とも言えんとこやで。瘴気《しょうき》も感じへんかったし、爆破とかその類の痕跡もなかったし」

宏のその回答に、ますます唸ることしかできない達也。

不自然な崩落事故。しかも、自分達が訪れたその日に起こった。なのに細工をしてあった痕跡がない。いろいろとあからさますぎて判断に困るのだ。

「まあ、爆破とかで崩すんは難しかったやろうなあ、とも思う。あんなゴツイ塊そのまま落とそう思うたら、よっぽど正確に地層の継ぎ目を壊さんと、ああはいかんし」

「つまり？」

「落盤自体は、おそらく自然現象や」

「……」

一見明らかに矛盾する宏の言い分に、コメントが思いつかずに沈黙する一同。矛盾はするが、回りくどいやり方の積み重ねで自然現象を発生させること自体は、別段不可能ではない。

「……師匠、何か思うところがあるの？」

「思うところ、っちゅうほどやないんやけど、ちょっと地脈をきっちり調べたほうがええかもなあ、って」

「地脈と落盤、関係ある？」

「はっきりとは言えんけど、地脈が弱ってたり流れが変わったりすると、地盤自体が弱なった気がすんねん。何度も言うようやけど、枝分かれが始まっとる広場やなくて一本道の坑道、それも入口付近のがっちり補強されとるところで、明らかに坑道の幅より広い岩盤が崩れて押しつぶされて埋まる、みたいな派手な落盤事故が起こる、っちゅうたら、地脈を疑ったほうがええかもなあ、って」

澪の質問を受けて土木と採掘、二つの高レベルスキルによる知識でそう判断を下す宏に、再び沈黙するしかない一同。

宏の言うとおり地脈がらみだとすると、今後も似たような事故が頻発する恐れがある。何しろ採掘の仕方の問題ではないのだから、現場の人間には予防のしようがない。

「……で、具体的にはどうやって調べるの？　やっぱり本殿を探す？」

「まあ、それしかないわな。おっきい地脈は大体神殿が押さえとるし」

「だとしたら、とりあえずは首都のスティレンを目指す感じだな。この世界の首都ってのは、大抵デカイ地脈の上にあるんだろ？」

「せやな。神殿も主要なんは大概首都の中か近くにあるし、まずはスティレンやな」

今後の方針を確認してきた春菜に対し、話をまとめる達也と宏。地脈に問題があるとすれば、神殿に何らかの異常が発生している可能性が非常に高い。

とはいえ、国外の人間に神殿の本殿の所在地がはっきりと伝わっている国などファーレーンとダールぐらいなもので、フォーレの場合は一番大きな地脈を押さえている神殿がどの神を祭っているのかすら、よその国の人間には伝わっていない。

「フォーレで祭られてる神様って、確かエルザ様だったかしら？」

「そう聞いてるな」

「五大神の一柱、か……」

実に狙われやすそうな設定の神様に、同時にため息をつく達也と真琴。

「入った途端に厄介事の気配が漂ってくるとか、この国も難儀な状況にありそうだな……」

「何を今更。そもそも、上層部が難儀な状況にない国なんて、向こうだろうがこっちだろうがほとんどないよ」

達也の嘆き節に、苦笑交じりの春菜の突っ込みが炸裂《さくれつ》する。その身も蓋《ふた》もない意見に反論できず、残りのスープを飲み干して誤魔化すことにする達也。

「せめて、政治がらみのごたごたが起こってないといいんだけど。どうにもあたし達、国家規模のごたごたに巻き込まれがちなのよねえ」

「まあ、さすがに毎回毎回国の中枢に関わるっちゅうことはあらへんやろうし、今度こそそういうフラグは頑張って回避しようや」

「回避できるといいんだけど、ねえ。っていうか宏。ファーレーンの時もダールの時も、国の中枢に目をつけられるのってあんたが余計なことしたせいじゃないの！」

「ファーレーンの時は偶然やし、ダールん時は恐らく最初から目ぇつけられとったと思うけど……」

真琴のきつい指摘に対して、言い訳がましいことを言って責任逃れを試みる宏。

実際のところ、ファーレーンの時は目をつけられていなければこの世界そのものの危機だっただろうし、ダールに関しては最初から王室からは注目されていたのだが、強硬策で無理やり関わらされることになったのは宏のせいなのだから、そういう意味では反論の余地はない。

「まあ、それはそれとして、最初の話に戻るんだけど……」

「最初の話？」

「回収してた石って、あれ何？」

「ああ、あれか。含有量は多めやけど、基本単なる鉄鉱石やで。春菜さんらの鍛冶《かじ》と精錬の練習に使おうか思うてな。救助ん時に放出したポーションの量とか岩盤砕いて撤去した時の作業量と難易度とか考えたら、あれ全部貰《もろ》うぐらいは全然問題あらへんかったし」

春菜の質問に対して、最初から予定していたことを告げる宏。

そもそもわざわざこの街の鉱山に足を運んだのも、春菜と澪、それからファーレーンにいる職員達に精錬と鍛冶の訓練をさせる材料を集めるためだったのだ。さらに可能であれば、春菜の練習のために自分達で鉄鉱石を掘りたかったのだが、今回に限っては落盤事故とその後のごたごたのため、そこまでは手が出せなかった。

「練習するのはいいが、どこでどうやってやるんだ？」

「一応携帯用溶鉱炉と鍛冶セットはあるから、やろう思うたらどこでもできんで？」

「携帯用溶鉱炉って、なんだよ……」

「その名のとおりや。イグレオス様のおかげでな、持ち運べるサイズで十分な熱量を確保できる炉が作れたから、こういう時のために用意しといてん」

「大丈夫なのかよ、それ……」

いろいろ突っ込みどころの多い新アイテムに、不安やら何やらを隠しきれない達也。

因《ちな》みにこの携帯用溶鉱炉、折り畳み圧縮機能で持ち運ぶ時は懐に入るサイズになるが、展開すると大体普通のかまどより二割程度大きなサイズになる。その程度のサイズゆえに一度に製錬できる量はたかが知れているが、作れるものの品質は一般的な溶鉱炉と大差ないどころか、様々な補正がかかる分、こちらの炉の方が何割か上になる。

なお、明らかに質量保存の法則を無視してモーフィング変形しているとしか思えない折り畳み圧縮機能については、突っ込みを入れるだけ無駄である。さらに言えば、最初から普通サイズの溶鉱炉を持ち運び用のカプセルに収めたほうが早くないか、という突っ込みも、この手の夢とロマンが詰まった趣味の世界に対しては無粋なだけであろう。

「まあ、何にしても、や」

日頃の癖で食べ終わった食器を全員分ひとまとめにして持ち運びしやすいように片付けつつ、現時点で決めていることを告げることにする宏。

「この街に長居してもしゃあないし、今日はとっとと出発やな」

「そうだな」

「製錬の練習とか鍛冶の練習とかは、途中休憩の時にやろか」

「休憩中にやるんだ……」

宏の無体な言葉に、春菜がなんとなく遠い目をしながら呟《つぶや》く。

まだまだ真琴や澪には大きく劣るが、そろそろ一般的な七級の冒険者よりは大幅に頑丈で力持ちになってきた自覚がある春菜。向こうの世界にいた時から元々家業の手伝いで意外と筋肉質な体つきをしていた宏はともかく、春菜達は見た目にはほとんど筋肉は付いていないように見える。

このあたりはどうやら、さぼっても能力値が落ちない特殊仕様の影響が大きいらしく、成長期の澪以外は新陳代謝によるものを除いて、ほとんど外見の変化がない。正直あまりマッシブな体つきになるのは勘弁願いたいところなので、こういった疑問は深く考えないようにしている。

爪や髪、ひげ、身長などは普通に伸びるのというに、あれだけ毎日美味いものをたらふく食べて酒を飲んでも太ったりしないところは実に不思議な感じがするのだが、それで特に困ることもないので、ありがたく恩恵は受け取っている。

歳をとることによる老化の影響に関しては、一番年上の達也ですら次の誕生日で二十七なのではっきりとは分からない。そもそも、それが分かるほどこの世界に長居するのは、達也が壊れそうなので勘弁願いたいところではあるが。

「まあ、方針も決まったことだし、さっさと首都目指して出発するか」

「せやな」

これ以上ごたごたと話していたところで意味はない。あまり出発が遅れるとまたドワーフ達に捕まりかねないこともあり、さっさと出発を宣言する達也。

「ご馳走《ちそう》さん、会計頼むわ」

「はーい。ソーセージ五本追加で二十ドーマです」

「ほい」

告げられた料金（大体ファーレーンの通貨で二十チロルぐらい）を支払い、さっさと宿を立ち去る一行。このあと休憩のたびに春菜が練習で作った武器や道具類、これの処理で本人達が直接絡まないところでいろいろと波乱を起こすのだが、それはまだ先の話である。

そんなこんなで彼らのフォーレでの物語は、開幕から波乱含みで幕を開けるのであった。

フォーレ編　第一話

フォーレに入ってから一週間、ぎりぎり五月上旬のこの日。宏《ひろし》達はいまだに首都・スティレンにたどり着いていなかった。

理由は簡単で、

「こらあかんわ。完璧に異界化しとる」

「だよなあ。外に出るための転移魔法が、完全に阻害されてやがる」

「感じから言うて、異界化の解消狙うより先に、坑道から街に広がらんように対策打つこと考えたほうがええと思うで」

といったトラブルに見舞われていたのである。

フォーレで一番の鉱石産出量を誇るクレストケイブ。宏達が到着した二日ほど前、今からだと四日ほど前に、その坑道が突然異界化したのだ。その関係で昨日ぐらいから七級以上の冒険者資格を持つ人間は全員調査に駆り出され、やや深いところまで潜《もぐ》っていろいろと確認している最中だったのである。

「大分進んでるの？」

「かなり進んどるうえに、おそらくコアは最初の時点で坑道がつながってへん相当深い場所にあると思うわ。っちゅうか、すでに地図に存在せえへん道ができとる時点でいろいろアウトやろう」

異界化の程度を判別する感覚が、メンバー中で一番鈍い真琴《まこと》の問いかけに、瘴気《しょうき》やら何やらの流れと物理的に誰でも確認できる要素との両面で答える宏。

もはやこの中は、完全にダンジョンに変わってしまっている。

「宏君、どう思う？」

「どう、っちゅうてもなあ。僕の考察やと、恐らくこの鉱山のかなり奥の方、人の手で落盤起こさんと掘れるかどうか微妙っちゅうぐらい深いところに発生した瘴気だまりが、じわじわ大きなっていったんちゃうか、っちゅうとこやねんけど」

「ボクも師匠に一票」

「瘴気の流れとかから言って、私もそれしかないとは思うんだけど……」

「まあ、不自然ではあるなあ」

飛びかかってきたこうもりを叩《たた》き落としながら、微妙にうんざりした感じの会話を続ける宏達。

残念ながら、こういうことをやりそうな連中には山ほど心当たりがある。

「まあ、仮に原因が連中やったとして、すぐに接点持つかどうかは分からへんし、とりあえず当面はここを徹底調査やな」

情報が少なすぎて今考えても仕方がない話題を打ち切り、目先の依頼の方に集中することを提案する宏。その手にはなぜかつるはしが握られている。

「そういうわけやから、ダンジョンの確認のために、あっちこっち軽く掘って回ろうか」

「それ、いいの？」

「ちゃんと許可は取っとるし、これはかなり重要な調査やねんで」

そんなことを言いながら、春菜《はるな》と澪《みお》にもつるはしを渡す宏。その顔には、早く壁を掘りたいと書いてあった。

「とりあえず兄貴と真琴さんは、モンスター警戒しとって」

「はいよ。それで、どの程度掘るんだ？」

「まずはここらで一人籠《かご》一杯分ぐらい、それからちょっと奥に行ってまた一人籠一杯ぐらい、っちゅう感じで、十カ所ぐらい掘るつもりや」

「そんなに掘るのかよ？」

「鉱山やからな。鉱石があるかどうかとか、どういう分布になっとるかとか、あと、掘ったあとがどうなるかとかはかなり重要やで」

宏が唐突に壁を掘ることを主張した理由、それは実に納得がいくものであった。恐らく素材を掘りたいという趣味の部分が最優先なのは間違いないにせよ、それしか考えていないわけではないのも事実のようだ。もっとも、

「このあたり、かなりええ感じやで」

非常にウキウキした感じでつるはしを振り下ろす宏を見ていると、理由の方が後付けの理論武装であることがはっきりしているのだが。

「それで、その掘った鉱石はどうするんだ？」

「どうするも何も、今回の分は全部鉱山組合に提出やで」

「そうなのか？」

「せやで。ちゃんと地図とセットで、どこでどの鉱石が取れたかを証拠物件として提出せなあかんねん」

「それ、タダでか？」

「いんや。分布図の報酬とは別個で、鉱石の内容と品質に応じての買い取りや。今んところ他の冒険者に壁掘るほどの余力はあらへんみたいやから、分布図にしても鉱石にしても、報酬は僕らが独り占めやで」

そんなことを言いながら、あっという間に自身のノルマを完了させる宏。澪も五分ほど遅れて終わらせる。

「宏君……、これ籠一杯は……、かなりきついんだけど……」

「そこはもう、スキルの熟練度の問題やからしゃあないわ」

「それは分かってるんだけど……」

まるで地面にエネルギーを吸い取られていくかのように、加速度的にスタミナを消耗する春菜。他の生産スキルの訓練でも感じたこの脱力感は、何度やっても慣れるものではない。

結局、春菜がノルマをクリアしたのは、澪が終わってから十五分ほど経ってからであった。

「むう、疲れた……」

「お疲れさん。少し休憩したら、次のポイントやな」

「は～い……」

宏の台詞に心底だるそうに答えつつ、荷物からタオルと飲み物を取り出す春菜。飲み物にスタミナ回復の効果は特にないが、そんなことは関係なくとにかく喉が渇いているのだ。

「予定ポイント全部終わる頃には、大分作業早く終わるようになってる思うで」

「だといいんだけどさ……」

「初級の熟練度十から二十五の間ぐらいっちゅうんが、大概最初の壁や。そこを超えれば成果に対するスタミナ消費がそこそこ割に合うようになってくるから、気分的にそこまでしんどないようになってくんで」

「そういうもの？」

「そういうもんや。経験あるやろ？」

宏に言われて少し考え込み、糸を紡いでいた時のことなどを思い出して一つ頷《うなず》く。

確かに最初の頃はものすごく疲れた割にすぐに糸が切れたりして、肉体的なものだけでなく精神的な疲労も極端に大きかったものだ。それが一日仕事を続けたあたりからある程度普通に糸が紡げるようになり、肉体的な疲労度合いもまだまだきついとはいえ、かなりマシになってきていたのだから、初級の間は意外と育ちが早いのかもしれない。

「まあ、そういうわけやし、そろそろ次行ってみよか」

「そうだね、了解」

宏に促されて、少々大儀そうに立ち上がる春菜。体力はずいぶんと回復してきたとはいえ、まだまだ全快というわけではない。初級の生産スキルを鍛える、という観点で見た場合、レベルも高く多数の戦闘スキルやこれまで鍛えた生産スキルでスタミナにかなりの補正が入っている春菜は、真琴ほどではないにしてもかなり条件が悪い部類になるだろう。

何しろ、初級の間はわずか数秒の作業で最大スタミナの1％を消費する上、スタミナ最大値は回復量に一切影響を与えないのである。消費が固定値になる中級以上になれば最大値が高いほうが有利だとはいえ、初級の作業時間と作業回数は決して甘く見ていいものではない。その上、採掘はスタミナ消費が他の作業に比べて速い。

生産スキルのバランスブレイカーぶりを考えれば、最初の頃のこのきつさは十分納得ができるのだが、それと自分がやって嫌気がさすのはまた別問題である。

（やっぱり、最初の頃にもうちょっと生産スキルきっちり育てておくべきだったかなあ……）

自分から望んだこととはいえ、今更ながらに大層苦労する羽目になり、そんな後悔をする春菜であった。

☆

「ただいま。報酬貰《もろ》うてきたで」

鉱山組合から宿に帰ってきた宏が、銀貨の詰まった袋を取り出しながら帰宅を告げる。

「おかえり。で、どうだった？」

「鉱石の内容に関してはまあ、予想どおり、っちゅう感じやった」

春菜の質問にそう答えながら、地図と持ちこんだ鉱石の内容の一覧をテーブルの上に広げる。

「まず分布に関しては、奥に近いところやと若干属性鉱石とか魔鉄の含有割合が増える傾向があるっぽい。おそらくコアやと思われる場所からの距離が大体同じぐらいの場所に関しては、どこ掘っても大した差はあらへん感じや」

一覧表の内容を食い入るように見つめている春菜達に対して、現時点で内容物の傾向から分かることを説明していく。その説明内容に対して、他のメンバーが思った結論は一つであった。

「要するに、予想どおりってこと？」

「そういうこっちゃな。まあ、サンプルが少なすぎる上に調査隊全体がまだ浅いところしか確認してへんから、あくまで不確定な話ではあるんやけどな」

一同を代表しての真琴の質問に、多少慎重な言葉を混ぜながらも肯定の答えを返す宏。もっとも、このあたりの要素はゲーム的な視点ではある意味当たり前であり、驚くような事柄ではない。

「次に含有割合やけど、これもまあ予想どおりやな」

宏の言葉に頷く春菜と澪。達也《たつや》と真琴も特に反応は返さないものの、意外そうな様子は見せない。

「やっぱり師匠クラスの腕だと、目に見えて魔鉄とかミスリルの割合が増える」

「それが向こうさんにとってええことか悪いことかは分からへんけどな」

澪の指摘どおり、どんな相関関係があるのか、ほとんど同じ場所を掘ったというのに、宏と澪と春菜では、かなり明確に鉱石の内容が違っていた。

ほぼ素人の春菜が掘った鉱石は、ほとんどが質の悪い鉄しか含まれていなかった。キログラム当たりの含有量も少なく、いわゆる屑鉄鉱《くずてつ》と言っても過言ではないものの割合が非常に高かった。

一方で採掘も上級に入っている澪の場合、七割が上質の鉄鉱石、残り三割に魔鉄やミスリルといった中位の金属が混ざった鉱石を掘り出しており、割合表示できるほどではないが大地の属性鉱石が混ざったものも若干産出している。

これが宏になると、普通の鉄鉱石の割合は三割になり、その全てが一度溶かして固め直すだけで普通に一般的な品質の鉄塊に化ける、むしろ純度が低めの鉄と言ったほうがいい品質の代物を掘り出していた。残りの七割のうち魔鉄とミスリルが一対一で六割、これまた溶かして固めるだけでほぼ実用レベルの金属になるようなとんでもないものであり、残りの一割は各種属性鉱石やオリハルコン、アダマンタイトなどの上級金属を含有した扱いに困るものであった。

ある程度予想していたため驚きはないが、それにしても面倒な話ではある。

「内容が予想どおりなのはいいとして、宏が掘るとそういう鉱石がたくさんとれるって話、向こうにしちゃってていいの？」

「それは問題あらへんやろう。ミスリルとか魔鉄がだぶついとるっちゅうことはや、それを普通に掘れるだけの腕持った人間がようさんおるっちゅうことやしな」

「本当に、高レベルってことがそんなに問題にならないって言い切れるの？　他の生産スキルとかのこと考えると、そこまで楽観的に構えて大丈夫とはあたしには思えないんだけど」

「採掘と採取、伐採の三つに関しては、他の生産スキルがあると楽になるとかいうんがほぼあらへんで、ひたすら素材を掘ったり伐《き》ったり採ったりし続ければどんどん上がっていきよるからな。ドワーフみたいな寿命長い連中が毎日掘り続けとったら、何人かは上級カンスト近くまでいっとる思うで」

宏の楽観的な予想に対し、疑わしそうな視線を向ける真琴。宏の異常な製造技能は結構あちらこちらに知られてしまっているが、それでもここまで無防備に漏れてしまうのは、かなり危険なのではないかと思ってしまう。

「まあ、根拠っちゅうにはちょっと弱いんやけど、他にも大丈夫やっちゅう理由はあってな」

「理由？　どんな？」

「量は少ないんやけど、オリハルコンとかアダマンタイトも採掘自体はされてんねん。加工技術が追い付いてへん上に元々普通の鉱山から採れる量がものすごい少ないから、製品としても鉱石としてもまったく流通はしてへんねんけどな」

「……それって、理由になるの？」

宏の説明にいまいち納得がいかず、さらに突っ込んで質問をする真琴。春菜と達也も同じようにあまり納得はしていない様子である。逆に、同じように生産スキルが高い澪は、宏の言葉に納得した様子を見せる。

「産出しとるっちゅうことは、掘れるだけのスキル持った人がおるっちゅうことや。その人連れてダンジョンの壁掘ったら、多分半分ぐらいはミスリルと魔鉄に化けおるんちゃうか？」

「オリハルコンを普通の鉱山で掘りだそうと思ったら、採掘の上級を折り返してないと無理」

宏の説明に、澪が補足を入れる。ゲームの時はフィールドと普通の鉱山、ダンジョン内ではそれぞれ採掘難易度が微妙に違い、また採掘できる鉱石の産出テーブルも大きく違った。

フィールドでは採掘そのものの難易度が高く、そもそもまともな鉱石を掘り出せる場所を見つけるのに、最低でも初級を折り返すぐらいのスキルが必要であった。当然、上位の素材を掘りたければ必要なスキルは跳ね上がり、しかもある程度の危険地帯に入らなければ魔鉄ですらまともに掘れないという、いばらの道を歩む羽目になる。

逆に鉱山は、入るのにクエストと金が必要な半面、採掘ポイントが分かりやすくかつ手に入る鉱石の種類や品質の最低保障もあり、鉄なら鉄、ミスリルならミスリルがほぼ確実に採掘できた。その代わり、フィールドで起こるようなスキルの熟練度によるボーナスのようなものはほぼ存在せず、産出量が多い資源以外のもの、たとえばミスリル鉱山で魔鉄やオリハルコンを手に入れたければ、澪が言うように上級を折り返したぐらいのスキルがなければ入手不可能なのだ。

これが鉱山系ダンジョンの場合はまったく事情が異なり、採掘ポイントごとに採れる鉱石の出現テーブルがランダムに決定される。その決定されたテーブルごとに熟練度と乱数による補正が入るため、場合によっては熟練度が高くても鉄しか採れない、なんてこともたまに起こる。

そのくせ、熟練度が低いとオリハルコンやアダマンタイトはもちろんのこと、魔鉄やミスリルどころか高品質の鉄ですら採掘できない。というよりそもそもスキルが足りないとそういう産出テーブルの時はつるはしが負けるのだから、地味に嫌がらせのような話である。フィールドより強いモンスターが普通に喧嘩《けんか》を売ってくることも考えると、トータルの採掘難易度は一番高いといっていいだろう。

「とりあえず、ゲームん時の仕様と今回のダンジョンの仕様が同じかどうかは分かれへんけど、普通の鉱山と違うてスキルの影響が派手に出とるんは間違いあらへん。この鉱山でも元からたまにオリハルコンが出とったみたいやから、オリハルコンを掘れる人がおるんは間違いあらへんしな」

「なるほどな。そういえば、掘った石の中の素材含有量とか、どうやって確認してるんだ？」

「腕が上がれば大体見て分かるようになるんやけど、正確に調べよう思うたらサーチメタルっちゅう魔法使うねん。この魔法使えば、何がどんぐらい混ざってるか一発で分かる便利な魔法やねんけど、残念ながら掘りだした石にしか使えんっちゅう制限があってな。鉱脈見つけるんは、やっぱり職人の腕と勘に頼ることになるんよ」

「便利なのか不便なのか分かんねえ魔法だな……」

「便利は便利やで。どんな精製方法やらなあかんかっちゅうんが確実に分かるんやから」

宏の言葉に納得していいのやら悪いのやら、という感じの達也と真琴。

逆に製錬も採掘も鍛えている最中の春菜と澪には、宏の言わんとするその便利さがよく分かるようで、しきりにうんうんと頷いている。

「でまあ、鉱石がらみの話はこんなもんとして、や。これだけやとちょっと調査が足らん、っちゅう話が当然出てきてな」

「まあ、出るよね」

「昨日の今日やから、新しく奥につながった坑道とかほとんど調査してへんし、鉱山としてどうなんか、っちゅうんも確認せんとあかんわけやから、明日からもしばらく協力頼まれてんねんけど、どないする？」

ほとんど回答が決まっているとしか思えない話を振られ、思わず苦笑を浮かべる一同。ここまで話が出ていてダンジョンに潜らないなど、前傾姿勢で受け身の準備をしている芸人の『押すなよ』

という振りを真に受けて背中を押さないようなものである。

「その話の持っていきかたで、別の街に行くとかそういう話には普通ならないよね？」

「まあ、普通ならへんわなあ、当然」

「分かっててそういう振りをするのって、芸人としてどうかと思うよ、宏君」

「やっぱそうやんなあ」

春菜に窘《たしな》められて、これまた苦笑しながら頷くしかない宏。正直、自分でも思っていたことだけに反論の余地はない。

「で、潜るのはいいとして、どの程度本腰入れて攻略する気だ？」

「そこが問題やねん。発生しとるモンスターがどの程度強いかと、ダンジョン潰《つぶ》して元の鉱山にするんとこのまま定着するまで放置するんとどっちの利益が大きいか、そこの兼ね合いで決めることになるんちゃうか、っちゅう感じやで」

「だよなあ」

ある意味予想どおりの話に、ため息が漏れる達也。

ダンジョンの発生メカニズムは、簡単に言えば異界化が発生し、それがある程度まで進んで空間が完全に変質することで起こる。時折一足飛びにダンジョンにまで変質することもあるが、ダンジョンといえば異界化の行きつく先の一つであり、異界化していないダンジョンは存在しない。

その仕様上ダンジョン自体はどこにでも発生するし、基本は異界化なので、ダンジョンの存在が定着する前に対処すれば、基本的に元の空間に戻すことは容易《たやす》く、そのことをダンジョンを潰すという。

ここで問題になってくるのが、果たしてダンジョンを潰すことが利益にかなうか、という点だ。そもそもなぜダンジョンを潰すのかといえば、モンスターが外に出てきたり、何も知らない人間や無謀な子供などが入りこんで犠牲になるからである。

ただし、陽炎《かげろう》の塔のように、構造上、もしくは元々の性質的にモンスターが外に出てくるといった問題がない場合、ダンジョンをそのまま飼い殺すのも選択肢になる。ほとんどのダンジョンは、中で出現するモンスターを倒すと、アイテムを落とすか素材を剥《は》ぐことができるので、上手《うま》くやれば多くの利益を得られるのである。

このダンジョンの場合、元々の坑道に湧いて出てくるモンスターは駆け出しの冒険者でも倒せそうなものがほとんどであり、護衛と巡回をきっちりやっていれば元の鉱山として利用するのもそれほど問題がないときている。

今のところ外に出てくる気配もなく、仮に出てこれるにしても入口に頑丈な扉でもつけておけば閉じ込められそうなものしか出現していない。そのため、奥の方から余程凶暴なのが出てこない限り、飼い殺すという選択肢もさほど非現実的なものではないのだ。

「それにしても、私達みたいな平均七級ぐらいの冒険者チームに、よくそんな話を持ってきたよね？」

「昨日と今日の調査やと、基本モンスターと地図のチェックぐらいしかできてへんで、鉱山としてはどうなんかっちゅうんは僕ら以外調べてへんねんわ。せやからデータ取るために、ちょっとええ金属が採掘できてかつ戦闘能力もある集団っちゅうんがどうしても必要になってくるわけや」

「それで、私達に協力してほしい、って？」

「そんなとこやな。明日は今日と同じ内容で、それ以降は別の入口から入って二日ぐらい採掘、全部の入口回った後は二日から三日単位で奥の方を掘って回ってほしい、っちゅうとったわ」

「ん、了解」

鉱山組合の要望を理解して頷く一同。元々、特に急ぐ理由もない旅。この手の寄り道は今に始まったことではない。

「あ、そうそう、春菜さん」

「何？」

「明日からの報酬の一部として、春菜さんが掘った分と僕が掘った分の鉱石は、品質チェックが終わったあとに半分ぐらい貰えるよう交渉するつもりやから、春菜さんはそれ使うて精錬と鍛冶《かじ》の特訓な」

「……やっぱりやるの？」

「もうちょい頑張ればメイキングマスタリーに手が届くはずやから、ここは踏ん張ろうや」

「……分かったよ、頑張ってみる」

宏に励まされ、とりあえずの目標までは頑張ることにする春菜。

正直なところ、紡織や裁縫、製薬などに比べると、いまいち鍛冶や精錬は気乗りしない。なんというか、ごく普通の非力な女の子がする仕事ではないのでは、という印象が強いからである。

だが、これを乗り越えないと、裁縫や紡織の腕を磨くにも厳しいものがある。霊布を使って自分の下着を作るという壮大な最終目標を達成するためには、絶対に乗り越える必要がある試練なのだ。

「師匠、春姉《はるねえ》鍛えるのはいいけど、作った武器とかはどうするの？　今の時点でもそれなりの数作ってるけど」

　重要な問題であるため、とりあえず確認だけしておく澪。それなりの数、といってもほぼ全て失敗作なのだが、そこは春菜の名誉のために伏せておく。

「まあ、おいおい考えるわ。初めて作ったやつは記念にとっとけばええとして、他は使い捨ての消耗品なり、打ち直してそれなりの品質・性能にして売っぱらうなり、どうとでも使えると思うし」

「ん、了解」

　それなりの品質・性能、という単語に一抹の不安を抱えながらも、妥当と言えば妥当な結論にとりあえず納得しておく澪。

　この後、宏がいうところのそれなりの品質・性能という装備が必然的にいろいろと波乱を起こすことになる。それ自体はもはやお約束だとして宏以外の全員が予想していたが、宏以外も全員一致でその波乱を積極的に起こすほうに回るというのは、この時点では欠片《かけら》も予測していなかったのはここだけの話である。

☆

　フォーレの首都・スティレン。情報収集のために宏達より先行すること一週間。

　レイニーは、フォーレ国内で起こっている異変について、かなり困惑しながら報告をする羽目になっていた。

『……つまり、フォーレ国内の鉱山で次々にトラブルが起こっている、ということか』

『うん』

『……鉱山での事故というのは、実際のところはそれほど珍しくはない。妙な空間を掘り当ててガスが充満したり、地盤の緩いところを掘って落盤を起こしたり、坑道内はとかく危険が多い。フォーレではドワーフのおかげでその手の事故が少なく、国の富を支える産業として採掘に関わっている人間はそれなりの地位を得ているが、我がファーレーンを含めて普通の国では罪人の強制労働の定番だからな』

レイオットの台詞に、そうなのかと感心した様子を見せるレイニー。彼女は自我を得てから日が浅いこともあり、こういったある種の一般常識にはどうしても疎い面がある。

『だが、ダールで新たに合計三体のバルドが仕留められた直後ぐらいから頻発し始めた、というのは気になるところだ』

『私も、そこがおかしいと思った』

『バルドらしい存在、もしくは不自然な行動をとっている貴族や有力者の類《たぐい》は居ないか？』

『今のところ、ダールの時ほどあからさまなのは見つけてない。この国はヒューマン種もドワーフに近い価値観の人が多いから、ファーレーンやダールのようなやり方で取り入るのは難しいと思う』

『そうか』

レイニーの報告に、難しい顔をしながら頷くレイオット。

レイニーが指摘したように、フォーレは国全体がドワーフの独特の価値観に影響を受けている。国全体が金や名誉よりも鉄と酒、鉄が出ない領土など水源か穀倉地帯でなければ必要ない、という考え方に染まりきっているのだ。

その影響は当然外交にも出てきており、他の国が重視していない要素で揉《も》めることも結構多い。金銭的な問題や領土の境界線、名誉がどうこうといった、普通は国として重要な要素ではまずトラブルに発展しない反面、酒をケチった、鉄の使い方が悪い、宴会の内容がどうだこうだと、普通国家間の揉め事にしないような内容で騒ぐことがあるので油断できない。

分かっていれば付き合いやすい国ではあるが、隣国としてはかなり面倒な性質をしているのは間違いないだろう。

『……今の段階では、情報不足で判断できないな。他に、おかしなことは？』

『大地母神様の本殿との行き来が減ってる、って言ってた』

『……何とも言えないところだな』

『バルドが何かするっていったら神殿関係かと思ったけど、それを判断できるほどの情報はなかった』

『そうか。ならば引き続き、そちらの方から調査を進めてくれ。こちらでも他の伝手《つて》を使って調べておく』

『了解』

レイオットの指示を受けたところで、通信を終える。その後一つため息をつくと、無表情なまま気合いを入れて立ち上がるレイニー。

「まずは、肝臓と胃袋を鍛えないと駄目かも」

話をするたびに酒を飲まされ、はちきれんばかりに飯を食わされる国、フォーレ。

さすがにヒューマン種の女の好みまでドワーフに毒されているわけではないとはいえ、レイニーの体格ではやせすぎと判断されることも多い。

これが春菜ぐらい胸が大きければ、逆に見逃してもらえるのだが、レイニーは平均よりは大きく見えるほうだとはいえ、巨乳のカテゴリーに入るかどうかは人それぞれ、というラインにすぎない。基本見た目のボリューム重視のフォーレでは、レイニーの引き締まった体はやせすぎで貧弱と見る人が多いのだ。

「太ってハニーに嫌われないように、頑張って運動しないと……」

恋する（?）乙女、レイニー・ムーン。仕事のせいで、生まれて初めてダイエットという難題に向かい合うことになるのであった。

☆

一方その頃、ダールの王宮では、

「鉄の値段に、値上がりの兆候?」

「どうもフォーレの鉱山で事故が頻発しているとのことでして」

「ふむ。それはまた頭が痛いことになりそうじゃのう」

「まったくです」

フォーレ滞在の大使からの重要な連絡に、ダール王宮の主《あるじ》、ミシェイラ女王は険しい顔を隠せないでいた。

「鉄が足りなくなると、国内が大混乱に陥りますぞ」

「うむ。とはいえ、今日明日急に枯渇するわけでもなし、今から派手に騒ぐのは余計な問題を引き起こすだけじゃ」

「ですが！」

「まだ現時点では、単に値上がりの兆候が出ておるというだけじゃ。セルジオ、アクラウス鉱山の採掘量、もっと増やすことはできんか？」

やたら騒ぎ立てる家臣達を抑え、腹心に誰でも思いつく対応策から確認を取る。

「我が国の採掘技術では、安全マージンを見込むのであれば五パーセント程度の積み増しが限界でしょう」

「そうか。では、大地の民からはどうじゃ？」

「それは交渉次第でしょう。ですが、彼らは採掘に限らず、様々な分野において高度な技術を持ち合わせています。交渉の持っていき方によっては直接鉄を買うだけではなく、アクラウス鉱山の採掘に関して技術供与をしてもらうことも可能ではないか、と考えます」

「なるほどな。あとはマルクトあたりに期待をするか。彼《か》の国もフォーレほどではないが鉱物資源は豊富じゃし、我が国ともそれなりに取引がある。前々からの懸案となっていた耐熱煉瓦《れんが》や陽炎の塔で得られるアイテム類の輸出枠、これの拡大と引き換えに鉄を多めに売ってもらえば、値上がりこそ避けられぬが急場はしのげるじゃろう」

大陸東部の大国、マルクト。ファーレーンやファルダニアとの交易のためにダールに立ち寄らざるを得ない彼の国は、ダールにとっても大のお得意様である。そのため元々国家間の仲はかなり良好であったところに、ファーレーンからダールに第一王女マグダレナが、マルクトに第三王女マリアが嫁いでからはファーレーンともどもさらに結びつきが強くなっている。

フォーレのこの情報を聞いていれば、ダールに対して一時的に鉄の輸出量を増やすぐらいのことはしてくれるであろう。

「とりあえず、値段が上がることに目をつぶれば、わが国で使う分に関してはどうにかなりそうじゃ。ファーレーンは元々、どこか一国に依存しておる資源や商品というのはほとんどないから、この件で問題が起こる可能性は低いじゃろう。と、なるとむしろ問題は……」

「ミダス連邦、ですか……」

「そうじゃな。フォーレと地続きじゃというのに、あの一帯の国には碌《ろく》な鉱山がない。此度《こたび》の騒ぎが深刻化すれば、当事者であるフォーレ以上に影響が大きくなりそうじゃ」

女王の言葉に、先ほどとは別の意味で深刻な表情を浮かべる家臣達。

ダールとフォーレに挟まれている、大は人口数百万人規模から小はバチカン市国未満の規模の都市国家まで、全部で十七の小国家が所属するミダス連邦は、全体として見れば弱体なれど、ダールとフォーレの間の交易路を握っている、ある意味重要な国家群である。

ここが混乱に陥った場合、悪くすればダールとフォーレは直接取引が不可能になる可能性があり、最悪フォーレの三分の一という広大な地域が完全にモンスターの巣窟になってしまうかもしれないのだ。そういう意味では、値上がりを我慢してやりくりすれば解決する国内の鉄不足とは、問題の次元が違う。

「いっそ、ミダス連邦を我が国とフォーレで分割併合してしまってはいかがですかな？」

「ウォルディスではあるまいし、侵略者の汚名をかぶってあちらこちらから非難されてまで、あんな碌に資源も農地もないくせに統治しづらい地域を切り取るなどまっぴらごめんじゃ。フォーレとて、話を持ちかけたら同じことを言うに決まっておる」

ミダス連邦が地政学的に重要な位置にあるにもかかわらず、いまだにダールからもフォーレからも侵略されていない理由は、女王が言った事情が全てである。

何しろこのミダス連邦、所属国家は政治的には上は国レベルから下は庶民レベルまで、とにかく仲が悪い。そのくせ軍事と商業に関しては、あの仲の悪さは一体何だったのかというほど仲睦《むつ》まじく連携が取れている。

恐らくその気になって攻めれば確実に制圧できるであろうが、後々何度も内乱と反乱を起こされるのが目に見えているとなると、まともな神経をしている為政者なら、こんな地域を平定して統治するなど死んでもごめんだ、ということになるのも当然である。

この点については、何百年もダールとフォーレという二大大国に挟まれているというのに一度も地域を統一した国家が誕生せず、人口一千万を超えた国ができるたびに内乱で分裂し続けた歴史を見れば仕方がないことだろう。

それだけでもわざわざ金と兵の命をかけて取りに行く気がそがれる土地だというのに、この地域は食糧自給率が低い。理由は不明なれど、ダールと違って緑あふれる豊かな地域のくせに、どういうわけかまともな農作物が育つ土地が少ない。かといって自然に生えてくる植物はどれも一部の獣人を除いたほとんどの人類種族が消化できないものばかりで、加工しても毒にも薬にもならないという何とも言えない植生をしている。地域内に塩湖も岩塩が取れる土地もないこともあり、ミダス連邦の食糧自給率は、ダールに比べても低いのである。

併合してしまえば治安維持だの食糧自給率の向上だの、かなり馬鹿にできない負担が増える。交易路の安定とその絡みの関税というのは無視できない重要な要素ではあるが、あまりに費用対効果がなくリスクが大きすぎるため、ダールもフォーレも手を出す気が起こらないのである。

「とりあえず、いざという時のためにフォーレと連絡を密にとり、ファーレーンにも頭を下げて可能な限り港湾使用料を負けてもらう準備をしておく必要があるのう」

「まったく、あそこも連合国家を組むのであれば、もう少しまとまりというものを持ってもらえんものですかのう……」

「それができるのであれば、とうの昔にミダス連邦ではなくミダス王国かミダス帝国あたりの国名になっておったであろうよ」

「食糧や資源の問題で我が国にもファーレーンにもフォーレにも逆らえんのじゃから、すぐに内輪もめした挙句に責任を我らに持ってくるのはせめてやめてほしいものですが……」

「数百年あのままだったのだ。今更変わることなど期待しても仕方あるまいさ」

面倒な隣国に対して、実に投げやりなことを言う女王。隣国とは普通仲が悪いもの、という地球での常識は、この世界でも部分的に正しいのであった。

☆

とある闇の中。

「上手くいったのは一カ所だけか」

地脈の流れを読み、吐き捨てるように呟《つぶや》く闇の主。闇すらも歪《ゆが》ませるほどの瘴気を身にまとったその人物は、フォーレでの工作の結果に不満そうな様子を見せていた。

「一カ所上手くいけば上等ではないのか？」

「上等なものか。女神にこちらの動きを察知されるのと引き換えで出した成果が、たかだかダンジョン一カ所では割に合わぬ！」

もう一人の闇の主に聞かれて、忌々《いまいま》しそうに吐き捨てる。予定では半分はダンジョンまで異界化を進行できるはずだったのだが、予想外に大地母神の抵抗が激しく、せいぜい落盤事故を起こさせるのが限界であった。今はそれでフォーレの生産性を大きく引き下げることができているが、フォーレには驚くほどドワーフが多い。連中の鉱山への情熱を鑑みるに、恐らく一カ月もしないうちに再び採掘を再開できるところまでこぎつけるのは目に見えている。

つまり、フォーレの産業に致命的な打撃を与える、という目的からすれば大失敗なのだ。

「バルドには手に余るとみて介入したが、正直見切りが甘かったとしか言えん」

「だが、ダンジョン一つでも、聖気を集める役には立とう？」

「せめてそのぐらいの役には立ってもらわねば、大地母神に目をつけられた甲斐《かい》がない」

一つだけ救いがあるとするならば、フォーレ最大の鉱山をダンジョンにすることができたことだろう。クレストケイブの産出量は世界一。この鉱山が事実上の閉鎖に追い込まれるだけで、ひと月たたずに都市国家三つが鉄の枯渇に追い込まれる。その時の怨嗟《えんさ》の声は、さぞたくさんの聖気を生み出すことだろう。

「何をするにしても、まずは大地母神をどうにかせんとな」

「こちらも、フォーレのバルドが手こずっているという情報は聞いていたからな。それについては、一応多少は手を打ってある」

「ほう？」

自身の作業が不発に終わっていらだっていた闇の主その一が、同胞の言葉に興味深そうな反応を見せる。大地母神はフォーレにおける最大の障害だ。少しでも影響力をそいでおきたい。

「どのような手を打った？」

「大した手ではないがな。単に、大地母神の神殿へつながる道、あの一帯の聖気を濃くしてモンスターどもを活発化させ、少々認識を狂わせる仕掛けを施しておいたにすぎん」

「……なるほど、時間をかけて孤立させ、兵糧攻めで締め上げるわけか」

「やつらは人間どもからの信仰など大して気にはしておらんが、それでも出入りが減って聖気が濃くなれば、必然的にそちらに手を取られることになるだろうからな」

同胞の言葉に、実にありがたそうに頷く闇の主その一。

不発に終わった企《たくら》みによって身動きがとりづらくなった彼にとって、この程度の些細《ささい》な援護とはいえども、手を貸してくれるのは大いにありがたい。彼らの間では競争意識だの対抗心だのといったものはないため、互いに援護をする、援護を受ける、ということに対してまったく抵抗がない。援護を断るときは大抵、十分に成算があって、できるだけ人手を温存しておきたい状況なのだ。

「すまんな、いろいろ助かる」

「なに、ファーレーンもダールも計画が頓挫している今、ただ遊んでいるのも無駄だからな」

「なるほどな。もっとも、逆に言うならば例の知られざる大陸からの客人どもが余計なことをしなければ、大地母神も今回の計画を阻止できるほどの余力はなかったのだろうが……」

「今までと同じく戦闘に特化していて政治に関わっても碌なことができん連中だろうと決めてかかって、積極的に排除しなかったことがここまで裏目に出るとは誰も予測できなかったからな」

闇の主その二の言葉に、思わず唸《うな》ってしまう闇の主その一。

今までの流れからして、政治にかかわったところで何ができるわけでもない連中なのは、今回の客人達も過去の客人達と変わらない。

ただ、直接的な政策だなんだでは何もできない連中だが、パワーバランスをひっくり返すという一点においては、どこにでもいる名君よりはるかに高い実力を持っている。

たかが職人と侮る人間は、もはや彼らの陣営には一人もいない。

「今回は、我が直接相手をするつもりだ」

「勝算は？」

「バルド二体と陽炎の塔である程度追い詰められたのだ。絶対とは言えんが、ある程度の目算はある」

「そうか。手を貸せることがあれば、何でも言え」

「ああ。もっとも、我の存在が一般にまで割れると面倒だ。しばらくはタイミングをはかることになるが」

もはやバルドでは話にもならない。百体規模でぶつければ後衛は仕留められる可能性もあるが、そこまでやるとまず間違いなく、女神達から余計な横槍《よこやり》が入る。手間やコストに見合った手段とは言い切れない以上、直接ぶつかったほうが早くて確実だ。

「しばらくは、フォーレの国内をかき回すぐらいしかできん。折角バルドも送り込んであるのだ。せいぜい役に立ってもらうことにしよう」

「そうだな。ダールはともかくファーレーンには手を出せん以上、余ったリソースはフォーレとローレンにつぎ込むべきだろう」

「ああ。とりあえず、我はもう一度、鉱脈まわりに手を出すことを検討しよう」

「ならば、こちらは流通をかき乱す方向で考える。ミダス連邦が、なかなか面白いことになっているからな」

「分かった。そちらは任せよう。世界を聖気で満たすために」

「世界を聖気で満たすために」

決まり文句となった挨拶を交わし、闇の中に溶け込んでいく主二人。

闇の主達は気がついていなかった。

彼らの会合を、二柱の女神が観察していたことを。

☆

「……エルザ、現在わたくしが手を貸せるのはここまでです」

世界と世界の狭間《はざま》にある神域。

闇の主達の会合を覗《のぞ》き見していたアルフェミナが、大地母神エルザに対してそう告げる。

「……助かりました、アルフェミナ。とはいえ、本殿への道を潰されてしまうのは厄介です」

「ですが、わたくし達が直接手を出せるのは、地脈の浄化だけ。幸いにして宏殿の一行がフォーレに入っています。エアリスも近々フォーレを訪れることになっていますので、そちらから今回の情報を流すことにしましょう」

「お手数をおかけします」

「今回ばかりは、仕方がありません。巫女《みこ》の覚醒まではわたくしとレーフィア、ソレスの三柱で手助けはしますが、ザナフェルだけでなくあなたもまともに仕事ができない今、それほど手厚くはフォローできませんよ」

「本当に、申しわけありません」

アルフェミナの苦情に、心底申しわけなさそうにしているエルザ。

諸般の事情で実質的に巫女が不在となっているエルザは、巫女を通して行うべき仕事の大半を直接処理することでどうにか様々な均衡を保っている。結果として余計な手順を踏むために必要な労力が増え、三女神の一柱としての仕事や五大神としての仕事などが滞り始めているのである。

「宏殿と春菜殿があなたの神殿にたどり着けば、巫女の問題は解決します。その後はたっぷり働いてもらいますので覚悟してください」

「ええ、分かっています」

「さて、これ以上はこちらに手を出す余力はありません。しばらくは自力で何とかしてください」

そう言い置いて、己の職務に戻るアルフェミナ。

アルフェミナを見送ったあと、怪しげな手段で痛めつけられた地脈と鉱脈に自身の力を流し、これ以上好き放題させないために全力で抵抗を行う。

「まったく、数回前の置き土産が今頃効果を見せるなんて、本当に気の長いやり方を……」

七百年ほど前の動乱、その時の置き土産による巫女の封印。その影響の大きさに、つくづくため息しか出ない。

「どうやらクレストケイブで寄り道をしているようですが、あなた方が思っているほど余裕はありませんよ、宏殿」

じわじわと侵食してくる瘴気を浄化しながら、何度目か分からぬため息とともに苦情のような言葉を漏らす。

元々宏達がこちらの世界に来たこと自体、神々の事情に巻き込まれたようなものだと分かっている。分かってはいるのだが、それでも本来無関係でそういった苦情を言ってはいけないはずの相手に望みを託すとともに苦情を漏らしてしまうほど、現在の状況はよろしくないのだ。

「さて、手足を縛られているのと変わらぬこの状況で、五大神の意地というやつをどこまで見せられるか……」

地脈を通じて、エルザ神殿本殿へと通じる道の瘴気を浄化しながら、険しい顔で弱音をこぼすエルザ。

神々の世界は、宏達の予想外に逼迫《ひっぱく》していたのであった。

フォーレ編 第二話

クレストケイブの鉱山がダンジョン化して二週間。調査は難航していた。

「毒ガス地帯、三カ所目だって」

「これで、奥に行く道が全部つぶれてるわけか」

マップに印を入れながら告げる真琴《まこと》に、渋い顔でぼやく達也《たつや》。

鉱山や炭鉱などでありがちな、坑道内への毒ガス噴出。普通の鉱山と違い、異界化しているダンジョン内ではこの毒ガスは何をやっても排除できない。つまるところ、ガスマスクか何かがないと先に進めないのである。

「因《ちな》みに、被害状況は？」

「今回のガストラップだと、三人死んでるわね」

「そうか……」

あまりよろしくない報告に、達也は眉をひそめて地図を睨《にら》みつける。

毒ガス関係では全部で十二人、天然の落とし穴トラップで十人、崩落トラップで十五人、それ以外にもこまごましたことでほぼ毎日出ている死人を合わせると、今回のダンジョン攻略ですでに五十人を超える死者が出ている。

新しくできた、もしくは発見された未知のダンジョンを攻略しているのだから、死人が出るのは避けられない。だが、それでもこの短期間で五十人というのは馬鹿にできない被害である。

今後どうにかして鉱山として使う、ということを考えるなら、この死人の数はありがたくないどころの騒ぎではない。

「ヒロはなんて言ってた？」

「このぐらいの毒ガスだったら、霊布の服にかけた環境耐性のエンチャントで普通に防げるって」

「つまり、俺達は奥に行けなくもない、ってことか」

「そうなるわね」

ある種予想どおりの結論に、微妙に悩ましいものを感じる達也。

正直なところ、自分達がガス地帯を強行突破して先を探索することは別に問題ない。やれば派手に目立つだろうが、今更そんなことでひるむつもりはまったくないので、それ自体は構わない。

気になるのは、この尋常ではないほどの嵌《は》められてる感だろう。

「なあ、真琴」

「何？」

「大丈夫だと思うか？」

「……あたしには何とも」

達也の非常にアバウトな質問に、眉をひそめながら回答を保留する真琴。眉をひそめているのが、質問の意図を理解できなかったからではないのは言うまでもない。

「正直、あのタワーゴーレム相手に勝ってオルテム村の異界化したダンジョンを全員無事に突破できたんだから、大抵のことは大丈夫だとは思うわ。ただ、達也が嫌な予感してるぐらいには、あたしも嫌な予感してんのよ」

「だよなあ……」

真琴の得物が真火炉で精製した魔鉄製の品質・性能が向上した刀となり、さらに真琴自身も身体強化としては最高性能の自己増幅エクストラスキルを得ている今、どうにもならない状況には生半可なことではならない。オルテムのダンジョンの時に問題となった真琴と澪《みお》の属性攻撃が光しか使えないという弱点も、日頃の訓練とイグレオスの祝福のおかげでほぼ克服しており、あとの問題は罠に対する対処能力だけ。普通に考えれば、急造のダンジョンに潜《もぐ》るぐらいならそれほど心配はないはずなのに、どうにも不安がぬぐえない。

「とりあえず、どうするべきかは宏達《ひろし》が帰ってきてから、みんなで相談しましょ」

「だな。もしかしたら、他の連中が毒ガス地帯を突破できるようにする方向でヒロが動くかもしれないわけだし」

二人だけでグダグダ話し合っていても埒《らち》が明かない。結局そういう結論に至った年長者二人は、現在可能そうな戦術などを話し合いながら他の三人の帰りを待つのであった。

☆

「毒ガスの分析は終わりましたで」

「……早いな」

「まあ、最初から大体見当はついとったんで」

「さすがはアズマ工房の主《あるじ》、といったところか」

冒険者協会と鉱山組合の会合。頼まれた毒ガスの分析結果が出たことを告げた宏に、クレストケイブのそれぞれの組織の長が感心したように頷《うなず》く。

いつの間にフォーレにまで名が轟《とどろ》いていたアズマ工房。その主という名声に望みをかけて宏に押し付けた仕事だが、宏が手を抜かずにきちっと結果を出してくれたことに対する安堵《あんど》もあるようだ。

言うまでもないことだが、フォーレ冒険者協会のクレストケイブ支部長はヒューマン種だ。ドワーフに冒険者の取りまとめをさせるなど、まず間違いなく碌《ろく》なことにならない。これは人種差別ではなく、れっきとした実績に基づく扱いである。当のドワーフがそれで納得している、というより積極的に他の種族に押し付けているのだから、問題になどなりようがない。

「それで、対応は可能かな？」

「それ自体はそない難しくはありません。初級の消耗品系増幅アイテム作れる錬金術師やったら、教えたら簡単に作れる道具でいけます。ただ、問題がないわけやないんですよね」

「問題、というと？」

「一番簡単に作れる道具やと、使い捨ての消耗品やから時間制限が付くんを回避できんこと。使うた時に目、鼻、口を覆う形の力場を作るんで、どないしても周りが見づらいとか息がしづらいとかそこらへんの問題が回避できんこと、の二つの欠陥があるんですわ」

その回答に、思わず黙り込むトップ二人。

「あとはガスマスク作る手もありますけど、装備が固定される上に周りの見づらさとかは消耗品の方の比やあらへんですし」

「毒ガスに耐性をつけるようなものは？」

「残念ながらここらで手に入る薬草とかやと、ちょっと作れませんわ。作れたとしても一時的な効果しかあらへん上に完璧に防げるわけでもないんで、あんまり当てにはなりません」

「……そうか……」

つまり、ガスマスクを作るか、使い捨ての消耗品に頼るしかないのだ。それ自体は問題ないのだが、どちらも行動に制約が付くのがいただけない。しかも、ガスマスクはポーション類の使用に大きな制限が付いてしまう。服用しなければ効果がない解毒剤などが使えなくなるのは、かなり厄介な問題だ。

かといって、消耗品の方も持続時間によっては事実上使いものにならない可能性があり、また、毒ガス地帯で何かトラブルが発生した時に効果が切れたら、そこで終わりとなりかねない。

それに、強制的にこの手のアイテムの効果を消し去るトラップなども普通に存在することを考えると、いろんな意味で非常に不安である。

「……本当に、他に方法はないのか？」

「僕らの装備についてる耐環境のエンチャントが一番ええんですけど、最低でも五級っちゅうんは厳しいでっしゃろ？」

「まあ、そうじゃな」

一番確実ながら、一番不可能な方法を提示されて苦笑する冒険者協会の支部長。

それができたら、もしくはそんな装備を持っている冒険者が複数いるのであれば、そもそも毒ガス地帯ごときで困ったりはしない。

「付与はできないのか？」

「触媒がほぼ残ってへんので、あとできて一人か二人ですわ」

「……それでは意味がないな……」

宏が提示した人数に、渋い顔をする長二人。

なお、耐環境のエンチャントの触媒が残り少ない理由だが、新しい服や防具を作るたびに付与しているためである。耐性系のエンチャントは複数重なると若干だが効果が高くなることに加え、何らかの事情で他の装備が破損しても最低限の耐環境性が維持できるため、新しい服や防具には命綱となるこのエンチャントを必ず付与しているのだ。

「……その消耗品とやらに頼るしかないようだが、一回の使用でどれぐらいの時間もつ？」

「品質によりますけど、完全な効果が期待できるんは標準品で半日ぐらいやったと思います。ちょっと実験してみんと分からへんのんですけどね」

「実験、なあ……」

確かに実験は必要だろう。だが、誰を使ってどう実験すればいいのかが悩ましい。わずか三十秒で昏倒し、長くても五分で死に至るような猛毒ガスを前に、普通の人間に人体実験を強要するのはいくらなんでも人道に反する。

かといって、死刑が確定している犯罪者、なんてものがそんなにたくさんいるわけでもない。死刑判決を受ける犯罪者の人数が少ないのではない。死刑が確定したら即処刑するので、死刑判決を受けた状態で生きている犯罪者の数は少なくなるのである。

「まあ、他の手段もなさそうだし、実験に関してはおいおい考えるしかないじゃろうて」

「そうだな。毒ガス対策についてはこのへんでよかろう」

他に結論が出せるわけもなく、結局は宏からの技術提供を受けて消耗品での対策を進めることに決める長二人。目先の問題について結論を出したところで、ため息とともに一番大きな問題について話を進める。

「なあ、冒険者協会の。随分時間が経ってしまったが、ダンジョン化した鉱山は元に戻せるのか？」

「それはボスを仕留めてみんことには分からん。正直治安維持という観点からは、街に直接つながる場所にダンジョンがあるなど許容できん話だが……」

「ふん。そちらの立場としては、街中にダンジョンがあるという状況でさえなければ、ダンジョンの存続そのものは利益が大きいじゃろうが、な」

「分かっている。いくら冒険者の仕事が増えてこちらの収入が大きくなろうと、クレストケイブの鉱山が鉱山として使えなくなるのはフォーレにとってもこの街にとっても大きなマイナスだ」

クレストケイブの鉱山がダンジョンになってから二週間。各地から集まってきた冒険者のおかげで、確かに街は大きく賑《にぎ》わってはいる。

彼らが落とす金、彼らがダンジョンで手に入れたものの売却益、彼らを目当てに来た商人達が落とす金。それらにより、現在のクレストケイブは空前の好景気なのも間違いない。

だが、それも三カ月分ほどの鉄鉱石の備蓄があるからこその話だ。この備蓄が尽きた時点でまだ鉱山が使えないままだと、今のように好景気を維持できる保証はない。

「警備のコスト掛ければ、一応鉱山としては使える思うんですけど……」

「確かに、時間経過で掘った部分が復活するから、枯渇を心配しなくていいという点においては以前より条件はよくなってはおるが、のう」

「あ〜、やっぱり魔鉄とかの産出量が跳ね上がっとりますか」

「おう。鉄の産出量は、以前の半分以下よ。おかげで魔鉄もミスリルも派手にだぶついておっての」

苦虫をかみつぶしたかのような鉱山組合の長の顔に、事の深刻さを察してしまう宏。

ある程度予想していたことではあるが、やはりクレストケイブの鉱山労働者だと、技量が高すぎてかえって鉄自体の産出量は減ってしまっているようだ。そして、魔鉄とミスリルは、フォーレの技術であっても、それほどたやすく加工はできない。

宏の手札の中には、魔鉄とミスリルの加工に関しては解決策があるのだが、それを口にするのは少々リスクが大きくて悩ましいところである。

「このままいくと、世界的に鉄が足りんようになる。鉱山が元に戻らねば、かなりの騒ぎになるぞ」

「分かっておる。このクレストケイブはフォーレの鉄の四割以上を掘っておる。その半分とはいえ、代わりができる鉱山なんぞ世界のどこにもないことぐらい、重々承知しておるわ」

深刻な顔で現状について話し合う鉱山組合の長と冒険者協会のトップ。フォーレで一番の産出量を誇る鉱山ということは、世界一の鉱山であると同義だ。そこの鉄の産出量が突然半分以下になれば、世界的に大きな影響が出て当然である。

具体的な数字まではちゃんと把握していないまでも、フォーレの鉄が二割以上生産量を落とせばどうなるかぐらいは宏にも分かる。フォーレ一の鉱山だけあってかなり大規模だとは思っていたが、さすがにそこまでとは思っていなかったため、現状が結構な危機的状況であると認識を改める宏。

「せめてだぶついてる鉱石を精錬できれば、加工の方は結構余力はあるんじゃが……」

「魔鉄とミスリルの精錬というのは、そんなに難しいのか？」

「大量の魔力が必要な上に、火加減も結構デリケートでの。その両立となるとかなり骨でな……」

「そうか……」

魔鉄製品が高価になる理由、それは鉱石の精錬に問題があるからだ。

「せめて魔力だけでもどうにかなれば、最終的に鉄の消費量が多い装備品のうち、フォーレ国内で流通しているものの二割から三割は魔鉄に置き換える目途は立つんじゃが……」

「魔力だけでいけまっか？」

「何か案でもあるのか？」

「僕の一存ではちっと難しい話になるんやけど、手があることはありますねん」

ダールまでの、権力と距離をおこうという話はどこへやら、あまりためらいを見せることなく手札を切り始める宏。来たこともない国だというのにアズマ工房のことが知れ渡っている以上、自分達の持つ技術について秘匿してもあまり意味がないと腹をくくったらしい。

あまりに切羽詰まった様子を見せる街のトップ達と、それを大袈裟《おおげさ》と笑えない懸念内容が宏の背中を押した点も当然ある。

もっとも、腹をくくることになった一番の理由は、神殿を立ち去る前に挨拶に立ち寄った際、イグレオスから聞かされた『古い歴史がある王家とは仲よくしておけ』という忠告と『必要としている素材に王族の許可が必要なものがある』という言葉にあるのだが。

「どんな手じゃ？」

「こっちの手持ちの技術に、地脈から漏れた魔力利用して精錬できる溶鉱炉がありますねん。それを地脈にそって配置したって、ついでに魔力を効率よく回収できる結界を建物に張ったれば、魔力の問題は解決します」

「……確かに、アズマ殿の一存でどうこうできる解決策ではないのう」

「地脈が絡むから神殿の許可が要りますし、溶鉱炉作るんかてダール王家とイグレオス神殿の協力があらへんと材料の調達が厳しなりますし」

あれこれ政治的な話を持ちかけてくる宏に、いろいろ決めかねて唸《うな》るしかない組合長。

「ダール王家とイグレオス神殿の方は伝手《つて》があるんで、フォーレとしてある程度の手土産用意してくれたら話つけてくるんはできます。ただ、こっちの神殿とは今のところ一切つながりがないんで、僕の方から話回すにしてもファーレーンの姫巫女《ひめみこ》様とダールの巫女様を通してお願いするのが精一杯ですわ」

「どちらにしても、今日明日どうにかできる問題ではないのう」

「せやろう思いますわ。溶鉱炉にしたかて、十分な数作るっちゅうと何カ月かはかかりますし、地脈にそった土地の調達もそんなすぐにできるわけやありませんし」

宏の魅力的ながらもすぐに実現できそうもない提案に、実現までのハードルを頭の中で計算しながら慎重に結論を出す。

「恐らく話を持ちかければすぐに決裁が下りるじゃろうが、陛下に頭を下げに行くには少々材料が足りん。アズマ殿、試験的に一つか二つ、その溶鉱炉と鍛冶場《かじば》を作ることはできんか？」

「それやったら、用地と神殿の問題さえ解決すれば、一カ所に材料で二日ほど、溶鉱炉で一日半ぐらい、建物が必要やったらさらに一日か二日、っちゅうところでいけますわ」

「ならば、神殿と土地は儂《わし》と冒険者協会で話をつけてくるから、すぐに材料の方を進めておいてくれんか？」

「了解です」

どうやら方針は決まったらしい。またしても冒険者としてではない方向で忙しくなるが、どうせいつものことなので気になどしない宏。

こうして、いつものように冒険者だとか知られざる大陸からの客人だとか一切関係ない形で、国の中枢にも影響が出てくる案件に関わることになる宏達であった。

☆

宏が冒険者協会および鉱山組合の長と話し合いをしていたのと同時刻、春菜《はるな》と澪は鉱山組合にある見習い用の共用溶鉱炉と鍛冶セットを借りて、ただひたすら精錬と鍛冶の練習をしていた。

「……また焼き割れが出てる……」

練習で作った投擲《とうてき》用の小さなナイフ。その腹に入った大きなヒビを見て、がっくりと肩を落とす春菜。これで三連続で焼き入れを失敗したことになる。

「こんなに上手《うま》くいかない作業、初めてだよ……」

「春姉《はるねえ》、こればかりは練習あるのみ」

「分かってるんだけど、さすがに十本作って全滅はへこむよ……」

鍛冶場の熱気に滴り落ちる汗をぬぐいながら、ままならない作業にため息をもらす春菜。

精錬に失敗して焼きの入らない鉄を作ったのが四本、鍛造途中で割れてしまったのが三本、そして焼きが入りすぎて割れてしまったのが三本である。

今のところ春菜が使える状態で完成させた鍛冶製品は、宏に一から十まで指導を受けて作った二本目のナイフただ一つである。

因みに、春菜の最初の作品は鍛造終了時の形が悪く、砥石《といし》で刃を作る時に失敗して切れない、刺さらないというナイフとしては終わっている品質のものになったため、作りなおしたのだ。後の製品はほとんどが矢じりと細工ものである。

「澪ちゃん、鍛冶ってこんなに難しいの？」

「熟練度五十までに誰の指導も受けずに五本完成品作れたら、かなり運がいいぐらい」

「うわあ……」

澪の言葉に思わず呻《うめ》く春菜。予想以上の難易度に、心が折れそうになる。

最終的なきつさはどの生産系も似たようなものだが、初級だけに絞ると鍛冶のきつさは群を抜いている。理由は簡単で、あまり難しくない製品というのが存在しないのだ。

矢じりですらさほど簡単に作らせてはもらえず、撃った時にまともに刺さるものを作るとなると成形の難易度の問題でナイフと大差ない、という鬼仕様だったりする。

その上、いくら矢じりを上手く作れるようになったところで、それだけでは熟練度二十までしか上がらない。さらに、熟練度二十ぐらいだとナイフの製造成功率は熟練度ゼロの時とほぼ同じぐらい。だったら、鍛冶に必要な要素を全て学べるナイフから訓練をスタートしたほうが最終的に成長が早いのである。

もっとも、初級の間は失敗で上がる熟練度は少ない。ある程度作れるようになっていないとなぜ失敗したのかが分からないから、ということなのだろうが、成功率が低い作業で失敗したら得るものがほとんどないという不毛さは、鍛冶屋を志した多くのプレイヤーの心をこれ以上ないぐらい見事にへし折りまくったものだ。

失敗したら一切上がらないほかの生産スキルより優遇されているとはいえ、あってもなくても変わらないくらいなので何の慰めにもなっていない。

ゲームとは物理法則を含めて様々なところが違うこの世界だが、どうやらこのあたりの要素はゲームの時とあまり変わらないらしい。故にたかだか十本の失敗では、自分の鍛造や焼き入れの何が悪いのか、春菜には欠片《かけら》も分からない。

「失敗の理由、澪ちゃんには分かる？」

「分かるけど、口で説明しても多分理解できない」

「そっか……」

澪の返事に、すっかり肩を落とす春菜。現実問題として、手作業で行う加工の類《たぐい》は、感覚的な要素が大きく影響してくる。それを口で説明されても、普通の人間はまず確実に理解できない。

「とりあえず、鍛造過程での割れは限界超えて伸ばそうとしてるからだから、そこは叩《たた》き方を注意するしかない」

「頭では分かるんだけど、限界超えてるかどうかが分からないんだよね」

「そこはもう、何本も叩くしかない」

「結局そこに行きつくよね」

「春姉の場合、まだ手本見せてそこから盗めって段階じゃない」

機械が介在しないこの手の伝統技法の場合、人の技を盗むなんていうのは最低限、一人で一から十まで作業をこなせるようになってからでないとできるものではない。何回も何回も失敗して、親方や先輩から何度も何度も叱《しか》られてへこみながら、地道に一つ一つ丁寧に作業をし続けることで身につけるしかないのだ。

その点、春菜はある意味恵まれている。彼女が作るものは料理以外、基本的に収入の当てにも消費アイテム補充の当てにもされていない。失敗したところで使うのは初級の素材で、大半は大して苦労せずに大量に集めることができる。資金面でも普段屋台や路上ライブなどで十分にチームに貢献している上、資金そのものにかなり余裕がある。そのおかげでどれだけ失敗作を積み上げようと誰かから文句を言われることもなく、ただひたすら腕を磨くことにのみ専念できる。

もっとも、そのある種のぬるま湯のような状況が、腕を磨くという点に関していいことなのかどうかは何とも言い難いところではあるが。

「とりあえず、もうちょっと頑張ってみるよ」

「春姉、頑張れ」

気分を入れ替えて失敗作を溶鉱炉に放り込み、火の状態や温度計などを睨む春菜。一向に腕が上がる兆しが感じられない鍛冶作業と違い、精錬作業はだんだんコツが掴《つか》めてきた。タイミングを見切って取り出したインゴットは、予定どおりちゃんと焼きが入る組成になっているようだ。

「今度こそ、せめて焼き戻しまでは行きたい」

「頑張れ」

澪の声援を受けて、気合いを入れてインゴットを叩いて成形していく春菜。

あまり進歩がないという本人の嘆きとは裏腹に、最初の頃に比べると随分と手慣れた手つきでナイフの刃を作り上げていく。そして……、

「焼き割れは出なかった、けど……」

「ちょっと焼きの入りが甘いかも」

「焼きを入れ直すのは……」

「やめておいたほうがいい。やるんだったら焼きなましてから」

「そっか。じゃあ、焼き戻しをやるよ」

練習で作ったナイフにいちいち焼きなましをやるのは時間がかかりすぎる。どうせ作っても使わないのだから、まずは最後まで加工手順を踏んだほうがいいだろう。そう結論を出し、焼き戻しの作業のために炉の中にナイフを入れ、温度計を見ながら炉の温度を調整する春菜。

「それにしても春姉」

「何？」

「裁縫のためだけにそこまで一生懸命にならなくてもいいと思うんだけど……」

「いやだって、死活問題だし」

焼き戻しのための温度管理にそれなりに集中しながら、澪の問いかけにそんな答えを返す春菜。

宏なら徐冷も含めて数十秒で終わらせられる作業だが、春菜がやるとどうしても時間がかかる上、温度の制御をある程度自分でやらないといけないのでなかなか大変な作業である。

とはいえ、澪とおしゃべりをするぐらいの余裕はあるので、このどうしても暇な時間はそちらで

潰《つぶ》すことにする。

「死活問題？」

「うん」

「どんな？」

「いろいろあるけど、一番はやっぱり下着かな？」

ドワーフばかりとはいえ男が多い環境を気にして、周りにあまり聞こえないよう声をひそめ、本当に切実な問題を口にする春菜。その間も温度計からは一切眼をそらさず、下がりすぎた温度を元に戻す操作をしているあたり、この程度の雑談ではそれほど意識がそれたりはしないのだろう。

「下着？　なんで？」

「だって、可愛い下着とか自作しないと手に入らないし」

「特にブラ？」

「ん。日本でもそうだけど、いいデザインのブラって、Dカップぐらいまでしかないことが多いんだよね」

「それ自慢？」

春菜の持てる者特有の悩みに、どことなくダークな表情になりながら突っ込みを入れる澪。

最近ずいぶん成長してきたとはいえど、Cカップはまだまだ遠い。しかも背丈の方はほぼ成長が止まった風情で、最近は一ミリ単位で伸びたり縮んだりしている。恐らくこの誤差の範囲の変動の積み重ねがあったところで、高校に入る頃に百五十センチを超えることはないだろうと考えると、いろいろと切ないものを感じる。

「自慢というか、厳然たる事実？」

「その台詞、ボクと真琴姉とリーナさんとナザリアさんを敵に回してる」

「別に胸なんて大きくても小さくても、好きな人に対してアピールにならないんだったら、あとは自分との折り合いだけの問題だとは思うけど」

　むしろそちらの方が切実ではないかと思う悩みを、どことなく切なそうな声色で漏らしつつ、火を絞ってやや上がりすぎた温度を調節する。結局のところ、ブラのデザインの問題にしたところで、最終的には好きな男に対するアピールの問題につながってくるのだが、春菜の場合はそれ以前に、今までなあなあでやってきた見えないところに対するおしゃれについての意識改革、その象徴的な意味合いが強い。

　要するに、恋する乙女なのだから、見えないところでもちゃんと臨戦態勢を整えておきたいというそれだけの話である。

「……いつも思うんだけど、春姉ずるい」

「何が？」

「だって、それだけおっきいのに、巨乳に似合わない服でも普通に着こなしてるし」

「そうかな？　これでもいろいろ苦労してるんだけど……」

　間違いなく巨乳カテゴリーに入るというのに、春菜は大抵何を着せても様になるように着こなす。胸が目立つと不格好になる種類の可愛らしいタイプの服を着せた時、恐ろしいことにサラシなどで胸を潰したわけでも腰に布を巻いて太くしたわけでもないのに、どういう目の錯覚か巨乳だとはっきり分かるくせに、それがまったく不細工にはならなかったのだ。

澪に言わせると、着やせして見える、などというちゃちなものではなく、もっと恐ろしいものの片鱗《へんりん》を感じた、ということになるだろう。真琴などはヒロイン現象とか身も蓋もない命名をしていたりする。

「何にしても、この件に関しては周りが敵だらけって気がするから、やっぱり自分の分は自分で作れるようになっておきたい」

「前科があるから反論できない……」

春菜の胸のサイズにやきもちを焼いて、妙なデザインの下着を作って押し付けた過去がある澪。その前科から、春菜にそういう方面で警戒されていたとしても文句を言えないだろう。

「とはいっても、結局自分で霊布の下着作りたかったら、せめて投げナイフぐらいちゃんとしたのが作れないと駄目なんだよね……」

焼き戻しの最中のナイフを見ながら、先ほどとはまた違った理由で切なそうにぼやく春菜。今までの人生でここまで上達の兆しを感じ取れない作業は初めてだったらしく、どうにも自信喪失気味なようだ。

結局焼き戻しが終わった投げナイフは微妙に成形に失敗したこともあって、バランスがちゃんと取れていなくて投げてもまっすぐ飛ばないという、少々悲しい出来になったのであった。

☆

「結局、どういう話し合いになったの？」

夕食時。茹《ゆ》であがった枝豆をテーブルに並べながら、春菜が確認を取る。

この枝豆、ダールからウルスの工房に戻った時、オルテム村にも顔を出して確保しておいたもので、ついでに食べ方も指導してきた。無論、茹でる時にはその名のとおり、枝についたまま鍋に突っ込んで茹でている。今頃はエルフ達もよく冷えたエールとともに堪能している頃だろう。

テーブルには枝豆のほかにソーセージとチーズと生ハムの盛り合わせという、どう見ても酒のつまみですと宣言しているようなメニューが鎮座しており、その周りを埋めるようにキャベツと川魚の挟み漬けやジャーマンオムレツなどいろいろなものが配置されている。

春菜が料理していることから分かるように、宏達一行はすでに宿を引き払い、冒険者協会の紹介で仮拠点としてそこそこの広さのアパートを借りている。資金面的には宿暮らしでもよかったのだが、やはり気がねなく料理できる環境が欲しいという点で未成年組の意見が一致した結果である。

「まず、鉱山ダンジョンの攻略に関しては、錬金術師かき集めてアクアブレスの作り方教えることで話がまとまったで」

「アクアブレスか。そういやあれ、水中での呼吸と視界の確保だけじゃなくて、毒ガスとか粉じんとかを防ぐ機能もあったな」

「まあ、視界ゆがんだりとかして一割ぐらい感覚値が下がりおる、っちゅう欠陥もあるけどな」

宏の指摘に微妙に苦笑しながら頷く達也と真琴。

二人ともゲームの時には、散々世話になったアイテムである。なにしろ、宏が作っているようなノーペナルティで強力な耐環境性能を持つ装備なんてそうそう存在するわけもなく、かといって何らかの対策を打たなければ先に進めないダンジョンやクエストなどいくらでも転がっていた。それゆえ、この手の若干のペナルティと引き換えに一定時間特定の環境に対する完璧な耐性を得られる使い捨てアイテムは常に需要があり、冒険者的な活動をしていてこれらのアイテムのお世話になっていないプレイヤーはまずいないと言っていい。

「そういえば、あれって効果時間はどれぐらいだったかしら？」

「最低保障時間が六時間やな。あとは作った人の技量によりけりやけど、最大でも二十四時間が限度や。あと、今見つかっとる毒ガス地帯ぐらいやったら十分無力化できるけど、もっときっつい毒ガスやとアクアブレスでは完全には無力化できん」

「奥の方にもっとやばいのがあったらアウト、ってことか」

「せやな」

真琴と達也の確認に、正確な仕様を告げる宏。自分達が使うわけではないにしても、こういった情報は正確に把握しておいたほうが問題が少ない。

「で、アクアブレスの作り方の指導やねんけど、ちっと澪に頼みたいねん」

「……どうして？」

「別件でウルスとダールをはしごせんとあかん用事があってな。明々後日《しあさって》ぐらいまではここにおらんねん」

「どんな用事？」

「魔鉄の精製をやりやすくするために、溶鉱炉を試作する話になってんねん。どうもあのダンジョン、攻略しても元に戻るとは思えん感じやから、ずっとダンジョンのまま持ちゅう前提で手ぇ打っといたほうがええやろう、ってことなってな」

宏のその説明を聞き、なるほどと頷く一行。クレストケイブの鉱山がダンジョンのままとなると、どうしても鉄の生産量が落ちて魔鉄やミスリルの鉱石が派手にだぶつく。結果として大きく減少するであろう鉄製品の生産量は、その影響が世界規模にまたがるのは間違いない。ならば、派手にだぶつくであろうものを使い、鉄製品の代わりになるものを作ることを考えるのが建設的な対応というものであろう。

理屈の上ではそういうことになるが、それはそう簡単な話でもなく……、

「宏君、魔鉄製品とかそんなに生産量を増やすような真似して、大丈夫なの？」

魔鉄製品という、軍事に直結する代物の生産量を増やすことに素直に懸念の言葉を漏らす春菜。国際情勢に関してはまだまだ完璧に把握しているとは言い難いが、そんな素人でも魔鉄装備の量産がもたらすインパクトがどれほど大きいかは想像がつく。

「前提条件として、少なくともファーレーンとダール相手にはある程度の量を割り当てんとあかん、っちゅうんはこの街の組合長レベルでも理解しとるで」

「まあ、片や溶鉱炉の材料供給を握ってて、片や食糧関係で大きく依存してるからなあ」

春菜の懸念に対し、割と気楽にそんな言葉を返す宏と、大国三国の力関係を思い出して頷く達也。実際問題として、たとえ軍部の装備が全て魔鉄製になったところで、フォーレとファーレーンがまともにぶつかれば、待っている結果は痛み分け。

そもそもファーレーンに対して大規模な行軍を行うには、フォーレの食糧生産能力は少なすぎる。最終的に兵站《へいたん》が破綻してフォーレが負け、ファーレーンも小さくない被害を受けてよそに食糧を売る余力がなくなるという誰も得をしない結果になるのが目に見えている。

また、フォーレがダールに喧嘩《けんか》を売るにしても、まずはミダス連邦を全部制圧するという作業が必要になる点がネックである。ミダス連邦はダールの女王が面倒くさいから併合したくないと言い切って、国内の一部タカ派の言葉を受け流して不便に甘んじるような地域だ。フォーレの側にしても、ダールに喧嘩を売るためにこの地域に侵略して、いざ本命のダールと全面戦争というタイミングで背後を衝《つ》かれてはたまったものではない。

もっとも、それ以前の問題として、西部の大国三国には外征で大きくなった国が一つもないため、そもそも戦争で国土を大きくしようという考えが生まれにくい。ファーレーンは英雄の名声にすがってきた都市をまとめていくうちに気がつけば大国になった国だし、ダールは国土の環境的にまとまっていないとモンスターに対応することすら難しい。フォーレに至っては基本的に鉱山と酒以外に興味がなく、鉱山の開発と鉄の運搬ルートの整備を進めているうちにいつの間にか大国になっていただけである。

そうでなくても国内のモンスター退治や突発的に発生するダンジョン対策に人手を食われているのに、わざわざ外征をするような余力は大国といえども、否《いな》、大国であるからこそ持ち合わせていないのである。

「第一、たかが一般兵の装備が魔鉄製に化けたところで、モンスター退治の被害が減る程度やで」

「そうね。この世界の戦争って、基本的に装備の質より化け物級が何人いるかが重要だしね」

宏のコメントに真琴が同意する。

こう言っては何だが、魔鉄製の防具で身を固めた一般兵が何人いようと、ユリウスやドーガ、レイナあたりの必殺技を食らえばひと山いくらという感じでやられてしまう。元々相手の体力の十倍以上のダメージを与えていたのが、よくて三倍程度にまで抑えられるだけなのだから、結局オーバーキルなのは変わらない。

攻撃面にしても同じで、一般兵が魔鉄製の武器を身につけたところで、せいぜい宏が鉄製の一般販売品の手斧《ちょうな》を振り回した場合の火力とさほど大差ないか若干勝る程度。中級クラスの比較的倍率の高い攻撃スキルを使えばユリウスやレイナには若干ダメージが出るだろうが、ドーガ相手にはかすり傷一つつけられないであろう火力しかない。

そもそもそれ以前に、戦争という状況でユリウスやレイナが普通の鉄製の装備であるわけもないので、彼ら相手に装備強化のアドバンテージは存在しないだろう。

ゲームではプレイヤー同士の戦闘はあまり極端な差が出ないようにいろいろ補正がかかっていたため、たとえ宏相手にレベル十程度でほとんどスキルを持っていないキャラが戦闘を仕掛けても、全然ダメージが出ないなどということはなかったし、真琴や達也の火力で一撃されても、急所に食らわなければそうそう即死はしなかった。

だが、この世界ではそんな優しい仕様は存在していない。フォートレス発動中の宏には、たとえ真琴や達也、春菜の最大火力でもほとんどダメージは出ないし、テレスやアルチェムならどんな武器を使っても皮膚一枚切り裂けないだろう。

この世界はある一定のラインを超えると、残酷なまでに個人の能力が影響してくるのである。

「まあ、どっちにしても、今回やるんはあくまでも試作と試運転や。個人で扱いきれる規模の炉しか作らんから、若干生産能力は上がるけど、それでも一パーセントは変わらんと思うで」

「それ以上は政治の話ってわけね」

「そうなるやろな」

恐らく、国家間のパワーバランスを大きく変えるには至らないであろうと、今までの考察の積み重ねから、そう判断する日本人一行。

この考察はある意味では正しく、フォーレが魔鉄製品の生産を増やしたからといって大国三カ国やミダス連邦の間で緊張が増すわけでもなければ西部諸国のパワーバランスが極端に崩れるわけでもない。

だが、西部諸国だけで見ればそうでも、世界全体で見ればそこまで単純ではないどころか、すでに自分達の行いによってかなりの影響が出ていることを彼らが思い知るのはまだ先のことである。

「まあ、そういうわけやから、明日から恐らく二～三日ぐらいはあっちこっち回って話詰めてこなあかんから、その間、春菜さんは兄貴らと適当になんかやっとって」

「了解。大体の予定も決まったことだし、ご飯食べよ？」

「せやな、いただきます」

春菜に促されていただきますを宣言し、キャベツと川魚の挟み漬けに手を伸ばす宏。年長者二人はすでに枝豆を片手に、自家製ビールに夢中である。

「枝豆最高！」

「やっぱ、ビールと枝豆は完璧だな！」

よく冷えたビールに無農薬有機栽培のしっかりした味の枝豆。塩加減も完璧で、酒飲みならずとも幸せな味わいだろう。

「明日、久しぶりに屋台やろうかな」

「何売るんだ？」

「ホットドッグ。折角美味《おい》しいソーセージがあるんだし、関西風のとオーソドックスなのとでやってみようかな、って」

「なるほど。確かにこの国のソーセージで作ったホットドッグは美味《うま》かったな」

春菜の回答に、昨日食べたホットドッグの味を思い出しながら頷く達也。オーソドックスなやつも美味かったが、関西風のキャベツにカレー粉で味をつけたやつも美味かった。あれならどちらも十分売り物になるだろう。

「……別にいいんだけどさ、やることなくなると屋台に走るの、そろそろどうにかならない？」

「もうそれが私達ってことでいいと思うんだけど？」

「……澪、あんたも何か言いなさいよ」

「枝豆とビールって、そんなに最高？」

「最高だけど、あんたはあと八年待ちなさい……」

求めていたものにかすりもしないコメントを貰い、脱力しながら澪を窘《たしな》める真琴。残念ながら、澪の外見や実年齢で堂々と飲酒できる国は、こちらの世界にもほぼ存在していない。

「チームがばらばらに行動してる時は、できるだけ安全が確保できることをしたほうがいいと思う」

「つまり、屋台に賛成ってこと？」

「食べ物屋台なんて、周囲の屋台の客まで根こそぎ奪ったりしない限りはトラブルにはならない」

澪の指摘に小さくため息をつき、まあいいか、と割り切ることにする。実際のところ、屋台以外に何かやることがあるのかと聞かれると、残念ながら思いつかないという問題もある。

「なんだったら春姉、達兄《たつにい》達と一緒にスティレンまで行ってきて、屋台のついでに転移ポイントを確保してきたら？」

「あ～、それもありかな」

「わざわざ首都まで走って屋台かよ……」

澪の提案に感心しながら頷く春菜とげんなりした顔をする達也。確かにいずれスティレンには行く必要があるが、わざわざ屋台をやりに行くのはどうなのか。

「首都ならいろいろ変わったソーセージとかありそうだし、そういう意味でも行ける時に行っておきたいかな？」

「へいへい……」

「分かったわよ……」

春菜のその一言に呆《あき》れながら、美味いソーセージは酒飲みとしても外せず、表向きはため息交じりに同意して見せる年長者二人。

結局食欲も混ざった、というよりむしろ食欲こそ最優先にした考え方でスティレン行きが確定する、どこまでもマイペースな連中であった。

☆

一方その頃、イグレオス神殿本殿では、

「速達～、速達～」

「オクトガル急送で～す」

「お届けもの～、お届けもの～」

ナザリアとイグレオスの元に、オクトガルが三匹ほど転移してきていた。

「宅配～、宅配～」

「時間指定配達～」

「指定無視で配送～」

「不在～、不在～」

「持ち帰り～、後日配達～」

「遺体遺棄～」

「言っていることがよく分からないのだが……」

いつものようにフリーダムに連想ゲームを続けるオクトガルに対し、この謎生物の存在に慣れていないナザリアが苦笑しながら突っ込みを入れる。

「エルちゃんから手紙～」

「受領書にハンコ頂戴～」

「サインでもOK～」

そう言って手紙と一緒に差し出してきた受領書にサインをし、エアリスからの親書を受け取るナザリア。

「お届け確認～」

「受領書渡してくる～」

「私達は待機～」

エアリスから頼まれた役目を終え、一匹がウルスに転移して戻る。残りの二匹は待機と言いながらナザリアとイグレオスの頭に鎮座している。

ナザリアはともかくイグレオスに対してその行動はどうなのかと思わなくもないが、イグレオス本人は特に気にした様子を見せないのだから、問題はないのだろう。

「……なるほど、クレストケイブのダンジョン対策に、新型溶鉱炉を増設して魔鉄の精製量を増やすのか」

「うむ。実に正攻法でいい対策なのである」

「そうなのですか？」

「クレストケイブの鉱山は、おそらくもはやダンジョンから元には戻らぬ。アルフェミナからの連絡によると、邪神の手先どもが随分と頑張ったようでな。かなりの速さで異界化した空間が固定されてしまったらしい。ならば、今後魔鉄鉱石の生産量が跳ね上がるのだから、魔鉄製品の生産能力を強化するのが最も建設的な解決策であろう」

神様同士の連絡網で得た情報をナザリアに教えつつ、このあと自身に振られるであろう役割を考える。最終的にどう転ぶにしても、当面フォーレの溶鉱炉増設がらみでひどく忙しくなることだけは間違いない。

「イグレオス様、明日エアリス殿がヒロシ殿を伴ってこちらに顔を出すとのことです」

「ならば、早急に聖炎で焼いた耐熱レンガの増産体制を取る必要があるな」

「女王陛下には、この話は？」

「どうせあのしっかり者の姫巫女のことだ。吾輩《わがはい》が声をかけるまでもなく、とうに話を通しておるだろうよ」

「となると、あとは肝心のフォーレ王家がどう出るかだけですね」

「あやつらは鉄のことしか考えておらぬ。魔鉄の精製量が増やせるとなれば、損得計算をすっとばして話を進めようとするであろう」

フォーレ王国の鉄へのこだわりは、身分の上下に関係なく国民全体に普遍的なものだ。よその国には理解できないこの性質がバルドの暗躍を防いでいるのだが、同じぐらい同盟国との外交をややこしくしているのが厄介なところだろう。

「なんにしても、これで歴史が動くことになりそうである」

「動いた結果がこの世界にとって素晴らしいものであればよいのですが……」

何やらワクテカしながらポージングを決めるイグレオスを見てため息をつき、とりあえずオクトガルに返事と手土産を持たせてウルスに送り返すナザリアであった。

フォーレ編 第三話

「ヒロシ様、お待ちしておりました」

翌日。ウルスのアズマ工房に戻ってすぐ、宏《ひろし》は入口で待ってたエアリスに声をかけられた。

「エル？　って、そうか、アルフェミナ様の手回しか」

「はい。申しわけないとは思いましたが、アルフェミナ様のご指示に従い、ある程度勝手に話を進めさせていただいております」

エアリスを通じてアルフェミナが介入してくるあたり、どうやら今回の計画、神々にとっても非常に重要な要素をはらんでいるようだ。

「まあ、それはこっちも手間が省けるから、かまへんっちゅうかむしろありがたいんやけど、どの程度進んどんの？」

「昨日《きのう》の今日ですので、大したことは。せいぜいお父様とお兄様に話を通した上で、ミシェイラ女王とナザリア様に親書を送った程度です」

「いやいや、十分すぎるわ。っちゅうか、どうやって送ったんよ……」

「オクトガルの皆さんにお願いしました」

「あ～」

エアリスの言葉に、納得の声を上げる宏。オクトガル達はこういうお使いが大好きだ。特に懐《なつ》き切っているエアリスの頼みならば、どんな非常識な時間や回数でも楽しんでパシリをやってくれるだろう。

「たしか前に聞いた話やと、アルフェミナ様の姫巫女《ひめみこ》って、権力の類《たぐい》はあらへんねんやろ？　こんな好き勝手してええん？」

「基本的に、アルフェミナ神殿内部のこと以外に関しては、私が命令して何かをする、ということはできません。ですが、アルフェミナ様の姫巫女として国王陛下や王太子殿下、宰相閣下にお願いするごとはできます。あくまでもお願いするだけであって、それをかなえてくださるかどうかは、実際に権力をふるい国家を運営する皆様の判断次第ですが、今回はアルフェミナ様直々のお言葉も、あり、また皆様の実績もあって一足飛びに話が進みました」

「なるほどなあ」

言われてみれば当たり前の話だが、たとえ権威だけで権力は持ち合わせていなかろうと、権力者とつながりがある以上はそれを利用しての頼み事はできる。頼みを聞くかどうかはその時の状況によるだろうが、誰かに何かを頼むこと自体には権力は関係ない。

それに、巫女という存在は、そもそも神の代弁者である。神の言葉が下りてきたなら、たとえ相手が権力者であろうと頭ごなしに命令する必要も出てくる。むしろそのために、ほとんどの神殿が日頃は権力と距離を置いているのだ。

「とりあえず、大体のことは分かった。ちょっと手土産用意するから、待っとって」

「はい」

大人しく食堂についてきたエアリスを待たせ、倉庫を漁《あさ》って手土産に向いたものを探す宏。今回は基本的にダールに行くことになるので、時期的にも冷たいものの方がよさそうだ。

ということで選んだのが、神殿に対しては春菜《はるな》と澪《みお》がこだわりを持って作り上げた各種アイスクリーム。ダール王宮の方は冷たいヤギのミルクを注ぐことで完成する冷たいスープの素を三種ほど。一種類十食入りのお徳用サイズである。

因《ちな》みに、牛乳をはじめとした各種ミルク類に対応したスープももちろんある。

「とりあえず、こんなんでええんかな？」

Lady Boorden
Lady Boorden

「アイスクリームは分かるのですが、そちらの箱はどんなものでしょうか？」

「冷やしたミルクを注ぐと、冷たいスープが作れる魔法の粉や。ダールはヤギのミルクがメインやから、そっちに合わせた味付けになっとるで」

「冷たいミルクで、ですか？」

宏の言葉に、好奇心に目を輝かせるエアリス。粉を湯に溶けばスープができる、というのはインスタント食品でさんざん見ているが、冷たいミルクでというのがポイントが高い。何しろ、今まで見てきた粉末スープの類は、冷たい水や冷めたお湯だとあまりちゃんと溶けなかったのだから。

「……王宮の方で実演するから、ここではちょっと我慢してんか」

「はい。分かりました」

ものすごく見たそうにうずうずしているエアリスをなだめ、とっととダール王宮に顔を出すために転移陣をくぐる。どれほどの手際のよさか、ダールの工房に着いて外に出た瞬間、王宮からの迎えの馬車がどこからともなく現れて宏とエアリスを拉致していく。

「なあ、ものすごい手際ええんやけど……」

「こちらの到着タイミングまで計算なされるのは、さすが女王陛下とマグダレナ姉様です」

「つちゅうか、僕までこんなVIP待遇で大丈夫なんかいな……」

「むしろ、国賓待遇でないと駄目なのではないかと思います」

迎えに来た馬車の立派さや即座に出された茶の品質、どこからどう見ても国賓待遇である。

馬車の来たタイミングといい、エアリスはともかく自分までその待遇で大丈夫なのかといろいろ心配になる、ファーレーンやダールにとっての自身の重要性をまったく自覚していない宏であった。

☆

「ありがとうございました～」

フォーレの首都・スティレン。

春菜達は着いて早々に出店許可を取り、順調に屋台を繁盛させていた。

達也《たつや》は別行動で、街の様子やら最近の出来事やら近々ありそうなイベントやらの情報を集めて回っている。

「そっちの在庫、どんな感じ？」

「もうそろそろ終わりかな？」

「競合する店が結構あるってのに、よく売れるわねえ」

「そうだね」

感心しているのかぼやいているのか微妙な感じの真琴《まこと》の言葉に、何とも言い難い感じの微笑《ほほえ》みとともに応える春菜。競合店舗と自分達の間に、味以外で一つだけ明確な違いがあるにはある。だが、それが理由だとはあまり考えたくはない。

「姉ちゃん、カンサイ風ってやつ一個くれ」

「は～い」

注文を受け、手際よくホットドッグを作って差し出す春菜。

所詮《しょせん》ファーストフードなので、ソーセージに火にかける以外に大して時間がかかるでもなく、そのソーセージも客足が途絶える時間があまりないためずっと火にかけ続けている。結果、注文を受けて三十秒かからずに完成品ができる。

「二十ドーマになります」

「はいよ」

お国柄か食料品全体がやや高めのフォーレだが、それでもたかがホットドッグにそんなすごい値段は付かない。為替相場や食料品価格で若干変動はあるものの、大振りのホットドッグ一本の相場は西部諸国の場合、日本円に直して大体二百円ぐらいでほぼ一致している。

「ありがとうございました〜」

春菜のよく通る声に見送られ、ホットドッグをかじりながら上機嫌で立ち去っていく客。その声に引き寄せられるように、新しい客がふらりとやってくる。ウルスやダールでのピークに比べればはるかにのんびりとしたペースだが、それでも十分な客足である。

「あっ」

「そろそろ終わり？」

「うん。ソーセージが残り十本」

「そっか」

春菜の申告を受け、ソーセージの残りに数を合わせてパンに切れ目を入れたところで作業を止める真琴。今日の真琴はソーセージを挟めるようにパンに切れ目を入れたり、春菜が用意した材料を挟んでホットドッグを完成させたりといった、料理スキルがない、もしくは低くても味に影響が少ない作業を行っていた。

キャベツの味付けやソーセージの焼き加減などを春菜がやっているため、それ以外の作業が多少いい加減でも、素材の味で十分フォローがきくのである。

「それにしても、最近あんた、あんまり駄々漏れじゃなくなってるわよね？」

そのまま特に何のトラブルもなくホットドッグは完売し、屋台の片付けに入ったところで気軽な雑談として春菜に気になっていたことを聞く真琴。

「そうなの？」

「ええ。でも、冷めたわけじゃないどころか、前より熱量自体は増えてる感じだから、ちょっと不思議でね。何か心当たりは？」

「心当たり、か……」

真琴に言われて、少し考え込む春菜。

ダールの時と違い、駄々漏れになるぐらい宏と触れ合いたいという衝動が収まったことには、春菜自身も気がついている。きっかけと理由があるとすれば……、

「邪神像の聖水に触っちゃった時、三日ほど隔離されて地底に行ってたよね？」

「ええ」

「あの時に暴れたら、ちょっとすっきりした……みたいな感じかな。あれ以来、どっちかっていうと触れ合いたいって衝動よりも、どんなに時間がかかってもいいから、もっと好きになってほしい、って気持ちの方が強くなったから、持久戦かな、って」

「……ああ、スポォツで発散した、ってことね……」

「まあ、そうなるのかな？」

春菜が話した理由を聞いて、どことなく呆《あき》れた表情を浮かべる真琴。よもや、イグレオスの主張どおりになるとは思いもよらなかった。

「ま、それはなんとなく納得できたからいいわ。それはそれとして、とりあえず達也がいなくてちょうどいい機会だから、ちょっと聞いときたいんだけど」

聞きたいことの一つ目を確認し、この際なので達也がいる場所では聞きづらいことを真剣な表情と声色で確認することにする真琴。

「何？」

「前から気になってたんだけど、春菜、あんた日本に帰りたい？」

「えっ？」

「これは責めてるんじゃないんだけど、どうにもあんたと宏って、あんまり積極的に向こうに帰ろうとしてる気がしなくてさ」

真琴の意外な方向からの鋭い質問に、思わず答えに詰まる春菜。

ある意味、それが答えといえば答えなのだが、この際だからちゃんと考えての返事を聞きたい。そんな考えのもと、さらに追い込むように言葉を継ぐ真琴。

「あくまで冷静かつ客観的に考えたら……なんだけど、達也以外は基本的に日本に戻る理由ってそんなにないのよね。住環境も食事も下手したらこっちの方がはるかにいいし、できることもこっちの方が一杯あるし」

「……まあ、そうだよね」

「人間関係に関しても、女性恐怖症で恐らくそこまでたくさん友達作ってない宏とか、病院で寝たきりやってて学校にも碌《ろく》に通ってなくて確実に交流の幅が狭い澪とか、向こうに未練が残るほどの人間関係って両親とか家族ぐらいだと思うわけよ」

「……うん。多分だけど、間違いなくそうだと思う」

「で、あんたにしても、このまま日本に帰ったら、今までみたいに宏と一緒に生活する、ってのは難しくなるわけでしょ？」

「……」

一度考えて、その後考えないようにしてきた話を次々と持ち出してくる真琴に、何も言えなくなって沈黙する春菜。

日本に帰ってしまえば、精神的にはともかく立場的には今の関係から大きく後退することになる。それはそれで仕方がないことではあるが、そうでなくてもたくさんのハンデを抱えた恋愛で、これ以上マイナス要素を抱えるのはかなり切ない。宏が日本に戻らないと言い出した場合、玉砕すらできずに無理やり恋を終わらせなければならなくなる可能性もある。

だが、逆に言うと、春菜がこちらの世界にこだわる理由も、エアリス達との人間関係と宏に対する恋心だけしかない。日本にいる親兄弟や自分の関係者のことを考えると、自身の恋心に素直に殉じてる切り捨てるにはいろいろと無理があるのも事実だ。

「……正直なところ、私は日本にもこっちにも、多分そんなに未練はないんだと思う」

「そうなの？」

「うん。絶対に縁を切りたくない人間関係がどっちにもあって、どっちの世界もそれなりに気に入ってるってことは、逆に言えばどっちにもそこまで未練はないんだろうなあ、って。でも」

「でも？」

「日本にいる人達のことを考えると、どんな選択をするにしても、一度はちゃんと帰らないと駄目なんだ」

今までと違って迷うそぶりも見せずに、やけにはっきりと言い切る春菜。どうにも、彼女もなかなかややこしい背景を抱えているらしい。

「……そこまではっきり言い切れる理由、聞いていい？」

「仮にこっちで暮らすことにしたとしても、一度は帰ってそのことを報告しないと、いろいろと厄介な人が何人かいるんだ。いくつか確認しなきゃいけないことはあるんだけど、ね」

「厄介って、たとえば？」

「下手をすると、いろいろと壊しちゃいけないものを壊して、こっちまで探しに来そうな人がいるから」

淡い苦笑を浮かべながら物騒なことを言う春菜に、思わず沈黙してしまう真琴。そんな真琴に構わず、そのまま話を続ける春菜。

「実際のところね、ものすごく長引いたら多分誰かが迎えには来るだろうなって思ってるんだ」

「誰かって？」

「一番普通っぽいところで、VRシステムとかAIまで人間そっくりのアンドロイドとか手のひらサイズの常温核融合炉とか作った天才科学者のおばさん、というかお姉さんかな？」

「あ、その人知ってる。えっと、確か綾瀬天音《あやせあまね》って人だったわよね？　その人と春菜との関係って、どうだっけ？」

「うちのお母さんの二歳上の従姉《いとこ》。おばさんって呼ぶのにちょっとためらうくらいに見た目が若いけど、私が赤ちゃんの頃からの付き合いだから、なんとなく自然にその呼び方が定着しちゃった感じ」

「毎度のことながら、あんたの向こうでの人間関係って、いろんな意味で豪快ね」

「私自身はそんなに特別でもないいんだけどね」

またしてもとんでもない人物が飛び出してくる春菜の人間関係。本人は歌と料理が上手《うま》い単なる天然ボケ疑惑の超美人だが、親が絡むと途端にワールドワイドで規格外になる。

どうにも春菜自身、親が絡むその人間関係に、ある種のコンプレックスも含んだ複雑な感情を持っているようだが、所詮部外者でその関係者というやつを一人として直接知っているわけではない真琴には、そんな気がする、以上の判断はできない。

因みに、天才科学者・綾瀬天音は双子の女児の母でもあり、その双子は宏と春菜と同じ高校に通う、二学年下の後輩である。高校生の二児の母だというのに、下手をすると真琴と同い年か年下に見えるほど若々しい女性だが、中身は歳相応の性格をしている。

「というか、いくら天才科学者っていっても、そんな簡単にホイホイ異世界に移動とかできるの？」

「表沙汰になってない発明品の数々を知っている身の上としては、何ができても驚く気は起こらない感じ。というか、そんな人が身内なのに、普通に公立高校に通って放課後寄り道とかして問題ない時点で察して」

「あ〜、なるほど……」

本人は家庭環境以外はぎりぎり普通の一般人のカテゴリーに入る春菜が、その家庭環境でＳＰに囲まれたり警備が厳重な学校に通ったりせずにごく普通に生活できている、という時点で、恐らくその綾瀬天音という女性がいろいろやらかしているのだろう。

春菜の口ぶりからすると、それ以外にも一枚かんでいる人間はたくさんいそうだが。

「で、そこらへんのもろもろも併せて考えると、向こうの私達の状態っていくつか仮説が立てられるんだけど、今話すことでもないからそこは置いとくね。正直なところ、仮説が正しかろうがどうだろうが、今現時点での状況をどうにかするのに役に立つ話じゃないし、話すにしてもみんな揃《そろ》った時に話したほうがいいだろうし」

「了解」

ちょうど片付けが終わったこともあり、春菜の提案に頷《うなず》く真琴。春菜の仮説が気になるのは確かだが、同じ話を何回もするのも面倒だ。

「で、私ばかり聞かれるのも不公平だし、この際だから聞きたいんだけど」

とりあえず中央の市場の方に向かいながら、折角だからということで反撃に出る春菜。フォーレの中央市場はファーレーンと違い、別に高級品ばかりを扱っているわけではないので、この地域でどんなものが一般的に取引されているのか確認するという彼女達の目的にも沿うのである。

「あたしはどうなのか、って？」

「うん」

「まあ、あんたとか達也に比べたら非っ常にくだらない上にもうすでに手遅れっぽいんだけど、あたし的にはかなり切実な理由で帰りたいのよね」

「手遅れっぽいって？」

割と切実そうな表情で、どことなく苦いものをにじませながら答える真琴に、思わず首をかしげる春菜。

「あ、一般人から見たら、本当にくだらない話よ」

「でも、真琴さんとしてはものすごく困ってることなんだよね？」

「そりゃあねえ」

「普通の人から見たらくだらなくて、本人にとってはものすごく切実なことで、今となっては手遅れっぽいっていうのが全然思いつかないいんだけど……」

本気で分かっていないらしい春菜を見て、育ちの違いを痛感する真琴。それこそ今更手遅れではあるが、正直自分や澪のような手遅れとこの娘を一緒に行動させていいのだろうかと、一瞬とはいえ思わず本気で悩んでしまう。

「押し入れの中身とかハードディスクの中身を処分したいのよ。あのへんの聖域には、あたしの趣味、嗜好《しこう》、性癖ががっつり詰まった黒歴史の塊が眠ってるのよ？」

「黒歴史って……」

真琴のあまりに大げさな言葉に、どことなく呆れた様子の春菜。

春菜とて年頃なのだから、そういう持っていることを知られると恥ずかしい写真や映像、本などに興味がないわけではない。だが、あまりにワールドワイドに大物が出入りする家で育った都合上迂闊《うかつ》にそういうものに手を出せなかったこともあり、耳年増な部分がある割にはその手のものに関してはは妙にクリーンな育ち方をしている。

それゆえに、こっそり持っていたエロ本の類が親兄弟・異性の知り合いなどにばれた時の居心地の悪さや恥ずかしさというものとは無縁な生活を続けてきた春菜には、真琴の言葉がどれほど切実なのか、いまひとつピンと来ていない。

余談ながら、春菜達の暮らしている時代、アニメなどが発祥の造語は割と一般に浸透《しんとう》し定着している。そのため、オタク趣味に関してはほぼ一般人の春菜でも、この手の単語のニュアンスや意味はなんとなく分かる。

「いくら腐女子が一大勢力として世間に認知されてるっていっても、BL趣味はいまだに一般人からは白い目で見られるのよ？」

「そう言われても……」

そっち方面の趣味はない春菜にとって、腐女子が置かれている環境など理解できるはずもない。故に、真琴の訴えを聞いてもピンと来ない表情で困ったように返事をするしかない。

「てか、あんただって見られて困る本とか写真集とか、一冊ぐらいは持ってるんでしょ？　さすがに十八禁指定はないにしても、R指定が付くぐらいのやつは」

「友達に見せてもらったことはあるけど、持ってはいないよ」

「はあ？　その歳でそれって、おかしくない？」

「興味がなかったわけでも欲しくなかったわけでもないんだけど、下手にそういうの持ってると、家捜《やさが》しした挙句にいろいろ面倒な話を持ってくる人が何人かいて、ね……」

「ああ、なるほど」

春菜の家のように不特定多数の出入りがある環境では、アイドルの写真集とかそのレベルの、どんなに過激でも大人の世界から見ればまだまだ大人しいと言える内容のものでも、迂闊に手を出せないのだろう。

しかも、親が芸能界でそれなり以上の地位を持っていることを考えると、二次元ならともかく三次元の男のグッズに手を出したら余計な勘繰りを受けかねない。その手の春菜の家特有の事情を察し、思わず苦笑を浮かべる。

多分本人はお嬢様育ちだという自覚はないだろうし、親もそういう育て方をするつもりはさらさらなかっただろう。

が、やはり環境が環境だけに、春菜はどうしても、本質的にはいいところのお嬢様なのだ。もはや慣れてしまってあまり意識していないが、ちょっとした仕草や歩く時の姿勢、食事の時の食べ方の美しさなどを考えれば、彼女がお嬢様でないなどとは口が裂けても言えない。

時折言動の端々ににじむムッツリっぽさも、そういう環境で育って、あまり好みのタイプとか性的な好奇心とかをオープンにできなかったところが影響しているに違いない。

「まあ、そういう理由だから、こっちに飛ばされた時の時差に期待して、早く帰って誰かに発見される前に証拠を隠滅したいのよ」

「ふーん？」

「他人事《ひとごと》みたいに言ってるけど、多分宏だってそういうのはあると思うわよ？　あたしとか澪ほど深刻じゃないだけで」

「別に、男の人がエッチな本とか持ってるのって、そんなにおかしなことじゃないから大して気にはならないけど……」

「不潔、とか言わないの？」

「私自身がそういうのにまったく興味がないわけじゃないのに、そういうの持ってるからって人のことを非難するのは、さすがにいろんな意味で違うよね？」

春菜の潔すぎるほどの正論に少しばかり気圧《けお》され、思わず真顔で頷いてしまう真琴。自身の貞操観念はものすごく堅いくせにそういう部分ではおおらかなあたり、なかなかのバランス感覚と言っていいのかもしれない。

「で、さっきちらっと澪ちゃんの話が出てきたけど、やっぱり澪ちゃんもそういう理由で帰りたいのかな？」

「そうだと思うわよ。あと、あの娘ほど骨の髄までオタク趣味に染まってると、ああいうのから完全に足を洗うのは厳しいと思うし」

「それもそういうもの？」

「たまに話をしてる感じ、結構そういう部分はあるわよ」

この件に関しては、澪もなかなかに複雑な立場である。

正直なところ、何の問題もない健康な体というのは何にも代えがたいありがたいものだ。自分の口で味わって食べられるというのがどれほど幸せなことか、こちらに来た当初は顔や口には出さないが、心の中ではずっと噛みしめていた。

だが、人間、その環境に慣れてくると欲や煩悩が出てくるもので……。

「今は宏のことがあるから抑えてるけど、そのうち何か機会があったら、リアルギャルゲーとか言って余計なことをして人様の恋愛事情をひっかきまわしかねないわよ」

「さすがにそこまでは……」

「むしろそれぐらいだったらいいんだけど、オルテムのマンイーター退治の時に宏が作った試作品とかこっそり回収して確保してるから、リアルエロゲーとか言ってアルチェムとか地底エルフの子とかノーラとかを毒牙にかけそうで気が気じゃないところがあるわよ？」

「うわあ……」

宏がマンイーター対策で作った試作品、そのあれこれを思い出してどん引きする春菜。

人をくびり殺せるほどのパワーがある試作品は一つもなかったが、アルチェムを人にお見せできない格好に縛りあげたやつのように、十八歳未満お断りの光景を作ることなら可能そうな試作品はいくつかある。

宏はきっちり廃棄していたはずなので、この場合はむしろ澪の執念が一枚上手だったのだろう。

「ま、まあ、とりあえず、あまり歩きながらする話でもないし、達也さんと合流して市場冷やかしたら、早めに戻ってそれから続きを話そうよ、ね？」

「そうね。多分聞かれてもほとんどの人間には意味は分かんないだろうとは思うけど、確かに歩きながらする話でもないわね」

だんだん年頃の女性が往来でするのはどうかという方向に話がずれてきたため、慌てて軌道修正をはかる春菜とそれに従う真琴。

他に真面目な話も思いつかず、というよりするなら全員揃ってからしたほうがよさそうな話題しか思いつかなかったため、とりあえず無難にフォーレのファッションについて話を始める。

今まで活動内容や組み合わせの問題で二人だけで行動することが少なかった春菜と真琴だが、別段仲が悪いわけでもなければここが我慢できないという不満があるわけでもない。

なんだかんだで歳が近いこともあり、ファーレーンとダール、フォーレの三つの国のファッションの違いについてなどで大いに盛り上がりながら、達也と合流する前にさんざんあちらこちらの店を冷やかすのであった。

☆

「面《おもて》を上げよ」

春菜達がスティレンの市場を冷やかしていた頃、ファーレーン王国の駐フォーレ大使であるアンドリュー・マイセンは、ファーレーン王から届けられた親書を手に、フォーレ王・ゴウト八世の謁《えっ》見《けん》を受けていた。

「さて、レグナス王からの親書、読ませてもらった」

「はっ」

ヒューマン種でありながら二メートル近い身長と、オーガやジャイアントもかくやという鋼のような肉体を持つゴウト王の眼力に気圧されぬよう腹に力を入れつつ、かけられた言葉に従い一礼するアンドリュー。

「本当に可能なのであれば、我が国としては是非もないことだ。が」

「懸念はよく分かります」

フォーレ王の言葉に頷くアンドリュー。彼とて一緒に送りつけられたエレーナの懐剣を見ていなければ、ファーレーン王に考え直すように、物理的な意味で自身の首をかけて説得しようとしていただろう。それぐらい、現実味がない提案なのだ。

もっとも、もう五年もフォーレに滞在し、それゆえに鍛冶《かじ》製品の目利きの腕を磨きあげた、優秀な付与魔術師としての側面も持つ彼だからこそ、エレーナの懐剣がどれほどとんでもないものなのかを見ただけで理解できたのだが。

「我が主《あるじ》も、なにも最初から全面的に協力いただくことを求めてはおりません。現在、クレストケイブで試作型の溶鉱炉を作る話が進んでいるとのことですので、そちらにちょっとした手助けを。それが叶《かな》わぬなら結果が出るまで黙認することをお願いしたい、とのことです」

「分かっておる。クレストケイブのことは、我が国にとって頭の痛い話だ。この話が上手くいけば、クレストケイブの坑道がダンジョンから元に戻らなくとも生産能力を落とさずに済むし、逆に元の鉱山として使えるようになったとしても、魔鉄鉱石やミスリル鉱石は最初から常に供給過剰なのに製品は足りん。どちらに転んだところで我が国にとっては利益しかない。また、失敗したところで現時点ではたかが溶鉱炉一つ。国として関与したところで、さほど痛くはない出費だ」

フォーレ王の言葉を肯定するように頷いて見せる財務大臣と技術大臣。

そもそも、新型溶鉱炉の技術開発に関しては、新たな採掘機材とともに常に多額の予算を割いて研究開発しているものである。そこに他国の、というより知られざる大陸からの客人のものとはいえ、新たな技術が入ること、それ自体は歓迎すべきことではあれど忌避すべきことでは一切ない。その結果がどうであれ、そこに投入した費用が無駄だと考える人間はここにはいない。

なので、フォーレ王が問題視しているのはそこではない。

「儂《わし》が気にしているのは、アズマ工房が本当に信用できるのか、だ」

「我が主とダールのミシェイラ女王陛下が信用なさっている、という実績では足りませんか？」

「儂は偏屈者《へんくつ》だからな。直接見ぬ限りは、そやつらを信用できるかどうかなど判断できん」

やはり一国の王だけあって、たとえ自国と同等レベルの大国、その王二人が認めたといっても、単なる評判だけで信用したりはしないらしい。

「別に新型の溶鉱炉を作るのは構わぬ。こちらに技術的なフィードバックをもたらしてくれるのであれば、もちろんありがたく受け取ろう。だが、それをもとにこちらのことにあれこれ口を挟まれてはかなわぬ」

「その心配はもっともですが、そのつもりがあるのであれば、彼らがバルドを仕留めた時点で、すでに何らかのアクションを起こしているのではないかと考えます」

「儂は臆病者だからな。西の大国三つの中枢に食い込んで、誰も無視できぬほどの影響力を確保してから好き放題するのではないかという疑いがどうしても消せん」

「私も彼らと面識があるわけではないので、さすがにその疑念を払拭《ふっしょく》できるだけの根拠を示すことはできません。ですので、まずは溶鉱炉の試作の件、せめて黙認していただくよう、お願い申しあげます。また、結果がどうであれ、彼らに対して罪をかぶせるような真似をなさらぬよう、お願い申しあげます」

「分かっておる。我が国では溶鉱炉の技術開発、ならびに新型溶鉱炉の試作は常に奨励している。それを行ったのが異国の者だからといって処罰するほど、儂もこの国の人間も恥知らずではない」

フォーレ王の言葉に深く一礼するアンドリュー。

恐らくこれが鉄のことではなく、またクレストケイブの鉱山異界化がなければこうはいかなかっただろう。もっとも、そもそもクレストケイブの鉱山が異界化してダンジョンに化ける、などという事件が起こっていなければ宏がこの国で新型溶鉱炉を作ろうなどと考えるはずもなく、アンドリューがこの場でフォーレ王を説得する必要もなかったのだが。

「それにしても、もし上手くいけば、何年ぶりの革新的新技術となる？」

「十数年ぶり、というところでしょうか」

王の疑問に答える技術大臣。

残念ながらここ十数年は技術革新と呼べるほど目立った成果は上がっていないが、それでも製品の品質、精錬時間、一回で精錬できる量などはブレイクスルーが止まってからと比較して数割向上している。とはいえ、研究開発に投入した費用に対して、効果という観点ではかなり微妙な印象がぬぐえないのはどうしようもないことだろう。

「今回の件が上手くいったとして、貴国にとってどのような利点がある？」

「魔鉄製品の供給量が増えれば、我が国が購入できる量も必然的に増えます。そうなれば大型モンスターの討伐による被害も減り、交易路の安全確保と食糧その他の増産に割ける余力が大きくなります。それは貴国にとっても大きな利点となりましょう」

「その増産した魔鉄装備で我が国が貴国に攻め入るとは考えんのか？」

「これは異なことを。我が国と貴国との間で戦など起こせば、増えた瘴気《しょうき》に誘われて大霊峰《だいれいほう》からドラゴンロードが飛んできます。たかが魔鉄製の防具ごときでドラゴンロードの爪やブレスを防げると考えるほど、陛下は楽観的ではございませんでしょう？」

「違いない、な。それに、我が国のメルクォードやダイテスと貴国のフェルノーク卿やドーガ卿がぶつかり合えば、それだけで互いの軍に致命的な被害が出かねん。我が国の一般兵の練度は三国一と自認しておるが、それでも一般兵が魔鉄の剣や槍《やり》を身につけた程度で、フェルノーク卿やドーガ卿に傷を与えられると考えるほど耄碌《もうろく》はしておらん」

両国の英雄の存在を例に出し、争う意義のなさを漏らすフォーレ王。

対軍攻撃とでも呼ぶべき種類の広範囲大火力攻撃を持つ、単独でワイバーンやケルベロスを普通に狩れるような英雄達。そんな英雄達が戦場で一切の加減も自重もせずにぶつかり合えば、その一撃の余波だけでも一般兵など戦闘不能になりかねない。

「何にせよ、現時点では国家として関与すべきかどうかの判断はつきかねる。まずは制度に従って補助金を出すことにするが、それ以上は様子見とさせていただこう」

「もちろん、それで問題ありません」

「では、レグナス王に今回の話し合いの内容を伝えてくれ。下がってよいぞ」

「はっ。失礼します」

フォーレ王に促され、一礼して謁見の間を出ていくアンドリュー。おおよそファーレーン王の予想したとおりの落としどころに落ち着いたことに内心で安堵《あんど》しながら、これでこの国も連中に骨抜きにされるのか、などとちょっと物悲しいものを覚えなくもない。

そのアンドリューが立ち去ったのを確認したところで、重い口を開くフォーレ王。

「さて、どう思う？」

「彼《か》の工房に関してなら、さほど警戒する必要はないかと存じます。何しろ、わざわざしがらみにとらえられてまで我が国に食い込む利点がほとんどありません」

宰相の断言に、眉を一つはね上げるフォーレ王。王にとっては、かなり意外な意見だったようだ。

「その根拠は？」

「聞くところによりますと、彼らは独力でワイバーンはおろかガルバレンジアをも仕留めるだけの戦闘能力と、それらの素材を活かしきった、我々ですら住んだことがないような快適な住まいを作るだけの技術力を有しているとのことです。その二つが揃っているのであれば、わざわざ面倒な王侯貴族との付き合いなど考えず、南部大森林や大霊峰あたりの国の手の届かない場所に引きこもって生活するほうが、はるかに自由気ままに暮らせます」

「それだけでは根拠としては薄いと思うが？」

「もう一つ根拠を示すならば、先ほどの大使殿も言ったとおり、ファーレーンが無事であるという点があります。それだけの実力を持っていて、しかもカタリナ王女の反乱を鎮圧したという実績があるのです。その気があるなら表向きを取り繕いながら、実質的にファーレーンを乗っ取って甘い汁を吸っているでしょうな」

「ウルスでは随分と優遇されておると聞くが？」

「少々気に入った商人を優遇しているのと、それほど大きな違いはないと聞いております。むしろ、実績や国としての体面を考えるなら、それぐらいの優遇はしてしかるべきかと」

宰相の断言に、思わず唸《うな》ってしまうフォーレ王。

現実には優遇と呼べるのはせいぜい固定資産税の免除ぐらいなもので、アズマ工房から優先的に仕入れているものはほぼ全て、アズマ工房でしか扱っていないものか、品質・性能において他の追随を許さないもののどちらかである。

優先的に仕入れている理由が理由だけに、常識で考えればコネも優遇措置も関係なく仕入れ先がアズマ工房になるだろう。実際のところ、どちらかと言えばむしろ、ファーレーン政府がアズマ工房に優遇してもらっている、という側面の方が強い。

強いて優遇されていると見られてもおかしくないことを挙げるなら、ほぼフリーパスで簡単に城に出入りできることと、持ちこんだ提案が他の商人より実現されやすいことも挙げられなくもない。が、そもそもファーレーン全体やウルス全体といった大規模な範囲に影響が出る提案など、スラムの土壌改良事業と実験農場のみ。これもそもそもやらなければウルス全体が大混乱に陥りかねなかったため、恐らく宏達が持ちかけなくてもいずれ何らかの形で行われていたであろう種類のものである。

宏達が早期に話を持ちこんだために実験農場になったが、そうでなければ伝染病の疑いにより隔離・処分の後、区画全体を焼き払って封鎖という後味の悪い結末になっていた可能性が高いことを考えると、国として何一つ損はしていないし、宏達もそれほど金銭的・社会的な利益を得ているわけではない。

もっとも、国の金で好き放題いろんな作物の栽培実験ができるという、考えようによってはものすごく大きな利益を得ていると言えなくもないのだが。

「何十年か経って、今の頭《かしら》が別の人間に変わったらどうなる？」

「そこまでは何とも。変わらぬ組織などありませんゆえ」

「ふむ……」

フォーレ王の懸念を理解しつつも、現時点でそれを警戒してもどうにもならないことを告げるしかない宰相。数十年後となると、アズマ工房を上手く排除したところで、別の組織に国の中枢を乗っ取られている可能性もある。

「何らかの口実で一度直接会って、その人となりを確認して判断するしかありますまい」

「そうだな。それに、儂の死後に知られざる大陸からの客人に乗っ取られて好き放題されてしまうというのであれば、それはその時の王が無能だっただけのこと。やつらに乗っ取られなくとも、いずれ滅んでいよう」

「そうですな」

「無論、余計な台頭を簡単に許すつもりはないがの」

などと言っているフォーレ王を、頼もしそうに見上げる家臣達。

ある意味で骨抜きにされたファーレーンやダールの中枢メンバーがこの台詞を聞いていれば、おそらく生温かい笑みを浮かべながらあいまいに頷いていたであろう。

知らず知らずのうちに、自ら骨抜きにされるほうに進んでいくフォーレ中枢部であった。

☆

「ただいま」

「おかえり」

夕方、いろいろ済ませてクレストケイブの仮拠点に戻ってきたところで、どうやらアクアブレスの製作指導を済ませたらしい澪に出迎えられる春菜達三人。

「宏君は？」

「師匠はもうちょっと時間がかかりそうだって連絡があった。明日もこんな感じみたい」

「そっか」

ダールの王宮で女王とマグダレナに捕まっていろいろとこまごまとした頼み事を聞いていたとのことで、まだイグレオス神殿の方での話し合いが終わっていないらしい。

「で、教え子達が作ったアクアブレスの性能、ボク達で試験したい」

「性能試験？　どうやるんだ？」

「実際にダンジョンに潜《もぐ》って、毒ガス地帯を突破できるかどうかを確認する」

澪のその申し出に、思わず黙り込んでしまう達也と真琴。春菜は年長者に判断を任せることにしたらしく、お茶の用意を始めている。

「とりあえず、それを俺達がやらにゃならん理由を聞いていいか？」

「ボク達なら、毒ガス地帯の途中で効果が切れても対応する手段があるから」

「まあ、それは分からんでもないが……」

澪にきっぱり言い切られて、思わず苦笑を漏らす達也。実際、鞄《かばん》の中には、この手の状態異常に対応するためのアイテムがたくさん入っている。装備にかかっている環境耐性まで考えれば、アクアブレスの効果の有無などほぼ影響しない。

「その性能試験、あたし達に何かメリットはあるの？」

「そこはちゃんと冒険者協会と鉱山組合に交渉した。報酬貰えるのと、アズマ工房の関係者はダンジョン化してる間に限り、出入りおよび採掘を自由にしていいって」

「なるほどね。報酬って、どんなもの？」

「お金と、オリハルコン、アダマンタイト、ヒヒイロカネなんかのドワーフ達が持て余してる鉱石」

「そう来たか、やるわね」

いろんな意味でピンポイントで狙っている感じが強い報酬に、思わずにやりと笑ってしまう真琴。

魔鉄なら加工できる者も結構いるが、オリハルコン以上となると、加工できるところまで腕を上げた人物は、ここ三百年いないらしい。

精錬にしても、同じぐらいの時期に最後の一人が技を伝授する前に事故死して以来、そもそも使っていた溶鉱炉を維持することすらできずに技術が途絶えてしまっているとのこと。

元々産出量自体が少ない希少金属ゆえに大して困らなかったが、それでも三百年もあるとその微量の鉱石が積もり積もって結構な量になっているそうで、そこらへんの加工技術の伝授に対する期待も込めて、報酬としてありったけ放出するとのことだ。

もっとも、昔の鉱石なんぞ全て放出してしまったところで、ダンジョンでいくらでも回収できるのだからあまり関係ないのだが。

「防具は重さとか音の問題もあるから、そのへんの金属で作るとしてもあたしと宏の分だけになりそうだけど、武器は全員の分を派手に強化できそうね」

「ボク、オリハルコンは辛うじて扱えるけどアダマンタイトは成功率がゼロに近いし、ヒヒイロカネは特殊すぎて無理」

「ちょうどいい機会だから、練習してもいいんじゃない？」

「そこは師匠と相談」

とりあえず、高級素材が手に入ると聞いてしまった以上はやらざるを得ない。どうせ暇なのだ。さすがに宏がいない状態であまり奥まで行くと危険だが、比較的浅い場所にある毒ガス地帯を突破できるかどうかを調べるぐらいなら、それほど問題はないだろう。

欲望を隠すことなく、というよりむしろ駄々漏れ状態で話を進めていく一同。

恐らく高級料理を食わせてもらえる程度では、ここまでやる気は出なかったに違いない。

「なら、明日はダンジョン探索だな」

「異議なし」

「私は達也さん達の判断に従うよ」

「だったら、決まりね」

まだ見ぬ新たな装備に完全に欲望を刺激され、満場一致で実験台になることを決める一同。

この時点で、自分が日中の別行動の際に集めた噂《うわさ》について、話をすることをきっちり忘れる達也。

重要度も緊急度も低い話ではあったが、この時点で話し合っていれば恐らく別の形で関わっていたであろう案件を、完全に言い忘れてしまう。

「探索するんだったら、私の練習のために、ついでに壁もちょっと掘っていい？」

「いいんじゃない？」

「達也さん、真琴さん。奥の方って、何が出てくるの？」

「ジャイアントセンチピートとかそういうのが確認されてるな」

「まあ、ジャイアントっていっても、いいとこ一メートル半ぐらいなんだけどね」

軽めとはいえダンジョン探索をすることが決まったこともあり、屋台のあとに話してた内容について持ち出す切っ掛けを失う春菜。宏もいないので溶鉱炉の件が落ち着いてからでいいかと、明日の準備のための打ち合わせに入る。

結局、宏がどの程度切実に帰りたいのか、その話ができるのは随分と先になるのであった。

フォーレ編 第四話

結局、ダールに行った宏《ひろし》は、次の日の朝になっても戻ってこなかった。

「宏君、何を押し付けられたんだろうね……？」

「師匠、単独だと押しに弱い」

恐らくダールで相当手間暇かかることをやらされているであろう宏。そのことを心配しながらも、とりあえずダンジョン攻略の準備をテキパキと進めていく一同。

「まあ、何押し付けられたにしろ、相手がイグレオス様に女王陛下にマグダレナ様だったら、少なくとも身の危険を感じるようなことはさせられてないはずよ」

「そこは心配してないんだけど、宏君は結構あっちこっちに爆弾抱えてるから……」

「エルが一緒だって話だから、そこは何とかするだろうさ」

宏の女性恐怖症は、原因が原因だけに根が深い。それだけに、時折予想外のことでトラウマを再発させることがあり、そこを知っていてあえて踏み込もうとする傾向があるダール女王との組み合わせには気が気でない春菜《はるな》。

達也《たつや》の言うとおり、エアリスが一緒であるというのはかなりのプラス要素だが、彼女の聖女としての眼力と女王の悪戯《いたずら》心の綱引きというのは、正直違う方面で宏の症状を悪化させそうなのが怖い。

「今更何を心配したところで、俺達がヒロの状況に関与できるわけじゃない。こっちはこっちでやることやっちまおうや」

「そうそう。上級素材ゲットして渡せば、多少のトラウマは吹き飛ばせるって」

春菜の懸念を重々理解し、本来そんなに軽く済ませていいことでもないと分かった上で、あえて軽い口調で春菜をなだめる達也と真琴《まこと》。

現実問題として、今から達也達が宏と合流するのは時間的に無理があり、合流できたところで、きっと向こうでやることはほとんど終わっているだろう。とうの昔にいろいろ手遅れなのだ。

「とりあえず、こっちの打ち合わせだ。真琴、悪いが壁役頼むぞ」

「分かってるって。ただ、当然だけど宏ほど上手《うま》くはないから、ある程度は自分で自衛するつもりでいてよね」

「おう」

言われずとも、という感じのことを真琴に告げられ、真面目な顔で頷《うなず》く達也達。

そもそも、不意打ちを受けた時すら、まるで背後に目が付いているのではないかというぐらい的確にターゲットをコントロールしてのける宏が異常なのである。普通はバックアタックや巡回モンスターの横槍《よこやり》、ダンジョン内での急なモンスターの出現など壁役が対応しきれない状況のために、ヒーラーや火力役も最低ラインの自衛手段は持っているのが当たり前なのだ。

「一応ランタンと魔力ライト、両方用意してあるけど、最初どっちから使う？」

「可燃性のガスとか粉じん爆発とかが怖いから、魔力キャンセルの類《たぐい》が仕込まれてる場所以外は基本魔力ライトね」

「了解。一応お昼ご飯も用意しておいたけど、どれぐらい中にいることになると思う？」

「アクアブレスの持続時間って、最低六時間でしょ？　だったらそれぐらいじゃないかしら」

食事を含め基本的な準備の確認を続けていく真琴と春菜。

ダンジョンアタックは、こちらに来て二回目。先日までのダンジョンの仕様調査は、防具なしで首筋などの急所を噛《か》み破られたりしない限りたとえ一般人でも即死しないような、戦闘能力でいうと大したことのない弱いモンスターしか出ない区域しか調査してないため、彼らの装備では命の危険など起こりようがなかった。

彼らが潜《もぐ》ったクレストケイブとオルテム以外の遺跡やダンジョンといえばダール地下遺跡の調査があるが、最初から死の危険性が皆無の娯楽施設なので、そもそもダンジョンアタックに分類するかどうかが難しいところである。

それ以前の問題として、そもそもダール地下遺跡はダンジョン化どころか異界化すらしていないので、その視点からすればダンジョンアタックとは到底言えないのだが。

「他に準備漏れはねえな？」

「転送石って言いたいところだけど、ゲームの時と違って、こっちのダンジョンは特殊転送石や特殊転移魔法もはじかれるしね」

「そこが面倒だよな」

『フェアクロ』とこの世界の違いの中で、恐らく一番致命的であろうこと。それが、このダンジョンでの転移がらみだろう。ゲームの時はダンジョンの外から中は無理でも、中から外への転移はできた。だがこの世界では一部の例外的な存在を除き、中から外、外から中、どちらも転移することは不可能なのである。これに関しては、各地の冒険者達が長い年月をかけ、経験則として確立している内容だ。

辛うじてダンジョンの内部だけで転移することは誰にでもできるが、オクトガルでもない限りは〝石の中にいる〟状態を完璧に回避できる保証がないので、リスクが高すぎて実用性は低い。せいぜい普通の人間が実用的に使えるとして、視界範囲内の短距離テレポートぐらいであろう。

共有ボックスで使用されている容積共有のエンチャントの効果はキャンセルされないというのに、転移関係は外部との接触が完全に断たれるのが不思議な感じはする。だが、そういう仕様なのはどうしようもないので、文句を言っても仕方がない。

「ポメの在庫は十分か？」

「最近料理にも爆破にも使ってないから大丈夫」

そして例によって例のごとく、本来は食材であるポメについて、それはどうなのかというコメントをする春菜に頷き、全ての準備を終えたと判断する達也。

念のために、最後にもう一度、各々で荷物を確認する。

「さて、必要なものは全部揃《そろ》ってるみたいだし、調査に行くか」

達也の宣言に頷き、戸締まりを確認して出ていく一同。

メインタンク不在での軽めのダンジョン調査。誰もがひと波乱起こりそうな予感を持つその簡単なお仕事は、そんな風にいつもどおり、妙に気負いがない空気で始まるのであった。

☆
「さすがにちょっと、こらないで……」

一方宏は、イグレオス神殿の宝物殿を修繕しながら、いくつかの意味を込めてぼやいていた。

今、彼の目の前には、何をどうすればこうなるのか、というぐらいにボロボロになった石造りの建物があった。

「まったくもって申しわけない話である」

「っちゅうか、何があってこないなことになっとるんですか？」

「ダールの地脈が高度に浄化されたせいか、昨日の昼前に唐突にザナフェルに食い込んだ破片が暴れ出してな。分離して浄化しながら封印してあったもう一つの破片が、共鳴して暴走状態になったのだ。地脈の浄化自体は随分前に起こっていたことだったがゆえに、吾輩《わがはい》、油断して少々後手に回ったのである」

「さいでっか……」

地脈が高度に浄化された、という単語で、反射的に邪神像のことを思い出す宏。どうやら、自分達の行いもまったく無関係ではなかったらしい。

とはいえ、何が原因だとしても、とにもかくにもまずは建物そのものを徹底的に修復しないと話にならない。なんで一人でこの規模の建物を修繕せにゃならんのか、などとぼやきつつも、手と身体は無意識のうちに一番厄介でかつ早急に修復が必要な傷を数秒で直してしまっていた。

なお昨日のエアリスと合流後の宏が何をしていたかというと、マグダレナをはじめとした偉い人達に頼みこまれて、まだ生後一歳にならない姫君の治療を行っていたのである。正確には治療自体は三十分程度で終わっていたが、経過観察のために三時頃まで足止めを食らっていたのだ。

病気自体はファーレーンやフォーレでは珍しくない母子感染が原因の小児病の一種で、余程運と対応が悪くない限りはそれが原因で死に至ることはまずないものだった。

発症するのは乳幼児のみ、一度発症すれば二度と発症しないタイプの病気で、これも子供がかかりやすい病気には割とよくある特徴である。

ファーレーンであれば、わざわざ宏の手を煩わせることなく済んだであろう。だが、ダールではほとんど症例のない病気ゆえに宮廷医も対応方法を知らず、また滅多に発症しないがゆえに特効薬となる薬草もなかった。そのためダール王宮では手の打ちようがなく、ちょうどやってきた宏に助けてもらうしかなかったのだ。

発症したのが昨日の明け方だったために、さほど症状が重くなる前に宏が到着し、結果として極めて症状が軽いまま治療が終わったのだが、もしタイミングがずれていればファーレーンから医者を呼んだりと、かなりの大騒ぎになったことは想像に難くない。

場合によってはイグレオス神殿の邪神の破片の暴走が起こる前に宏が立ち去っていたかもしれないことを考えると、宏以外の面々にとってはベストタイミングだったと言えるだろう。やたら責任の重い余計な仕事をいくつも押し付けられた宏にとっては、たまったものではないが。

なお、エアリスは現在、ダール城にいる。念のために姫君の容態を確認しに行っているのだ。エアリス自身は発症しなかったとはいえ、姫巫女《ひめみこ》をやっていればこの病気の話などいくらでも聞く。中には薬石効なく死んでしまうケースや、ちょっとした障害が残ってしまうケースもあるため、大丈夫だと分かっていても気になってしまうらしい。

「それにしても、邪神の破片が暴走した割にゃ、被害小さかったんですねえ」

「さすがにそこまで大きな暴走を許すほど、吾輩も耄碌《もうろく》しておらぬ。こちらの対応が後手に回ったのは、この程度の規模だったからである」

「なるほど」

修繕作業を続けながら、イグレオスから得られるだけの情報を集めておく。さすがに情報なしで修繕するには、今回の宝物殿の被害は大きすぎる。

「中は邪神の破片の他に、どんなもんが入っとったんですか？」

「封印を強化するためのあれこれ以外は、せいぜい百年に一度の儀式に使う小道具ぐらいなのである。封印具はともかく、それ以外は大した問題はないのである」

「いや、下手したら千年ものの歴史がある小道具が破損とか、大した問題やと思うんですけど……」

「何回か使ったら吾輩の力や地脈のエネルギーに耐えられなくなるゆえに、作りなおすのである。別に歴史的価値があるものではない以上、壊れたところでまったく問題ない」

イグレオスが断言した内容に、思わず納得してしまう宏。

神の力を直接受けるのだから、相当相性がいいものか余程の超絶技巧で作り上げられたものかのどちらかでなければ、数回の使用で壊れるのも当然であろう。

その数回の使用で何百年かの歴史的価値を持つんじゃないのか、とか、百年に一度しかしない儀式がよく途絶えずに伝承されているな、とか、そういう突っ込みはとりあえず横に置いておく。

「で、その小道具も僕があつらえなおさんとあきません？」

「否《いな》。次の出番は約五十年後であるし、宝物殿と違って、この地の職人でも余裕で作れる」

「了解です」

いかに神であるイグレオスといえど、どうやら宏に全部強要するほど厚かましい神経はしていなかったらしい。

「それにしても、昨日結界重ね張りするだけにしといたん、正解やったなあ……」

やってもやっても終わらない作業に、思わずため息交じりにそうぼやいてしまう宏。

昨日は来る時間が遅かったために、話を持ちかけられて宝物殿を確認した時点で、すでに何らかの作業を行うには遅すぎる時間になっていた。微妙に漏れていた瘴気《しょうき》がヤバげな雰囲気だったために浄化結界を張るぐらいのことはしたが、その時点で夕食を考える時間になっていたのだ。

ビデオの早送りのような作業スピードをもってしても、ここまでの会話の間にまだ入口付近の補修しか終わっていない。本来なら修繕ではなく一から建て直したほうが早くて安全なのだが、中身が中身で、しかも宝物殿にかかっている各種結界類がまだ生きているとなると、迂闊《うかつ》に解体して建て直すこともできない。

昼食までには外壁ぐらいは終わるだろうが、あまりにも危なっかしい状態ゆえに中がどうなっているかは誰も確認していないため、全部の作業が終わるまでどれぐらいかかるかは、正直何とも言えないところだ。

宏が修繕作業を行う交換条件として、レンガの方は彼が指定した製法で神殿と縁の深い職人達が用意してくれている。神の火種ほどの力を込めてはいないが、イグレオスが直々に火を起こしてくれているのだから、出来上がったレンガは魔鉄用の溶鉱炉に使う分にはまったく文句のつけようがない品質に仕上がっている。

恐らく、半日あれば数も十分揃うのだが、それを持って帰る宏の手がふさがってしまっている。折角エアリスが手続きを先行して作ってくれた時間を、ものの見事に食いつぶしてしまった形だ。

「お茶を用意したから、そろそろ休憩してはどうかな？」

そろそろ二面目の壁の補修を終えようかというところで、ナザリアが声をかけてくる。

「せやな。あとちょっとでこの壁終わるから、そこまでやったら休憩するわ」

ナザリアの申し出を受け、残り二カ所の亀裂を丁寧にかつ手早くきっちり埋めると、汗を拭いて水魔法で手を洗う宏。念のために浄化結界を張って、神殿内の休憩所に移動する。

「面倒なことを押し付けてしまって申しわけない」

「まあ、さすがに理由が理由やし、あれ見て修理せんっちゅうんは人としてなあ……」

出されたお茶に口をつけながら、生真面目な表情で頭を下げてくるナザリアにため息交じりでそう答える宏。

実際、邪神が絡んでいる以上は放置すれば間違いなくあとで自分に返ってくるし、あれだけいろんな人間に頭を下げられてしまっては、たとえ権力が絡まなくても嫌とは言えなかっただろう。

というよりむしろ、権力が絡まないほうが進んで気持ちよく作業を行っていた可能性が高い。

「ただ、なんでこのタイミングで権力者が絡む断りづらい面倒事が連鎖しとるんか、っちゅうんは……ぼやいてもええやんな？」

「まあ、それぐらいは当然だろう」

宏のぼやきに、生真面目な表情を崩さず同意するナザリア。その後しばらく、ここ数日のダールでの無遠慮な頼まれ事についてナザリアに愚痴《ぐち》を漏らし続ける。

ここでそのぼやきを最初の一言だけで飲み込めば人としての評価も上がろうに、こういう愚痴を長々と言ってしまうあたりがヘタレ扱いされてしまう理由だろう。

「それで、どのぐらいかかりそうかな？」

「まあ、外壁は昼過ぎには終わるんちゃうかな。中に関しては、見てみんと何とも言えんわ」

「なるほど」

「っちゅうか、外壁のダメージからいうてやで、中は修繕作業よりまず片付けがいるんちゃうかな？」

「……言われてみれば、そうだな。長老や神官長にかけあって、人を用意しておこう」

宏の指摘を聞き、真剣な顔で頷き手配を進めることを告げるナザリア。

「前にアランウェン様の本殿を建て直したことあったけど、今回はそれよりはるかに手間かかっとるなあ……」

「そうなのかい？」

「まあ、あん時は木造で切り倒したあとの木材もようさんあったし、そもそも神殿が神殿としての体《てい》をなしとらへんかったからなあ。規模もそんな大きなかったし、完全に解体して建て直してもそんなに手間ではなかったからなあ」

「もしかして、ここの宝物殿よりもアランウェン様の本殿は規模が小さいのかい？」

「小さかった。まあ、お参りするんがエルフとかフォレストジャイアントとかだけやから来る数も少ないし、アランウェン様自身もそういうんあんまりこだわらへんし」

「吾輩もあまりこだわらぬが？」

宏とナザリアの会話を聞くとはなしに聞いていたイグレオスが、余計な口を挟む。

「まあ、そら見たらなんとなく分かりますわな……」

「むう、実に投げやりな反応が!!」

「つちゅうか、神様方はみんな、巫女と聖域があったらそれでええ、っちゅう感じですやん。アルフェミナ様も祭礼とか式典とか儀式とか、そういうん全然気にしてへん節があるし」

「うむ。信仰はあればあるだけありがたいものだが、儀式や祭礼の類《たぐい》はほとんどはただのハッタリで、意味があるのはごく一部だけである」

「それを神殿の中で神様が堂々と言うんはどうなんやろうなあ……」

ダブルバイセップスのポージングを決めながら言い放つイグレオスに、呆《あき》れたように突っ込みを入れる宏。

「まあ、とりあえず修理に戻りますわ。あんまりのんびりしてたら日暮れまでに終わらへん」

「そうであるな。もっとも、中がどうなっているかを考えると、今日終わるとは到底思えないのであるが」

「イグレオス様、仮にそうだとしても、フォーレの溶鉱炉の件もあります。これ以上ヒロシ殿を拘束するのもどうかと思いますが」

「うむ。中の惨状次第では、そのまま魔鉄用の炉を作るほうに回ってもらうつもりである」

ナザリアの言葉に、そう高らかに宣言するイグレオス。

「とりあえず、すぐにどうこうできんほど中がひどかっても、それはそれでなんぞ時間稼ぎの応急処置ぐらいは考えますわ」

「本当に手間をかけるのである」

宏の言葉に一つ頭を下げるイグレオス。

神様が頭下げるのってどうなのか、などと思いながらも作業に戻り、公約どおり昼食までに外側の修理を終えて中を見ると……、

「うわあ……」

「むう、まだ暴れているのである」

元は宝物であったであろうガラクタの山の中心で、イグレオスが張った結界をどうにか粉砕しようとする邪神の破片が。

「こら、修理とか片付けより前に、あれを何とかせんとあかんのん違います？」

「うむ」

「自分ですらイグレオス様のそばにいなければ正気を失いそうだから、普通の神官や職員では耐えられないだろうね」

蠢《うごめ》く邪神の破片を見て、顔をしかめながらそんな会話を続ける宏とイグレオス、ナザリア。結界に阻まれていてなお、邪神の破片は見るだけで普通の人間の精神を一瞬で破壊できるだけの禍々《まがまが》しさを見せつけていた。

正直、宏のように極端に高い精神耐性を持っているか、ナザリアのように神様に直接守ってもらえるかのどちらかでなければ、正気を保つのはほぼ不可能だろう。日本人チームで言えば、澪《みお》はどうにか耐えきるだろうが、それ以外の三人は恐らく対策なしでは無理だ。

「まあ、いろいろ外に漏れへんようにさらに強力な結界張るんは当然として、イグレオス様は聖属性攻撃強化のフィールドとか作れます？」

「吾輩も神だからな。それぐらいは基本中の基本なのである」

「ほな、今までの実例に従って、春菜さんの般若心経ゴスペルをエンドレスで流しましょか」

もはや御札か清めの塩のような扱いを受けている春菜の歌。その扱いに、思わず心の中でお悔やみを申し上げてしまうナザリア。

「あとはざっと目立つ亀裂だけ埋めて、表面に養生シートでも張っときますわ」

「うむ。頼むのである」

イグレオスのゴーサインが出たため、さっさと作業を進めていく宏。

エアリスの張っていた聖属性攻撃強化フィールドとは段違いの性能を誇るイグレオスの術により、今までにない威力で浄化系攻撃を食らった邪神の破片は、己の存在の維持に全能力を注ぎ込む羽目になって、外部に対して一切の干渉ができなくなるのであった。

☆

時間はやや戻り、宏が茶を出されて休憩していた頃。

「そろそろ一カ所目の毒ガス地帯ね」

「具体的にはどれぐらいの距離だ？」

「地図によると、あそこの坑道曲がって突き当たりぐらいかららしいわね。その先の広間は完全に充満しているそうよ」

春菜達のダンジョン攻略は、それなりに順調に進んでいた。

そもそも入口付近は素人でも対処できる程度のモンスターしかおらず、やや奥に入ってもせいぜいがカピバラ程度のサイズのネズミが出てくるぐらい。さすがに大ネズミは駆け出しの冒険者や戦闘は素人の採掘作業者には手に余る相手だが、外で普通に依頼をこなせる技量を持つ冒険者には単なるカモでしかない。

毒ガス地帯の近くまで来ればジャイアントセンチピートのような厄介なモンスターも出てくるが、こいつらにしても春菜達の敵ではない。出てきた瞬間に真琴に両断され、春菜にバラバラに切り裂かれ、澪に壁に縫い付けられ、達也に氷漬けにされてしまうのだ。

なお、達也がオキサイドサークルを使わないのは、このダンジョンのモンスターは生物系のくせに、酸欠がきかなかったからである。

「それにしても、ダンジョンって不思議だよね」

「異界化してる時点で不思議もくそもねえと思うが、具体的にどういうところが？」

「だって、仕留めたモンスター、放置したら一分ぐらいで消えるのに、解体して回収した素材とか肉は消えないんだよ？」

「不思議って、そっちか……」

春菜の今更と言えば今更の感想に、何とも言えない顔で突っ込みを入れる達也。

そもそも、粉砕したはずの塔がにょきにょき生えてくる時点で、その程度のことは別に不思議でもなんでもなさそうなものだが、どうにも春菜は時折、なぜ今そこを気にするのか、というようなことを気にすることがある。

「あと、モンスターは消えるのに、人間の死体は消えないんだよね？」

「あ〜、そういうことか」

「そういえば、全滅した調査隊のうち一つは、死体の状況から死後一日以上経ってたって話だったわよね」

春菜が何を不思議がっているのかを理解し、確かにそれは不思議だと思わず納得してしまう達也と真琴。

「何よ？」

「春姉《はるねえ》の疑問を聞いて思ったんだけど……」

「ダンジョンのモンスターって、唐突に空間から湧く」

「そうね、それで？」

「全滅した調査隊の中に、肉が全部食べられた死体があったみたいだけど、それって……」

「もしかして、食ったものの排せつとかどうなってるのか、ってこと？」

「うん。というか、厳密には生物じゃないはずなのに食事が必要なのが不思議」

「あー」

澪の微妙に鋭い疑問に、思わず感心したように声を漏らす年長組。

澪の疑問を聞いたところで、春菜が少し首をかしげながら、さらに新たな問題提起をしてくる。

「私もそこは気になってた、というか、そもそも生命維持のために食事をしてるのかな？」

「と、いうと？」

「もしかして、ダンジョンのモンスターも成長するのかも、って」

「その仮説は怖いな……」

「まあ、成長するのが経験を積んだ個体だけなのか、それともダンジョン全体が成長していくのかでもいろいろ変わるんだけどね」

「で、最初の疑問に戻るわけか……」

さすがに全国模試の順位三桁の才媛《さいえん》だけあって、色ボケしていない時の春菜は、たまにものすごく鋭く深く物事を考察することがある。

この考察からスタートして最初の今更のような疑問を口にしたのであれば、なぜ今そこを気にするのか、ではなく、逆に今だからこそ気にしなければいけないことだったのだろう。

「正直、私達ってまともにダンジョン攻略してるのはオルテム村の時と今回だけだから、この世界のダンジョンがどんな仕様になってるかっていう情報がちょっと足りてない気がするんだ」

「あ〜、そうねえ」

「オルテム村の時は分断されたり師匠がアルチェムとコンビだったりでボク達も冷静だったわけじゃないから、ダンジョンの仕様についてちゃんと調べて考察してなかったし」

「そういう意味じゃ、今回が初めてのダンジョン攻略になる感じだな」

春菜の疑問からスタートしたその話は、思いのほか重要なポイントに光を当ててしまったようだ。

特に、ダンジョンのモンスターが成長するのか否《いな》かと、成長するとして個別になのかそれとも全体でなのか、というのは無視できない要素である。

「問題は、ダンジョンが成長するかどうかなんて、どうやって調べればいいか、だよね」

「そうだよな。……陽炎《かげろう》の塔の時に聞いておくべきだったか」

「まあ、あの時はそんな余裕はまったくなかったし、そもそもダンジョンの仕様について気になったのがついさっきだったんだからしょうがないよ」

参考になりそうな事例を思い出し、思わず舌打ちする達也をそう窘《たしな》める春菜。ダンジョンの仕様を気にしていいるいない以前の問題として、そもそも陽炎の塔は踏破したわけでもないのだが。

「こうやって考えていくと、そういうもんだってスルーしてた事柄にも、いろいろ突っ込んだほうがよさそうな要素が山盛りあるな」

「たとえば？」

「陽炎の塔なんか特にそうなんだが、そもそも異界化ってやつはどうやって維持されてるんだ？」

「うん、それは私も前から気になってた。アランウェン様やイグレオス様に聞いても恐らく専門外だろうから、前の説明会の時には聞かなかったんだよね。もし聞くとすれば、とりあえずアルフェミナ様か知の神・ダルジャン様あたりだと思うけど……」

「アルフェミナ様は相当忙しそうだからなあ……」

いまだにエアリスを通さず直接顔を合わせたことがない五大神の一柱についての達也のコメントに、思わずしみじみ頷いてしまう一同。アランウェンやイグレオスのように特定の場所に常駐してするような仕事はしていないらしく、姫巫女であるエアリスですら月に一回か二回程度しか直接顔を見ることはないという。

「達兄《たつにい》、春姉、真琴姉。そこらへんは今現在聞ける相手もいないし、今はこのダンジョンで調査できる範囲の仕様確認」

「そうだね。そろそろ毒ガス地帯だし、アクアブレス使っとく？」

「そのほうがいいと思う」

瘴気の固まりが目の前で巨大こうもりに変化する。それを一撃で仕留めながら春菜達に語りかける澪。

今解決できない疑問に気を取られて、目の前の対応がおろそかになっては本末転倒である。

このダンジョンはできたばかりだ。まだまだ分かっていないことの方が多い。モンスターの分布や通路の構造、リポップ間隔、罠の有無など、調べるべきことは山積みだ。

「とりあえず、まずさしあたって確認すべきは、毒ガス地帯の広さだな」

「アクアブレス一個で突破できそうにない、ってなったら攻略できないものね。あと、毒ガスの毒性がどれぐらいなのかも分かるといいんじゃない？」

ピンポン玉ぐらいのサイズの青い玉を取り出し、表面に張ってある紙をはがしながら、まず最初の目的について確認する達也と真琴。青い玉は言うまでもなく、アクアブレスである。

表面の紙は軽い魔力封印であり、役割としては電池の表面のシールと同じ。これをはがすことで内部の魔力回路の最後の一カ所が接続され、効果を得られるようになるのである。これは錬金術で作られる持続型の補助系消耗アイテムの場合、全て共通となる構造だ。

なお、魔力回路に仕掛けが組み込まれているため、効果が切れた時と防御効果を貫通された時は使用者に分かるようになっている。この場合、毒ガスが口や鼻のところに入ってきたら、すぐにアクアブレスでは防ぎきれないと分かるのだ。

とはいえ、毒ガスの中には吸引ではなく皮膚に接触することで効果を発揮するものも少なくない。この場合は残念ながら、最初からアクアブレスの防御範囲ではないため防御効果を貫通されたとは判定されず、仕様者には効果がないことも伝わらない。

アクアブレスはあくまで、鼻や口を保護してどんな環境でも正常に呼吸できるようにするだけのアイテムなのだ。

「毒性って、澪ちゃんは調べられる？」

「微妙。大体のところは分かると思うけど、精密測定はやっぱり師匠の仕事」

「そっか、了解。皮膚接触は大丈夫かどうか、っていうのは分かる？」

「そっちは何とか」

毒ガス回収用の瓶《びん》を各人に一本ずつ渡し、簡易空気測定器の準備をしながら、ちょっと無念そうにそう答える澪。あれこれいろいろできるようになってはきたものの、まだまだ宏に比べると劣る。

因《ちな》みに、なぜ澪がこの地点で解析作業をするのかというと、三カ所の毒ガス地帯が全て、同じ毒だとは限らないからである。なので今回は、宏が事前に調査をした地点とは違う場所から確認を取っている。

「さて、マッピング開始だな」

先が途切れた地図を手に、真琴と澪に先導してもらいながら毒ガス地帯に踏み込んでいく一行。

基本的にマッピングは、いざという時に両手がふさがっていてもさほど問題がない達也が行う。

澪は弓での攻撃がメインの上、今は簡易空気測定器で両手がふさがっている。そのため、そもそも戦闘に参加すること自体が不可能である。

毒ガス地帯と聞くと見た目に分かるほど毒々しい色の空気が充満している様子を想像しがちだが、そんな分かりやすい罠に何の準備もなく突っ込んでいく冒険者などいない。このダンジョンの毒ガス地帯は基本的に無色透明、よく注意すれば若干刺激臭がする程度の、プロでも見切りが難しい種類のガスが充満していた。

これが野外だったり普通の部屋だったりすれば、もしかしたらもう少しこの刺激臭も判別しやすいかもしれない。

だが、残念ながらこの中はダンジョンであり、悪臭というほどではないが様々な臭《にお》いが入り混じっている。余程鼻がよくて注意力がある人間でないと、すぐに気がつくのは難しい。

「皮膚接触による吸収は？」

「予想どおり、特に問題なし。恐らく、アクアブレスで防ぎきれる」

「了解。この区画の毒ガスは大丈夫、ってことだな」

重ねて確認してくる達也に頷くと、簡易空気測定器をかざして大雑把な毒ガスの濃度をチェックし続ける澪。いくつかの数値を達也に告げ、記録を取ってもらいながら奥へ進んでいく。

出てきたモンスターは全て、真琴と春菜の容赦ない攻撃で秒殺される。

「毒ガス濃度八。もう少し下がったら、普通に呼吸しても問題ない」

「了解。よっぽど悪質な足止めを食らわない限り、このあたりはアクアブレスで突破できるな」

「うん」

毒ガス地帯に入って三時間。普通なら慎重に移動しても一時間程度で突破できる距離を徹底的に調査し、亀のような歩みで進み続けていた達也達。

いい加減に、そろそろ集中力が切れかけた頃合い。朗報といえば朗報と言える澪の報告だったが、一行はそれほど表情を明るくはしない。

この時点で分かったことといえば、あくまで毒ガス地帯を突破できるということだけなのだ。無味無臭の割に結構凶悪な毒性を持つ毒ガスの性質を考えると、この先どんな性根の曲がったエリアがあってもおかしくない。

「とりあえず、普通に呼吸できるあたりに来たら、ちょっと壁掘ってみたいんだけどいいかな？」

「了解。慎重にな」

「うん」

もう一つ必要な調査、ということで申し出た春菜に頷き、もう一度澪の報告を聞いて数値を書き込んでいく達也。毒ガス濃度が六を切り、長時間吸っても健康に影響が出なくなったあたりで春菜が壁を掘り始める。情報収集として、澪も若干場所を変えて採掘を開始する。

「さて、俺達はどうするかね」

「ゲーマーとしてのメタ的な方向でちょっといやな感じがするから、もう一度目視でおかしな亀裂とかないかチェックしときましょう。春菜も澪も、ここらに湧くモンスターに襲われたところで、採掘中でもそうそう後れは取らないと思うし」

「分かった」

毒ガス地帯を突破したら落盤。実にありそうなトラップだ。さすがに押しつぶされたら命はないので、可能性がある場所は全て確認しておいたほうがいいだろう。特に、一度通った場所が怪しい。

「達兄、真琴姉。ボクも行く？」

「その前に意見を聞いておきたいんだけど、あたしや達也が目視で確認して分からないレベルの亀裂とかで、大規模な落盤とかは起こりうるかしら？」

「ないとは断言できないけど、さっきまでの結果だと多分大丈夫」

「だったらいいわ。確認するっていっても、不自然で気になってたところ何カ所かを離れた場所から目で見て確かめるだけだし。そっちの調査項目、進めといて」

真琴の言葉に、澪が小さく頷く。ここまでに探索に時間をかけすぎていて、少しばかり予定が押している。メタ的な調べ方をする分には罠系スキルなしでもどうとでもなるので、ここでわざわざ澪の手を煩わせる必要もない。

何より、いくら雑魚しか出ないといえど、採掘初心者の春菜を単独で置いておくのは少々不安だ。どうせ澪も採掘調査をしなければいけないのだし、ここは少しでも効率よくいくべきだろう。

「達兄、真琴姉。とりあえず、これ持っていく」

「双眼鏡は分かるとして、こっちの玉は何？」

「トラップ誘発用の礫《つぶて》。大したものじゃないけど、ほんの少しだけ仕掛けがある」

「なるほどね。ありがたく使わせてもらうけど、もしかしたら大きな振動とか起こるかもしれないから、そっちも注意してて」

「ん、了解」

澪から渡された礫を持って、確認のために戻る達也と真琴。

「あまりにも行きで仕掛けがなさすぎたよな。今までの調査で判明してることを考えると、毒ガスだけで終わりってのは胡散臭《うさん》すぎる」

「そうよね。多分、澪も気がついてるとは思うけど、ここのとかあそことか、ものすごく胡散臭いわよね。あと、崩れるとしたらあそこなんかも効果的じゃない？」

「だよな。絶対どっか崩れるよな」

そんな妙な確信をもとに、壁や天井を確認し始める達也と真琴。しばらくして一番濃度の濃いあたりに来たところで、入口方面から派手な音と振動が。

「……そういうトラップか！」

「どこか崩れるとは思ってたけど、また凝った真似を！」

一瞬で何が起こったかを理解し、急いで毒ガス地帯の入口になっていた通路を確認すると、予想どおりそこは瓦礫《がれき》で半端にふさがっていた。

「人が通れるほどの空間はなし」

「だけど、完全にふさがってるわけでもないわね」

「これはあれだな。本格的に粉砕して道を作ろうとすると、他の場所も崩れる類の罠だ」

「恐らくはね」

行って帰ってきたあたりで落盤、という性質《たち》の悪いトラップに顔をしかめるしかない達也と真琴。行きの段階でトラップも含めて散々調査していたこともあり、今回は目視で軽くしか調べておらずここまで来るのにはさほど時間はかかっていない。そのためアクアブレスの効果時間には余裕があるのだが、これがどこか別の場所でアクアブレスを使わされて、戻ってくる時は効果時間ぎりぎり

だった、などという状況だと、普通に死亡確定である。

「さて、春菜達と合流して、どう対処するか決めるか」

「しかないわね。そろそろお腹も減ってきたし」

「だな。飯食いながら話し合おうか」

いくらすでに昼食にはやや遅くなっているとはいえ、この状況で食事の話が出るあたり、達也と真琴もやはりアズマ工房の一員なのだろう。すっぱり気分を切り替え、春菜がどんな料理を作ってきたのかという話で盛り上がりながら、毒ガス的な意味で安全地帯に戻る。

「大きな音が聞こえてきたけど、やっぱり落盤？」

「ああ。まあ、腹も減ったし、飯食いながらお前さん達に意見を聞いて対処しようかと思ってな」

採掘組を代表しての春菜の問いかけに、苦笑交じりに応える達也。このあたりの腹の据わり方は五級ぐらいの冒険者でもなかなか真似できないのだが、当人達はまったく気がついていない。

「まあ、お腹減ったのは私達もだから、まずはご飯食べよう」

「おう。昼飯は何だ？」

「最近ドイツ風の料理が続いてたから、ちょっとひねってイタリアンな感じで攻めてみました」

そう言って春菜がテーブルなどと一緒に取り出したのは、チーズやサラミなどの具をトマトソースを塗ったピザ生地で包み、油で揚げた変わり種のピザと、ちょっと無国籍な感じのサラダ兼前菜だった。

「さすがに凝った肉料理やパスタはこの環境で食べるのはどうかと思って用意してないけど、こんな感じでどうかな？」

「いいんじゃない？　あたしもこういう埃《ほこり》っぽそうなところで麺類食べる気は起こらないし」

「だな」

「美味《おい》しそう。早く食べよう」

春菜の用意した料理に口々にそう言い、もうたまらんという感じでいただきますの挨拶もそこそこに料理に手を伸ばす達也達。

カリカリのピザ生地を噛み破ると、熱々のチーズがトマトの香りと一緒に口の中に広がるのがたまらない。ピザを油で揚げるという一見ものすごくしつこそうな料理なのに、どんな工夫がされているのか、それほどくどさを感じず二つぐらいは平気で食べられそうだ。

もっとも、普通の揚げ物よりはたくさん食べられるだけで、やはり油っこいのは油っこいのだが。

「このクレープみたいなの、美味しい」

「口の中の油っこさがいい感じでさっぱりするわよね」

手で掴《つか》んで食べられるようにクレープ生地のようなもので野菜などを巻いた前菜。順番で言うならこっちが先に来るのだが、食べる環境が環境ゆえに、春菜は同時に食べる前提でいろいろ工夫を凝らしたようだ。

その狙いは大あたりで、微妙にささくれ立っていた一行の空気が随分と和やかになる。

「……さて、がっつり食ったところで、脱出方法考えねえとな」

「達兄、それは現場見てから判断する」

「了解」

澪の意見を聞き入れ、崩落事故の現場に案内する達也。周囲の状況や瓦礫の状態をしげしげと確認し、さっくり結論を出す澪。

「師匠なら普通に全部掘り進んで終わりだけど、ボク達だとちょっと無理」

「だろうな。で、通れるようにはできるのか？」

「問題ない。ポメで爆破する」

「ちょっ!?」

澪のあまりにも暴力的でアバウトな結論に、思わず同時に突っ込みを入れる達也と真琴。そういう派手な真似をして大丈夫なのかどうかという問題があって澪に意見を聞いたというのに、その結論はいかがなものか。

「ポメの爆発力だと、他のところを崩すほどの衝撃は発生しない」

「てか、逆にそれでこの瓦礫何とかできるのか？」

「できないことは言わない」

淡々と達也の質問に答えながら、鞄《かばん》の中から標準サイズのポメを四体ほど取り出して、葉っぱの部分を紐《ひも》で束ねたあと、逃げ回らないように足をまとめて縛りあげる。衝撃を与えると爆発するため、手早くかつ慎重に作業を行う必要があるので、恐らく達也や真琴はおろか、春菜でもこの作業を安全確実に、というのは微妙なラインだ。

「それ、縛ってどうするの？」

「まずはこのあたりに設置」

「あ、なるほど。離れてないと危ないよね」

「ん」

澪の行動の意味を理解し、恐らく十分であろう距離まで目測で後退する春菜。春菜にならい、十分に避難する達也と真琴。メンバーが十分離れたのを確認すると、追加でポメを取り出しながら自身も瓦礫の山から距離を取る澪。そして、

「てい」

宏の投擲《とうてき》と比べるとものすごく気の抜けた掛け声とともに『うおーうおー』とうるさく鳴く手元のポメを投げつけ、束ねて拘束した結束ポメ弾に正確に直撃させる。即座に小規模な爆発が連続して起こり、数テンポ遅れて瓦礫の山が崩れ落ちる。

「こんな感じ」

「できるものね……」

「だからできるって言った」

妙に感心している真琴に対し、無表情ながらどことなく憮然《ぶぜん》とした感情をにじませて反論する澪。中級手前程度の採掘と土木のスキルを持っていれば、普通にこれぐらいの判断はできるのだ。春菜は土木はともかく採掘の技量が足りないので、さすがにここまで精密な判断は無理だが。

「とりあえず、揉《も》めてないで早く脱出したほうがいいかも」

「そうね。異界化してる空間だと、どんなトラップが仕込まれてるか分かったものじゃないし」

窘めるような春菜の意見を聞き入れ、さっさと比較的安全であろう入口近くの空間まで戻ってくる一行。

「で、どうする？」

「ポメの在庫はまだまだ余裕」

「アクアブレスはそんなに効果時間残ってないわね」

達也の問いかけに、澪と真琴が判断材料として現状を告げる。それらの情報を元に少し考え込み、現在の時間と照らし合わせて意見を決めた春菜が、一つ提案をする。

「多分まだ宏君も戻ってないと思うし、残り二カ所のうちどっちか一つ、チェックしてから帰らない？」

「俺は別にそれで構わないぞ」

「右に同じ」

「春姉の提案に賛成」

どうせ依頼を受けた以上は調べねばならないのだ。ならば、もう一カ所ぐらいチェックして戻ってもいいだろう。そう結論を出し、今回調べていない二カ所のうち、宏が毒性を事前調査していないほうの毒ガス地帯に速足で向かう。

予想どおり、二カ所目の毒ガスポイントでも同じようなトラップが発動し、最初と同じようなやり方で対応。外に出る頃にはすでに夜の八時を過ぎていた。

「さすがにこの時間だと、潜ってる人間もほとんどいなかったなあ……」

「ちょっと欲張りすぎたかな？」

「かもな」

失敗したという感じの春菜に苦笑がちに応えながら、仮拠点のアパートへと帰る面々であった。

☆

「おかえり。遅かったやん」

「ただいま。ちょっと調査に時間かけすぎちゃって」

すでに帰ってきていた宏に迎えられ、心なしか嬉《うれ》しそうに声を弾ませてあいさつを返す春菜。目一杯ぎりぎりの距離まで近づきながら、今日あったことの報告を始める。

ダールの時に比べると態度や行動に随分落ち着きが出てきてはいるが、それは恋愛感情が薄れたことを意味してはいないらしい。態度こそ落ち着いたが、その分目や雰囲気は口よりものを言っている感じである。

「ダールの時より落ち着いてると思ったが、気のせいだったか？」

「落ち着いてはいるわよ？　というか、単に自分の気持ちとの距離の置き方を覚えただけで、本質的には何も変わってないどころか、多分前よりひどくなってるんじゃないかしら？」

「……まあ、恋なんてそんなもんだからな」

「まあねえ……」

春菜にならって距離を取りながら懐《なつ》きに行っている澪にも視線を送る年長者二人。

落ち着いているからこそ、ますます手がつけられなくなっていそうな恋模様を半ば不安を抱きつつも、野次馬根性でにやにやと楽しむことにする達也と真琴であった。

フォーレ編　第五話

「さて、どないしたもんか」

朝食を食べながら春菜《はるな》達の報告と鉱山組合側の進捗《しんちょく》状況、双方を照らし合わせて、そんな言葉を漏らす宏《ひろし》。どちらもかなり微妙な状況になっていた。

「何か問題があるのか？」

書類を見ながら唸《うな》っている宏を見て、食後のコーヒーを嗜《たしな》んでいた達也《たつや》が声をかける。なお、女性陣は昨日のダンジョンアタックで染みついたガスの臭《にお》いが気になるらしく、朝食の準備を済ませてすぐに風呂に入り、まだ出てきていない。

「鉱山組合の方、なんぞ候補地が絞り切れんそうやねん」

「そりゃまたどうしてだ？」

「地脈沿いの有望な土地が、大体住宅街とかにかかっとるんやと」

「なるほどなあ……」

たとえ鉱山の街といえど、やはり住宅街の近くに製鉄所があるのは双方にとって嬉《うれ》しくない。水や騒音の問題が常に付きまとうのだから、当然であろう。

「組合の権力でどうにかできねえのか？」

「できるわけないやん」

鉱山の街である以上、クレストケイブの鉱山組合の発言力は強い。だが、それは無制限に権力を行使できることを示してはいない。さすがに先住者を追い出して土地を買い占めて、などということは不可能だし、住民の声を無理やりねじふせて住宅街の中に溶鉱炉を作るのも難しい。

「製鉄所の類《たぐい》は地脈沿いにはまったくないのか？」

「ないわけやないんやけど、そっちはそっちで問題があってなあ」

「問題？」

「簡単な話や。国と組合の金で炉を作るんやから、誰のところの炉を壊して作るんや、っちゅうんでもめるねん」

「あ～……」

宏の説明に、思いっきり納得した声を上げる達也。誰が考えても、もめないわけがない。

「まあ、組合の方の状況は分かったが、それとお前が頭抱えてる理由とはつながらねえぞ？」

「組合からな、どのあたりの土地がええか、っちゅうんを指定してくれへんか、ってな」

「そいつはまた……」

「正直、こういう問題に下手にくちばし突っ込みたあないから、どないしたろうかな、と」

宏の大変よく分かる悩み事に、思わず一緒にうなってしまう達也。

恐らく、口を挟まなくてもそのうちどうにかはするだろう。だが、そう考えて放置しておくと、決定までどれだけ時間がかかるかが分かったものではない。そこがまた、悩ましいところである。

「で、拒否して兄貴らと一緒に調査に混ざる、っちゅうんも微妙やから、悩んどるんよ。正直、実質的にあの仕事って終わってるも同然やん？」

「あ～、確かになあ」

達也達が受けた、アクアブレスの性能試験。これに関しては宏の言うとおり、すでに依頼を終えていると考えても特に差し支えはない。残りの一カ所が突破できるかどうかを確認していないのは事実だが、少なくとも二カ所は途中でもたつきさえしなければ余裕で突破できることは証明できているのだ。元々の依頼が、アクアブレスが毒ガス対策として有効かどうかを確認することなのだから、一カ所突破できていれば十分なのである。

ダンジョンの広さがまだ未確定である現状、この先にどんな地形やトラップが待ち構えているかは分からない。もしかしたらアクアブレス一つでは足りない区画もあるかもしれない。そんな不確定な状況なのだから、一カ所ぐらい確認が終わっていなくても大差はないのである。

そもそも春菜達が確認しなくても、誰かが踏破すれば済む話である。

「アクアブレスやとあかん、っちゅうんやったら、他によさげなアイテムを考えるんやけど、今んところは特に問題なさそうやしな」

「ああ。恐らく問題はないと思う」

「そういう状況やし、断る口実に使うんは厳しいかもなあ、っちゅうんがあってな」

「確かに悩ましいところだな」

宏の現状に対する悩みを聞いて、深く納得する達也。

もっとも達也達だって、もう一カ所を調べたところで、特に報酬が増えるわけではないので、行く理由はないのだが。

「そうだなあ。いっそ、俺達全員で地脈の方を見て回るか？」

「手伝ってくれるんはものすごいありがたいんやけど、ええん？」

「正直に言うと、また落盤トラップがあった場合、お前抜きだと戻ってくるのが面倒くさい」

「ああ、なるほど」

落盤の面倒くささを言及され納得する宏。確かに、あれの処理はいろんな意味で面倒くさい。

「ほな、飯済ませたらちょっと回ってみよか」

「だったら、もう風呂から出てきたみたいだし、春菜達にも声かけてくる」

「頼むわ」

浴室の扉が開く音を聞き、達也がそう言って席を立つ。風呂上がりの女などという危険物のところに、女性恐怖症の男を送り込むのは忍びなかったようだ。

「さて、どういう風に見て回るかな？」

微妙に内輪もめの原因になりそうな話をするのだ。迂闊《うかつ》に動けば碌《ろく》なことにならない。

達也が部屋から出ていくのを耳で確認しながら、地図片手にルート決定に頭をひねる宏であった。

☆

鍛冶《かじ》屋街は、いつになく不穏な空気が漂っていた。

「なんかこう、殺気立ってる感じがするんだけど……」

「せやなあ。なんかおかしい」

やけに殺気立った空気を敏感に察した春菜の言葉に、顔をしかめながら同意する宏。達也や真琴《まこと》、澪《みお》などもどことなく警戒し、さりげなくいつでも武器を構えられる態勢を取っている。

普段の行動からいまいちそういうイメージはないが、こういう空気を敏感に察して対応するあたり、やはり彼らも一応は冒険者なのだろう。

「原因はあれやな……」

「そうだね……」

怒鳴り合いの声が聞こえてくるほうに足を進めること数分。鍛冶屋街のやや外れ、クレストケイブの中心街からも鉱山からも、そして街道からもやや離れたあたりで、宏達は騒動の中心であろう人だかりを発見した。

見たところその人だかりは大きく分けて二つの集団で構成されており、各々が一触即発の状態で怒鳴り合っているようだ。

一方は間違いなくこの区画で仕事をしている職人達。九割近くがドワーフで構成された、下手な軍隊より屈強な集団である。

もう一方は性質《たち》の悪いチンピラの集団といった風情で、戦闘能力自体は兵士や冒険者と比べれば大したことはなさそうな感じだが、戦闘用の装備で完全武装していることに加えて、素人特有の危なっかしさもあり、危険度としては決して軽視できない。

チンピラを率いているのもドワーフのようだが、こちらは趣味の悪い派手な服装をしているところや、ドワーフとは思えないだらしない体つきから、どうやら職人や戦闘関係の仕事をしている人間ではなさそうだ。はっきり言って、絵に描いたように分かりやすい小悪党そのものである。

「さて、見た感じ、ものすごいお約束くさい状況みたいやねんけど、どう思う？」

「聞いてみないことにははっきり言えねえが、少なくともあの小悪党っぽいやつが何らかの因縁をつけてきたんだろうな、ってのは分かる」

「見た目で判断するのはよろしくないけど、完全武装したチンピラ連れてきてる時点で正当性は疑わしいわよねえ」

どうやら、外野としての印象は全員似たようなものらしい。むしろ、詳しい事情も聞かずに見た目だけで判断すれば、百人いれば九十人ぐらいは同じ判断をするだろう。

それぐらい分かりやすく、どこから見ても悪役という感じの集団なのだ。

「師匠、何があったか聞いてみたら？」

「せやな。ここでまごまごしとってもしゃあないし」

澪に促され、状況を確認するために顔見知りのドワーフを探す宏。殺気立ってる状況で知らない相手に声をかけると、どんなトラブルに巻き込まれるか分かったものではないからだ。

「おっちゃん、おっちゃん。どないしたん？」

「ん？　おう、お前さんか」

宏に声をかけられ、今にも相手に飛びかかりそうだったドワーフの一人が、やや怒気を抑えて対応してくれる。鉱山組合でよく顔を合わせる、このあたりの顔役の一人だ。

「なんかえらい物騒な状況やけど、どないしたん？」

「ああ。チンピラのガルゾが、カカシに言いがかりをつけてきてな。工房から強制的に立ち退かせようとしやがったから、こうやって皆で抵抗してるんだよ」

どうやら、見たままだったらしい。だが、こちらから見ればいいがかりでも、向こうからすれば正当な言い分なのかもしれない。まだまだ判断するには情報が足りない。

「言いがかりって、どんなん？」

「カカシに不良品掴《つか》まされたって言ってきてな。法外な損害賠償請求をしてきやがったんだ」

「うわあ……」

「しかもどんなあくどい手口を使ったのか、証文自体は公式のやつらしくてな」

「そらまた……」

あまりに典型的なやり口に、思わず絶句する宏。やり口の頭の悪さもそうだが、それが通ってしまっている状況も頭が痛い。

「誰がその証文を作ったかは知らんけど、明らかに鉱山組合に真っ向から喧嘩《けんか》売っとるよなあ、それ……」

「おう。だから、この状況なわけだ」

外野としても頭の痛い状況に、ため息を止められない宏。

このドワーフ以外から聞いた情報も総合すると、証文自体は公式のものでも、当事者であるカカシ氏が直接関わらない状況で話が進められている疑いが濃厚である。それが事実であるなら、異議を申し立てれば確実に効力を失い再調査となる。

ちょっと前のファーレーンほどガチガチに法で固められているわけではないが、フォーレもそれなりにちゃんと法整備はされているのである。

もっとも、だからこそ既成事実を作って一気に話を進めようと、当たり屋的な手段に訴えたのだろうが。

「まあ、大体話は分かったわ。で、そのカカシ氏の腕って、どんなもんなん？」

「見た目こそドワーフのくせにひょろ長くて頼りないが、腕が悪いってことはねえよ。見た目どおり体力も魔力もドワーフの職人としては驚くほど貧弱で、そのせいで魔鉄の精錬とかはできねえんだが、その分、あいつが作る鉄器は目を見張るほどの品でな。技量的にも作れる数的にも、百個単位の不良品なんて絶対掴ませたりしねえんだよ」

「あ〜、なるほどなあ」

実に分かりやすい背景に、本気で頭を抱えたくなる宏。この種の揉《も》め事は処理に時間がかかりやすく、関係者の人数も野放図に広がりやすい傾向がある。そんなことに鉱山組合が関わっていると、こっちの作業にまで影響が出てきかねなくて、正直面倒くさい。

カカシ氏の工房と思《おぼ》しき建物を見る限り、規模としてはかなり小さい。この規模だと基本現金引き換えで商品を納入しているはずだから、まず取引記録など残っていないであろう。

この世界の税制は、商人にはともかく職人にはかなり甘いというかアバウトで、個人でやっているような規模の工房だと売り上げや収入に関係なく、〝毎年決められた登録料金を支払う〟、というのが税金代わりになっている。なので、取引記録をつけていない工房も多く、つけていても公的な証拠として扱ってもらえるかというと微妙なところである。

「ガルゾの野郎はいろいろ前科があるから、とにかく警備隊や鉱山組合が介入すりゃ確実に勝てるんだが、その前科でいろいろ余計なことばかり覚えたみたいでなあ……」

「何ともまあ、面倒なことや」

ドワーフの言葉に、もう一度ため息をつきながら相槌《あいづち》を打つ宏。はっきり言ってしまうと、宏達が介入するような事柄ではない。あくまで宏達は他所者《よそもの》で、鉱山組合に所属しているわけでもない。

それに、こう言ってては何だが、この程度の騒ぎはある程度の規模の街ならどこでも起こっていることである。それら全てに関わっていたら、体がいくつあっても足りない。

だが、このままだと仕事が進まない。

しかも厄介なことに、宏は気がついてしまったのだ。カカシ氏の工房は、ちょうど二つの地脈が交わったポイントの真上に立っているという事実に。

無実であるはずのカカシ氏が余計な被害を被るのも気分的に嫌ではあるが、それ以上にあの手のチンピラにこういう重要なポイントを押さえられるのは避けるべきだ。

現時点でのやり口を見たとおり、足元を見ていろいろふっかけてくるであろうことは間違いないし、下手をすれば他のところにも妨害を仕掛けてくるかもしれない。

さすがにそのせいでとん挫することはなかろうが、世界規模の危機が発生しかねない状況でチンピラ一人に足止めを食らうのはなんとしてでも阻止すべきであろう。

連中がどんな目的でカカシ氏の工房を巻き上げようとしているのかは不明だが、今回は国家権力に強引に介入させてでも、迅速に阻止すべきだ。ついでにカカシ氏の権利を保障できれば言うことなしである。

流れを見ている限り、きちんとした取引記録がない帳面の付け方だけでなく後ろ盾のない個人の小規模な工房だったことも、今回のトラブルにつながっている。ならば、ここに実験炉を作ってクレストケイブ鉱山組合を全面的に味方につけ、場合によってはカカシ氏ごとアズマ工房にとりこんで、ここをクレストケイブの支部にする、という手もある。

今のアズマ工房ならこの手の理不尽なことに対して最悪ファーレーンとダールを引っ張り出すことも可能だし、アズマ工房が抱えているノウハウを得られる、という面でカカシ氏にもメリットがある。

職員達の教育面でもフリーで腕のいい鍛冶師を確保できるのはありがたいので、当人が了承してくれるのであれば、真剣に進めてしまってもいいかもしれない。

そこまで考えて、宏は結論を出す。

「春菜さん、澪、ちょっと頼みたいことがあるんやけど」

「何？」

「簡単なお使いや。役人とクレストケイブ鉱山組合の組合長さんをここに連れてきてくれへん？」

「了解。澪ちゃん、行こ」

「ん」

宏の指示を聞き、即座に転移魔法を発動させる春菜。澪を同伴させたのは、春菜は鉱山組合の組合長とは面識がないからである。

鉱山組合の組合長と面識がないという条件は同じなので、同じく転移魔法が使える達也が行ってもよかったのだが、大抵の手続きは春菜が行っている関係上、春菜の方が役人には顔がきく。

それに、呼びに行っている間に状況がこじれて暴発した際、残っているのが春菜だと眠りの魔法のような広域状態異常で対応することになるが、達也だったら普通に防御結界を張って両者を隔離すればいいので、暴力行為という認定を受けにくいというメリットもある。

そうやって、適材適所という感じで役割を割り振ってから、第三者的立場で状況の推移を見守る宏達三人。宏に状況を説明したドワーフは春菜と澪が組合長や役人を呼びに行ったことを知り、暴発を防ぐために双方を牽制《けんせい》する方向で行動を開始する。

そしてほどなく、

「双方とも、静まらんか!!」

鉱山組合の長と警備隊の総隊長、そして役所の商業部門の長が春菜と澪に連れられて現場に到着した。

「市民から通報があった。ガルゾ・モーネ。威力業務妨害の容疑で、協力者ともども詰め所の方まで来てもらおうか」

「儂《わし》は正当な権利を行使しておるだけだ!!」

「それも含めて、詰め所の方で調べる」

そう言って、ガルゾの手を取ろうとする総隊長。

当然のごとく抵抗するガルゾ。その一撃が顔面を捉えた、というか、正確には総隊長がわざと殴らせたところで、援軍として声をかけてあった警備隊の隊員が到着する。

「暴行が成立だな。総員、ひっ捕らえよ!!」

警備隊長の掛け声に応じ、ガルゾ一味を次々に拘束する警備隊員。

チンピラ達も当然抵抗し、その刃《やいば》が何人かの隊員を捕らえはするが……、

「ご協力、感謝する」

「こういう時のために準備してたからな」

達也が張った結界魔法に全て弾《はじ》かれ、負傷者は出ていない。

「儂は無実だ！　これは陰謀だ！　そこのカカシに嵌《は》められただけだ!!」

「形はどうあれ、先に暴力をふるったのは貴様らだ。バッソ氏に対する損害賠償請求と本件はまた

別件になる。話は全て、詰め所で聞こう」

いまだに見苦しくわめきながら抵抗を続けるガルゾを引きずり、粛々と一番近くの詰め所まで引き上げていく総隊長。その明らかに後ろ暗いところがありそうな様子に、残された者が全員で呆《あき》れた視線を向ける。

「そういや、バッソって誰や？」

「カカシの本名だよ。ゼオ・バッソってのが本名だ。まあ、公の場以外じゃ、誰も本名で呼ばねえんだがな。因《ちな》みにあいつがカカシだ」

そう言ってドワーフが示した人物は、確かにドワーフ族の基準から言えばカカシと呼んだほうが正しいであろう外見をしていた。百八十センチほどの本当にドワーフかと疑わしくなるほどの長身と、筋肉も脂肪もほとんど存在していなさそうな細い体。ヒューマン種の基準では宏より美形に見える顔立ち。髭《ひげ》が似合わないことも含めて、確かにカカシというあだ名はそれほど外れてはいない。

「さて、ようやく落ち着いて話を進められるわけじゃが」

「おいらのせいで、お騒がせしました……」

「いやいや。あやつに関しては他にもいろいろあるからの。今回の件は渡りに船じゃてな。まあ、まだ話は終わっておらんから、ちょっとばかりお主も詰め所まで付き合ってほしいんじゃが」

「は、はいっ！　分かりました!!」

あまりに大きくなってしまった騒ぎに、ひたすら恐縮しまくるカカシ。

そんな彼をなだめながらも、まだ話が終わっていないことを告げる組合長。その様子に、さらにため息を漏らす宏。

そのため息に気づいた組合長が、

「おお、アズマ工房の主《あるじ》殿。今回もお手柄じゃったな。ところで儂に用があって呼んだのじゃろうが、見てのとおり、これから詰め所に行かねばならんのじゃ。すまんのう」

と言いながら宏に話しかける。

「いやいや。今回はしゃあないですって。ただ、あの手合いは無駄に執念深いし、余計なことさせへんためにも、ここを組合の新型溶鉱炉試験所にしてまいたいんやけど、どないです？」

「な、なんじゃと？、ここでよいのか？」

「ここ、ちょうど二つの地脈が交差しとるんですわ。せやから、一番条件がいい場合、っちゅうんを実験できる思うんです」

宏の申し出に、『なるほど』とばかりに頷《うなず》く組合長。実のところ鉱山組合では、まだそれほどちゃんとした地脈の調査はできていなかったのだ。

「それに、バッソさん、やっけ？」

「カカシでいいっす」

「ほな、カカシさんで。カカシさん、話聞いてる感じやと腕はええけど魔力が足らんタイプみたいやし、そういう意味でもちょうどええ、思うんですわ」

魔力が足りないとちょうどいい、という話に、思わず首をかしげるカカシ。ドワーフの平均に大きく届かぬ魔力は、当人にとっては大きなコンプレックスだった。それがちょうどいいというのはどういうことなのか。

「なに、新型の溶鉱炉はな、地脈から魔力を汲《く》み上げるシステムを組み込むそうでな。魔力が足らんでも魔鉄の精製ができるらしいんじゃ」

「それを実験するんに、魔鉄の精製ができそうなぐらいの腕があって、魔力が足りてへん職人っちゅうんが欲しかったんですわ」

「それがおいら、ってことですか？」

「そうそう。そういうわけやから、カカシさんの工房を組合で買い上げて、新型溶鉱炉の設置をやりたいんですけど構わんですか？」

宏にそう聞かれ、反射的に頷いてしまうカカシ。頷いてから、自分に持ちかけられた話がとんでもないことに気がつく。

「ちょっ、ちょっと待ってください！」

「ん？　なんぞ問題ですか？」

「おいらの工房にそんな大それた改造するって、正気っすか!?」

「カカシさんとこの土地が一番ええんですわ。どうせ地脈が適合した土地を買い上げんとあきませんし、条件っちゅう観点ではカカシさんとこが一番ええ上に最初に見つけたんで、話持ち掛けさせてもらいましてん」

「いや、そうじゃなくて、末端の木っ端職人でしかないおいらのみすぼらしい工房じゃなくて、ちゃんとした設備のある鉱山組合の重鎮《じゅうちん》とかがやってる大きな工房の親方に話を持ちかけたほうがいいんじゃないかって話っす！」

カカシの指摘を受け、周囲のドワーフ達に視線を向ける宏。宏に視線を向けられて、親指を立てて頷く親方衆。どうやら元々カカシ氏が思うよりもカカシ氏のことを評価しているらしく、まったく問題はないようだ。というより、あまり鉱山組合の重鎮とかそういう地位をかさに着るような人間は上に上がれないらしい。

「親方衆は納得しとる、っちゅうよりむしろ積極的に進めたいみたいですけど？」

親方衆の反応を見て、頭を抱えるカカシ。魔力の少なさ、その他のコンプレックスもあって自己評価の低い彼には、今回のことはプレッシャー以外の何物でもないようだ。

「なんとなくお主の不安は理解したが、実験炉とはいえタダで最新型の溶鉱炉が手に入るのに、職人として喜ばんとはどういうことじゃ？　それとも、儂の権限で強引に進めてもいいということか？」

「組合長さん、それ、さっきのアホと言うてることおんなじでっせ」

「む、すまんすまん。若いのにあまりに保守的でグダグダ逃げ腰すぎて、ついイライラしてのう」

宏と組合長のやり取り、さらには周囲の親方衆の視線の圧力に負け、ついにカカシは諦《あきら》めて受け入れることを決める。

ただ、話の流れを聞く限り、溶鉱炉が新型に変わる以外に何も変わらない、ということはなさそうだ。ならば、自分の立場がどうなるかだけはちゃんと把握しておきたい。

「工房を提供するのは構わないっすが、その場合おいらはどういう立場になるっすか？」

「工房主という立場から雇われ職人になるだけで、これといって今までと何かが変わるわけではないぞ？」

「まあ、身の安全のこととか考えたら、うちで雇われてファーレーンに来てもらう、っちゅう選択肢もありますけど」

「ファーレーン？　ってか、お兄さんってどういう立場なんっすか？」

「ファーレーンでアズマ工房、っちゅう工房やっとるんですよ。最近新型の炉を作ったんやけど、今おる職員はまだ鍛冶とか精錬とかに手はつけてへんから、新旧どっちの炉も完全に遊んどって」

アズマ工房、という名前を聞いた瞬間、ドワーフ達の動きが止まる。

「おや？　その反応、皆さんもうちの工房のこと知っとりましたか」

「いろいろと噂《うわさ》は聞こえてきてるっす。やたら高品質で効力の強い薬を卸してるとか、今まで見たこともない調味料を量産してるとか」

「俺は質のいい小物や家具を作ってるって聞いたが？」

「ん？　大工や土木工事を請け負ってたんじゃないのか？」

ドワーフ達が口々に言う断片的な情報に、思わず苦笑する宏。作ったものを評価してもらえるのは嬉しいし、その評判が広がるのはありがたいが、あまり名前が一人歩きするのも面倒くさい。そんな複雑というかひねくれた心情の結果、苦笑するしかなかったようだ。

「しかし、鍛冶製品の話をまったく聞かなかったから、さすがに溶鉱炉まで持ってるとは思わなかったな」

「そら、自分の装備は自分で作らんとあかんから、溶鉱炉ぐらいは用意しますがな。因みにこれとかこれが自作の製品」

そう言って宏達が見せた魔鉄製のポールアックスや刀、レイピアなどに思わず唸る職人一同。自分達の中で最も腕のいい武器職人でも、宏の作った武器ほどのものは作れないのだから当然だろう。

「なるほど。名声は伊達《だて》じゃないわけか」

「さすがに畑違いの皆さんにまで名前が知られとるとは思いませんでしたわ」

「まあ、ダールにまで出張所みてえなの作ってんだから、いい加減西部諸国にゃ名前ぐらい知られてるだろうよ」

感心してみせるドワーフに苦笑しながら答えると、聞き役に徹していた達也がそんな風に突っ込みを入れる。

「で、私思うんだけど、そういう話はあとにして、早く詰め所に行ったほうがいいんじゃないかな？」

話が思いっきり明後日《あさって》の方向に行きそうになったところで、春菜が軌道修正に入る。

春菜に指摘され、はっとした顔になる組合長とカカシ、三人の役人。

「そうじゃな、とっととあの愚か者を締め上げねばな」

「こんなやり方を許していては、この町ではまともな商売ができなくなりますからな」

「というか、こんな異議を申し立てられて少し突っ込まれればすぐにぼろが出る方法が、本当に上手《うま》くいくと思っておったのか？」

「恐らく、異議を申し立てさせなければいいと思っていたのでしょうね。浅はかな話です」

などと言い合いながら、カカシを伴って詰め所の方に行こうとする組合長と役人。そこに、念のために声をかける宏。

「とりあえず、カカシさんの工房、勝手に改造しとってかまへんですか？」

「もう、好きにしてくださいっす」

「了解。勝手にやっときますわ」

カカシの投げやりな返事に、実にいい笑顔を浮かべ工房のチェックを始める宏。

「あのアホが好き放題やらかしたせいで、建物も結構破損しとるなあ。これは、改築も一緒にやってもうたほうがええやろう」

「いいのかよ、そこまでやって……」

「好きにやってええって許可も出とるしな。っちゅうわけで、まずは中身運び出して解体や。兄貴、真琴さん、肉体労働手伝って」

「へいへい」

「分かったわよ……」

ある程度この展開を予想していた達也と真琴が、呆れた表情を浮かべながら壊された入口から中に入り、片付けも兼ねて中の工具や材料の類を運び出す。

「春菜さんと澪は溶鉱炉の解体補佐やな」

「はーい」

「了解」

宏の指示を受け、工房の心臓とも言える溶鉱炉を解体し始める春菜と澪。

日暮れ前に裁判の手続きまで済ませて戻ってきたカカシが目にしたものは、すっかり解体された溶鉱炉の残骸と、すでに骨組みが終わって屋根の工事に入っていた工房であった。

☆

三日後の朝。

「なんで工房が完成してるんすか……」

「この程度の規模やと、ちょっとあれこれ凝っても三日あれば余裕やし」

宏達に呼ばれ、組合本部にある下宿から工房まで出てきたカカシは、思わず唖然《あぜん》とした表情で硬直してしまった。

「いやいやいや。この程度の規模って、普通この大きさの建物を一から建て直すってなると、資材揃《そろ》ってても最低二週間は……」

「あー、こいつにとっちゃ、いつものことだ。諦めろ」

「諦めろって、諦めろって……」

どことなく達観した感じの達也にそう窘《たしな》められ、うわごとのようにそう繰り返すしかないカカシ。

なお、カカシの言葉は間違ってはいない。

普通なら解体とその片付けで一日、測量や基礎の確認などこまごまとしたことで一日、骨組みを組み上げるのに一日二日、という具合に、一つ一つの作業が大抵一日仕事なのだ。今回は基礎のやり直しはやっていないが、そこまでやっていたらさらに数日後ろにずれるはずである。

建て直しである以上、解体した時に柱を残していれば、工期はかなり短縮できる。だが、今回はあの騒動で破損した柱もあったため、基礎以外は全て撤去して作業していた。高度な職人技を使いこなせば一週間ぐらいでできるのかもしれないが、さすがに三日でというのはあり得ない。

「あのさ、カカシさん」

「何っすか？」

「建物だけで驚いてちゃ、話が進まないわけよ。たかが工房一個完成したぐらい、さっさと納得してくれないかしら？」

「たかが工房一個って、そりゃ無茶っすよ……」

真琴の無体な意見に反射的に突っ込みを返し、建物だけという単語に再び硬直する。

「建物だけでって、もしかして……？」

「溶鉱炉もばっちり完成してるわよ」

「うぇえ……」

いろいろとひどすぎて、どことなく感情が飽和したような呻《うめ》き声を上げてしまうカカシ。特に自分が何かしたわけでもないのに、妙にドヤ顔で胸を張っている真琴との対比がなかなか面白い。

そんなカカシの気持ちなどさっくり無視した宏が、さっさと鍵を開けてカカシを中に誘《いざな》う。

それを確認した達也と真琴は、周囲の工房や他の親方衆に声をかけるためにその場を立ち去る。

春菜と澪は、というと、このあとの宴会のために大量の料理を仕込み中である。

「前の工房のレイアウトから、多分これが使いやすい配置やろうっちゅうん当たりを適当につけて作り直したんやけど、これでええかな？」

「そもそも工房が新しくなってること自体が大それた話なんで、中のレイアウトまで文句を言う気はないっすよ……」

などと宏の質問に呆然《ぼうぜん》と言いかえしながらも、解体前と寸分違わず配置されたあれこれに、内心で何度目かの驚きを味わう。

「……あれ？」

「なんかまずいことあった？」

「いや、見覚えがないハンマーがあって驚いただけっす。これなんっすか？」

「ああ。今後魔鉄加工するから、魔鉄製の専用の工具がないときついんちゃうか、思って、昨日の溶鉱炉の試運転の時についでに作ったんよ」

「ついで、っすか……」

もはや驚く気も失せた感じで、肩を落としながら呟《つぶや》くカカシ。

実際に必要になるものだし、タダで作ってもらっているのだから、文句を言う理由もない。釈然としないものがないわけではないが、誰も損をしていないし、ここは余計なコメントはしないのが賢明だろう。

「できるだけ今まで使うとったハンマーに感覚とか近づけたつもりやけど、そもそも素材がちゃうからどうしても違和感あると思うんよ。悪いんやけど、そこは慣れて」

「新しい工具なんだから、それはしょうがないっす」

言わずもがなの宏の注意に苦笑しつつそう応じ、試しにハンマーを手に取ってみる。

さすがに今まで使っていたものに近づけたというだけあって、手に持った感触はこれまでのものとほとんど変わらない。ハンマーヘッドの材質が変わった分、ほんのかすかにバランスが違ってはいるが、それで精密な作業ができなくなるほどの変化ではない。

当分は今までより若干作業が荒くなりそうではあるが、それも五十も打てば馴染《なじ》んでこれまでどおりになるだろう。

「……いいハンマーっすね」

「気に入ってもらえて何よりや」

どことなく上の空で宏の言葉を聞き流し、手元のハンマーをじっと観察しながら何度も軽く振ってみるカカシ。

新しい道具を手に入れた今、考えることはただ一つ。そう、何か作りたい、だ。

「さて、道具も気に入ってもらえたことやし、そろそろ本題いこか」

「……本題？」

「そらもう、新しい溶鉱炉の使い方を覚えてもらわんとあかんっちゅう話やん」

「……ああ!!」

新しい道具に魅入られて、すっかり溶鉱炉のことを忘れていたカカシ。彼も一つのことに意識が行くとそれに関連することで思考が埋まってしまうという、ある種の職人のサガを持っているらしい。

「で、その溶鉱炉で精錬した魔鉄で、練習がてらなんか鍛えたらええんちゃうかな、って」

「そうっすね。でも、そんなに使い方変わるんっすか？」

「まあ、よそから魔力引っ張ってくるから、普通の溶鉱炉よりは特殊な操作が増えるわなあ」

特殊な操作が増える。その言葉に、表情を引き締めるカカシ。

そうでなくとも新品になって微妙に勝手が変わるのに、さらに特殊な操作が増えるとくれば、気を引き締めて覚えないと事故のもとである。

「具体的にはどんな操作が増えるんすか？」

「まず、火ぃ入れた時に周囲から魔力を取り込むための操作したらんと、ただの溶鉱炉と変わらへん。で、材料入れたあとに温度調整以外に魔力の流入量を調整したらんとあかん。この魔力量の調整に失敗すると、魔鉄が簡単には手に負えん状態になりおるねん」

「それって、ものすごくやばくないっすか？」

「簡単には手に負えんっちゅうても、呪いの鉄になるとかそういうんは滅多にないから、そこは安心してええで。とりあえず慣れるまでは失敗続くやろうけど、大概はそもそも魔鉄にならへんかった、っちゅう類になるはずや。そうなった魔鉄は、鉄としての再生とかものすごい難しなってな。普通の職人の手には負えんから、処分すんのに難儀なことになるわけや。まあ、今はものすごい勢いで魔鉄鉱石の在庫増えとるし、少々大量に失敗しても必要経費やっちゅう感じでいくらでも提供してくれると思うで」

「はあ……」

やけにアバウトなことを言い出す宏に、いまいち不安を隠せないカカシ。

そんなカカシの様子を知ってか知らずか、さっさと溶鉱炉の起動準備の説明に入る宏。

とはいっても、火のおこし方その他は普通の溶鉱炉と変わらない。違いがあるとすればせいぜい、最初に火を入れる時に魔力回路に魔力を通してやる必要があるだけである。これをしなければごく普通の溶鉱炉と同じだ。

「ここまでの手順はええ？」

「はい、問題ないっす。こういう手順っすよね？」

宏に手順確認をされ、実際に火を入れるところまでやって見せるカカシ。

魔力回路に魔力を通す時に若干魔力を持っていかれるが、ほんの一瞬で終わる上に一般に流通している魔力式の湯沸かしポットあたりの魔道具よりも消費が軽いぐらいなので、魔力が低いカカシでもまったく問題はない。

「じゃあ、ここからが厄介やから、よう見とってや」

そう言って、カカシがおこした火を使って実際に魔鉄（正確には魔鉄とミスリルの合金）を精錬してみせる宏。昨日のうちにこの工房の材料庫が埋まるほどの量の魔鉄鉱石とミスリル鉱石を運び込んであるので、実験や練習はいくらでもできる。

「温度の調整がこんな感じで、魔力の調整がこんな感じや。で、これを続けていくと……」

大体鉄一つができるぐらいの時間、溶鉱炉を操作していた宏が、中からどろどろに溶け、不要な不純物が全て排除された魔鉄合金をインゴットの型に流し込む。炉から出てきて型に入ったと同時に急速に冷え固まり、ついに魔鉄として精製されたインゴットが完成する。

実のところ、宏の技量でこの炉を使うのであれば、魔鉄の精製にかかる時間を半分以下にするぐらいは容易《たやす》い。だが、それをやってしまうとカカシの研修にはならない。それに、この溶鉱炉はカカシをはじめとする一般的な、魔鉄を精錬するには魔力が足りない職人が、普通に魔鉄を作れるということに意味がある。

宏のような馬鹿魔力の保持者が、その魔力と職人技を使って時間を短縮してしまっては、新型炉の価値は一切なくなってしまう。

「こんな風に、魔鉄ができるわけや」

「なるほど……」

炉内の温度と魔力量を見えるようにしたパネルを食い入るように見つめていたカカシが、きりっと引き締まった真剣な表情で頷いてみせる。

宏と場所を代わってもらうと、いろいろとメモった手順をもとに、慎重に魔鉄鉱石とミスリル鉱石を量って炉の中に入れ、一気に温度を上げて大量の魔力を注ぎ込む。

そのまま、一瞬たりとも変化を見逃すまいとパネルを睨《にら》みつけ、全神経を研ぎ澄まして音や魔力、温度の変化に意識を集中する。極度の集中力を発揮し、何時間にも感じるほどの時間をかけて慎重に炉を操作し続け、不要な不純物を取り除きながら魔鉄とミスリルを混ぜ合わせていく。

そして、

「これで、どうっすか!?」

インゴットの型に合金を流し込み、祈るように固まるのを待つ。

「……品質的にはまだまだやけど、ちゃんと魔鉄になっとるわ」

「そう、っすか……」

「いきなりのぶっつけ本番で魔鉄完成させるとか、自分ええ腕しとるわ」

「まだまだっすよ」

宏の褒め言葉に、謙遜でも何でもなく険しい顔でそっけなく言い放つカカシ。

普通の鉄に比べるとはるかに高性能とはいえ、宏が作った魔鉄合金と比べると高品位鋼とクズ鉄ぐらいの差がある。同じ炉を使い、ほぼ同じ品質の鉱石を精錬したのだから、言い訳はきかない。

現状のカカシの腕では、大した魔鉄は作れないと証明されてしまったのだから。

「それに、インゴットは作れても、加工できなきゃ意味ないっす」

「さよか。ほな、何か作ってみたらええで。ただ、このあとも詰まっとるし、できるだけ簡単なやつでいこか」

そう言って、熱間鍛造に使う熱源、それに魔力を通すための操作を教える。魔鉄の鍛造は、精錬と同じぐらい魔力を食うのだ。

「とりあえず、小さめのナイフでも作ってみるっす」

あとが詰まっているという言葉に、一時間もかからずに作れるものを手を休めずに提示する。

いつの間にかギャラリーが増えていることにも気がつかず、そのまま流れるような動作で鍛冶作業に没頭するカカシ。ひょろりとした頼りない見た目とは裏腹に、彼は筋金入りの職人であるらしい。それも、入っている筋金は神鋼級の強度を持っている風情である。

「とまあ、こんな感じですねんけど、鉱山組合および親方衆としては、どない思います？」

「カカシの魔力で作れるんだったら、俺らのところでもいけそうだな」

「そうじゃな。順次増設してもらうとして、費用と工期を教えてもらえんかね？」

「費用についてはまあ、あとで見積もりだしときますわ。最初の二つほどは僕が監督するから、その二つは工期はまあ二週間はかからんと思います。ただ、その間にこの炉を作れる人材を育てんとあかんのと、ダールで先行して調達してきた材料がそれぐらいが限度なんで、そっから先は工期も費用も大きい変わる、思いまっせ」

「そうか」

カカシの鍛冶作業を見守りながら、今後の打ち合わせをサクサクと進めていく。

カカシが自分の作業を親方衆に観察されていたと気がついたのは、作業用の小さなナイフが完成した直後であった。

☆

「それじゃあ、クレストケイブの魔鉄問題解決のめどがついたことを祝って、乾杯！」

一時間後。鍛冶屋街の集会所には大量の料理と酒樽《さかだる》、そして大勢のドワーフが集まり、宴会の開始が宣言されていた。

「宏君、お疲れ様」

「春菜さんもお疲れ様や」

「パーティ料理って、作るの楽しいよね」

「せやな。そういえば再来週には月変わるから、真琴さんの誕生日パーティ、そろそろ最後の準備しとかんとな」

すでに樽が十個は空いている会場を眺めながら、次のパーティについて軽く打ち合わせを始める宏と春菜。故郷の常識に縛られていまだに酒は飲めないが、こういう社交の絡まない知り合いだけのにぎやかなパーティは大好物だ。普段の食事と違い、料理する時にも気合いが入る。

「プレゼント、真琴さんはお酒でいいって言ってたけど、どんな感じ？」

「とりあえず何人かに試飲してもらったけども、そこそこええ感じには仕上がっとると思う」

「そっか。でも、やっぱりお酒だけってのはどうかと思うんだけど……」

「まあ、一応別口で用意はしてんで」

「ん、ありがとう。あんまりいいのが思いついてなかったから、すごく助かるよ」

宏のさりげない心遣いに、思わず礼を言ってしまう春菜。

「春菜さんがお礼言うんも、なんかおかしな話や思うんやけど」

「まあ、そうなんだけど、なんとなく」

思わず笑いながらそう突っ込む宏に、穏やかに微笑《ほほえ》みながら答えを返す春菜。二人の間の距離が九十センチほど離れていなければ、非常にいい雰囲気に見える光景である。

「それにしても、カカシさんはほんまにええ腕しとったわ」

「そうなの？」

「初めて使う炉で、やったことのない魔鉄の精錬一発で成功させるとか、普通に天才とかそういう領域やで」

「うわあ、それ本気ですごい……」

いまだに鉄の品質が安定しない春菜が、半ば絶句しながらカカシの腕を称賛する。宏という規格外を通り越した化け物や澪という達人が比較基準になっている彼女ではあるが、それでも自分でも作業をする以上は、そのすごさが分からないはずがない。

「やっぱり、専門の人はすごいわ」

「うん。私みたいな半端者がかなわないのは当然だけど、それでも羨《うらや》ましいかな」

「僕らみたいなある種のずるをせんであの腕やったら、本気で尊敬できるで」

「そうだよね」

宏の見立てでは、カカシの精錬は最低でも中級を折り返している。恐らく、あともう少し鍛えれば上級に手がかかるであろうラインで、ずっと普通の鉄や鋼、せいぜい銅や銀程度で修練を積んでその腕というのは、相当なものである。先ほど宴会の前に教えてもらった年齢を考えるに、毎回毎回全力投球でなければ、ここまでの腕には絶対にならない。

メイキングマスタリーなしで中級を折り返す、どころか上級に手がかかるところまで行った、というのも、宏をしてすごいと思わせる要素である。メイキングマスタリーなしでそこまで生産スキルを鍛えるなど、実際には想像を絶する苦行だ。

「カカシさんやったら、他のこと軽く仕込んだらあっちゅう間に腕上げそうや」

「うんうん。私も見習って頑張らないと」

「春菜さんはそこまでがっつかんでもええやん……」

「鍛冶と精錬はそうなんだけど、それでも乙女としてはいろいろと切実なあれこれがあるんだよ」

「さよか……」

鍛冶で作れる製品は、基本的にサイズ自動調整が付与できるので女性用の鎧《よろい》といっても宏が作って特に問題なく、春菜が必死になって自力で装備を作る必要はまったくない。それゆえ春菜にとって鍛冶スキルは現状、メイキングマスタリーを身につけるための踏み台でしかない。が、それでも、ブレストプレートとかは自分で作ったほうがいいのではないか、という意識がないでもない。

「春姉《はるねえ》、春姉」

「どうしたの、澪ちゃん？」

「そろそろ一曲」

「あ、そうだね」

いい雰囲気の割にあまり色気のない会話をしていた春菜に、澪から歌のリクエストが入る。

折角だから、ということで作ってもらっていた三味線を取り出し、炭坑節などの民謡や職人気質《かたぎ》の人間には受けがいい種類の演歌をいくつか歌い上げる。ポップスが一曲も出てこないところが実に春菜らしい。

「相変わらず、春姉のレパートリーって謎」

「聞いたことある歌は、大概なんでも歌えるっちゅうとったからなあ」

「すごいんだけど、なんかすごくない」

「気にしたら負けやで」

相変わらず、妙なところで残念な春菜を肴《さかな》にしみじみと語りあい、料理をつつく師弟。

豚の角煮や枝豆は、フォーレの人間にも評判がいいようだ。また、フォーレ風の野菜と肉の挟み焼きやジャガイモたっぷりのスープ、それにこの国では折衷料理となるソーセージにカレー粉をまぶして焼いたものも、なかなかの評価を得ている模様である。

「そうや、澪」

「何？」

「明日からしばらく、魔力付与式溶鉱炉の建築ラッシュになるから、春菜さんともどもがっつり働いてもらうで」

「了解」

宏の言葉に力強く頷くと、目についたミートローフを美味《おい》しそうに食べる澪であった。

フォーレ編　第六話

　宴会の二日後の午後。

「もう少し……、多分こんな感じ……」

　真っ赤に熱されたナイフの刃を睨《にら》みながら、タイミングをはかるように呟《つぶや》く春菜《はるな》。

　これまでに何本も無駄にして、ようやく刃の成形や焼き入れの勘が掴《つか》めてきた。これが成功すれば、今日は三本連続で、前からのトータルでは五本連続で成功となる。

「よし、今!!」

　じっくり睨みつけ、目的の温度で目的の時間熱したと確信を持ったところで、素早く火からおろし水に突っ込んで冷却する。

　派手な音を立てて急激に冷やされた鋼の刃が、歪《ゆが》みながらその身を引き締める。

「……上手《うま》くいったみたい……」

　水から引きあげた刀身をじっくり観察し、極端な割れやどうにもならないほどのひずみが起こっていないことを確認してため息をつく。

「あとは、これを焼き戻しして、砥石《といし》で仕上げかな」

　前の二本は、すでに焼き戻しの作業のうち冷やす工程に入っている。焼き入れと違い、一気に冷やしてはいけないため、今日はおそらく焼き戻し作業が終わったところで作業は終了だろう。

「一本目はそろそろ冷める頃かな？」

　今焼き入れが終わったものを熱し、空冷で冷ませばいい感じに冷めるところまで温度を下げたところで、本日の最初の一本目を確認。午前中から冷やしているので、いい加減焼き戻しも終わっているだろう。

「……ん、ちゃんとできてる」

ナイフの出来を確認し、思わず嬉《うれ》しさに表情を崩す。あとは刃の形を整えてやれば、この一本は完成だ。どう頑張っても数打ちの安いナイフと変わらない性能にしかならない完成度だが、それでもこの世界に飛ばされた時に持っていたものよりは頑丈で性能もいい。

「明日もやってみて、これぐらいのものが安定して作れるようになってたら、次のステップかな？」

練習に次ぐ練習でようやくものになりつつある鍛冶《かじ》の腕。それが嬉しくて、当初の目的や目標を忘れて腕を磨く方向に意識が向く春菜。こういう部分が、彼女がスペックは高いのに残念だと言われてしまう由縁であろう。

「姉ちゃん、大分腕を上げたな」

素手で触れるところまで冷めていたもう一本を確認していると、ここの責任者のドワーフが声をかけてきた。

「そうですか？」

「おう。最初にここでハンマー振ってた時には、とても見れたもんじゃねえ仕上がりだったが、こいつは仕上げさえしくじらなきゃ、普通に売りもんにできるものになってるからな」

「本当に？」

「おう。名品とまではいかねえが、実用範囲には入ってる」

プロのお墨付きをもらい、自分の実感がそれほど外れていないと分かって、さらに嬉しくなる。

「折角だから、そっちの二本は仕上げてったらどうだ？」

「いいんですか？」

「どうせ、そいつが持って帰れる温度になるまで、まだまだかかるだろう？　それぐらいなら待ってても構わんよ」

そう言って指さしたのは、焼き戻し真っ最中の最後の一本だった。ドワーフの言葉どおり、まだまだ素手で触れるような温度にはなっていない。

「なんだったら、ちょっとぐらいはアドバイスしてもいいぞ？」

「本当ですか？」

「おうよ。さすがにお前さんとこの親方ほど的確には無理だが、いつも来てる無表情な嬢ちゃんよりはちゃんと説明できる」

さりげなく澪《みお》よりできることをアピールしながら、そんな申し出をしてくるドワーフ。実際のところ、単純な鍛冶の腕で言えば、澪とこのドワーフとではそれほど大きく変わらない。

エンチャントその他を駆使して製品を作るため、完成品の性能は澪の作るものの方が大幅に上だが、それを抜けば年の功の分、下手をすればこのドワーフの方がいいものを作る可能性がある。

そして、その年の功が、ものを教えるという観点では大いにプラスに働くのだ。

澪も、教師としてそれほど駄目なわけではないが、製薬や錬金術のようにはっきりと反応が出るものはともかく、鍛冶のように感覚がモノを言う分野においては説明できる語彙《ごい》も少なく、また、どの程度口を挟んでいいかも分からないため、碌《ろく》なアドバイスができないのだ。

「じゃあ、折角なので」

「おう」

折角の申し出だからとドワーフからのアドバイスを受け、丁寧にナイフの整形を行う春菜。一本目を仕上げたあたりでなんとなくコツが掴め、二本目は特に補足されることなく仕上げてのける。

「どうやら、全体的にコツを掴めたみてえだな」

「多分掴めてる、のかな?」

ドワーフに褒められ、やや自信なさげにそう答える春菜。

前に比べれば作業の腕が上がった自信はあるが、まだまだ見ただけでどう調整すればいいかを見抜けるほどの実力はない。

砥石での整形作業にしても、フリーハンドで綺麗《きれい》な刃を一発で作れるわけもなく、墨をつけては高いところを磨《す》って落とし、刃の面を木の板に当ててはゆがみをチェックし、といった作業を繰り返してようやくちゃんと切れる綺麗な刃を作り上げられるかどうかである。

宏《ひろし》やこのドワーフのように、墨もつけずにきれいに凹凸を落とせるような腕となると、いつその領域にたどり着けるか想像もできない。

「お前さんの年齢で、しかも最近本格的に始めたんだったら、十分すぎるほどの腕だよ。むしろあの工房主や無表情な嬢ちゃんが異常すぎる」

「あはははは……」

ドワーフの指摘に、春菜は思わず乾いた笑いを上げてしまう。宏も澪も、この世界の人間からすればかなりのずるをしている。それを知っているだけに、あまり手放しでほめられるとちょっと心苦しいものがあるのだ。

だが、ずるをしているとはいっても、補正があってすら脱落者が大量に出るシステムで鍛えた腕だ。指導者がいた澪はともかく、せいぜい横のつながりで多少の情報を融通し合うぐらいしかせず手探りであの領域まで達した宏は、それはそれで十分に尊敬に値する。

少なくとも、まともに生産をしていなかった春菜や真琴《まこと》、達也《たつや》などはそう評価している。

それでも、ズルはズルなので、気まずさを拭えるわけではない。春菜にできることは、それを誤魔化すように刃先のチェックを続けることだけであった。

「春菜さん、そろそろ終わったか？」

「あ、宏君」

そんな感じで現実逃避をしていると、いろいろと話し合いが終わったらしい宏が顔を出した。まだ作業をしていると聞いて、迎えに来たらしい。

「それが今日の作品？」

「うん」

「……春菜さんの経歴で考えたら、十分ええ出来やと思うで」

「そう？」

不安そうに聞き返してくる春菜に頷《うなず》くと、まだ仕上げを済ませていないそれを手に取ってチェックする。

「……あと五本ほど作ったら、ナイフは卒業やな。おっちゃんもそう思うやろ？」

「まあ、そんなところだろうな。普通ならあと半年は同じものを打つんだが、姉ちゃんのもの覚えのよさなら、まずはいろいろなものを作ってみたほうがいいかもしれねえからな」

宏だけでなくドワーフからもお墨付きをもらって、春菜が実に嬉しそうに微笑《ほほえ》む。

普通の女の子ならばそこは喜ぶところではないだろうと思われるが、こういうことを素直に喜ぶのが春菜の長所であり、残念なところでもあるのだろう。

「まあ、何にしても今日はあがりや。澪はとうの昔に兄貴らと合流して帰っとる」

「了解」

宏に手伝ってもらいながら、ざっと作業場を掃除して荷物をまとめる春菜。最後に使った道具がちゃんと揃《そろ》っていること、元の場所に戻っていることを確認したところで、監督責任者のドワーフに向き直る。

「今日は遅くまでありがとうございました」

「おっちゃん、春菜さんのこと、ありがとうな」

「なに、姉ちゃんみたいな有望な若いのに協力するのも、儂《わし》の仕事だからな」

若者二人に礼を言われ、やや照れくさそうに頷いてみせるドワーフ。種族に関係なく、こういう気持ちのいい若者は大好物だ。

「多分こっちは明日も打ち合わせとか説明とかで一日終わるやろうから、春菜さんはまた鍛冶の練習やな。他にやりたいことがあるんやったら、そっちでもええけど」

「鍛冶作業が楽しくなってきたから、明日もこっちを頑張るよ」

「そっか」

春菜の返事を聞き、一つ頷く宏。どうやら順調に生産キャラへの転向が進んでいるようだ。

「そういうわけやから、悪いんやけど、明日も春菜さんのことたのんますわ」

「おう、まかせとけ」

戸締まりを確認しながら、頭を下げた宏に気のいい返事を返すドワーフ。

恋愛や性欲の対象としては外れるとはいえ、ドワーフ族から見ても春菜は十分に美人だ。そんな女の子が一生懸命鍛冶作業に打ち込む姿は、年配のドワーフからすれば無条件で協力したくなり、若手の腕を磨いている最中の駆け出し連中は負けてられない、いいところを見せないと、と向上心に火をつける。

駆け出しや若手を指導することで給料をもらっているこのドワーフからすれば、春菜の存在はカンフル剤としてとてもありがたく、それを差し引いても有望な若者が一生懸命打ち込んでいる姿を見るのは大好物だ。故に、断る理由も肩入れしない理由もないのである。

「ほな、また明日」

「おう」

二人の距離感がもう三十センチほど近ければ、というより、お互いに注意して八十五センチより近寄らないようにしていなければ、普通の感覚では恋人同士に見えてもおかしくない男女を見送り、最後にもう一度火の始末と戸締まりを確認するドワーフ。

一緒にいる時の春菜の輝き方を見れば、色恋沙汰が食欲よりかなり下の方に来るドワーフですら、彼女の恋心のありかを見間違えたりはしない。

宏がそれなりにきつい女性恐怖症で、春菜のその感情をもてあまし気味だ、という事実も同じぐらい傍目《はため》に明らかなのが哀れではあるが。

「いい恋なんだか、難儀な恋なんだか」

見た目も位置取りもちぐはぐな宏と春菜を思い出し、春菜に対する同情とも何ともつかない感想を漏らして、職場をあとにするドワーフであった。

☆

「宏君、作業してて気になったんだけど」

「何や？」

「銅製品の鍛造って、しないの？」

「あ～……」

春菜の問いかけに、そういえば説明していなかったと思い出す宏。とはいっても、理由自体はそんなに難しくはない。

「この世界の銅はな、武器を鍛造するには柔すぎる上に、延性がちょっとばかし大きすぎてな。鍋とかのための絞り加工するんならともかく、あんまり鍛造の武器には向かんのよ。産出量も鉄に比べたらそない多くないし」

「青銅とかは？」

「そっちは逆に硬くなりすぎて、しかも叩《たた》いても身が詰まったりとかせえへんから、やっぱり鍛造に向かんのよ。せやから、精錬スキルで鋳造するんが一般的やな」

宏のその説明に、妙に納得してしまう春菜。

そもそも、鉄の方が産出量が多い時点で、消耗の激しい武器に銅を使うという選択肢は消える。

何しろ、地球と違って、この世界の武器は出番が多い分、基本的に量産品の武器は鍋よりはるかに寿命が短い。そんなものに、高価で性能的にも武器に向かない金属などは使わない。

「じゃあさ、別の質問。魔鉄とミスリルの上が、オリハルコンやアダマンタイト、ヒヒイロカネなんだよね？」

「せやで」

「ウーツ鋼とかダマスカスとかはないの？」

「『フェアクロ』の場合やと、そこらへんは鉄とか魔鉄と上位金属の合金や。まあ、下位と上位の合金やからっちゅうても、必ずしも上位金属に劣るわけやないけど」

今まで気にしていなかった疑問について矢継ぎ早に質問する春菜と、できるだけ端的に答える宏。短時間とはいえ、折角の二人きりの時間をそういう質問で潰《つぶ》してしまうあたり、残念な女ぶりは健在……というよりむしろ増している印象を受ける。

「オリハルコンとかのすぐ上が神鋼？」

「いんや。そのへんと神鋼の間に、アミュオン鋼とガルドリウムっちゅう金属があんねん」

「それ、どんな金属？」

「アミュオン鋼は、性質としてはアダマンタイトの上位にちょっとオリハルコンとかミスリルの特性が入った感じや。むちゃくちゃ硬い割に弾性もそない悪くないから、これで上手いこと芯鉄と皮鉄作った日本刀は、無茶苦茶切れ味がようなんで。あと、呪いとかをはじく割にスキル使った時の魔力やらなんやらのとおりがよくてな。その上、使用者の気迫やらテンションやらに呼応して切れ味やら頑丈さやらが上がる性質もあんねん」

「うわあ……」

さすがに上位金属だけあって、破格の性能を持っているようだ。その分、加工もとんでもなく難しいのだろうが、そこは言うまでもないことなので、あえて春菜もコメントしない。

「で、ガルドリウムの方は、アダマンタイト以上、アミュオン鋼未満っちゅうくらいの硬度と弾性を持っとる金属でな。こっちはヒヒイロカネを単純に強化した感じや」

「そもそも、そのヒヒイロカネってどういう性質を持ってるんだっけ？　確かオリハルコンが精神感応の特性があって、呪いに強いけど魔力のとおりはいい。アダマンタイトは特殊な性質はないけど、とにかく硬度と弾性に優れた強靭《きょうじん》な金属、だったよね？」

「せやな。ヒヒイロカネは、精錬すれば何もせんでも勝手に自己修復の性質を持つ、使い手に合わせて成長する生体金属やな。その分、合金にするんはごっつう難しい上に、加工するんも独特の癖があって面倒くさい」

「うへぇ」

「あと、成長するっちゅうても、ヒヒイロカネもガルドリウムも神鋼には届かん、っちゅうか、神鋼自身にも成長する特性があるから、そもそも追いつけるわけがあらへんけど」

「……もしかして神鋼って……」

「今までの金属の特性、全部持っとんで」

「……やっぱり……」

さすが最高位の金属、といったところか。

「そういえば、オリハルコンとかの鉱石もらってあるんだけど……」

「ここらの設備で精錬するんは、ちっとばかししんどいなあ。カカシさんとところでも、絶対とはよう言わんところやし」

「だよね」

「あと、オリハルコンとアダマンタイトはともかく、ヒヒイロカネは加工してるとこ見たら絶対引くで。正直、僕もあんまり積極的に加工したくない感じやし」

「引くって……」

宏の妙な言葉に、何とも言えない表情を浮かべる春菜。

今まで宏がやってきたものづくりは、少しでも生産がらみに関わった人間が見れば普通に引くようなものばかりである。その宏が引く、と言い切るのだから、一体何をやらかすのか非常に不安だ。

「まあ、どうせそのうち見ることになるやろうしな。真琴さんの疾風斬《しっぷうざん》での消耗のこと考えたら、一振りはヒヒイロカネで刀作っといたほうがええやろうし」

「成長する、っていう部分に賭けるんだったら、確かにヒヒイロカネの刀はあったほうがいいよね」

「まあ、限度はあるけどな」

その言葉を最後に、なんとなく会話が途切れる。

春菜が現時点で持っていた金属関係の疑問は今の会話で全部解消しており、鍛冶についても質問できることはほぼ回答を貰《もら》っている。今日あったことを話すにしてもほぼ全て終わってしまっているようなもので、これといって話題になるようなものがないのだ。

実際のところ、話題がないからといって、特に気まずさは感じない。

　二人で一緒に道を歩く、それだけでも春菜は十分満足してしまっているし、宏は宏で今更春菜と一緒に歩くことに気まずさも何もない。

　互いに対して持っている感情にはかなりの温度差やベクトルの違いがあるくせに、表面に出てくる行動が妙に万年新婚の熟年夫婦のような感じなのが、何ともちぐはぐである。

「……話は変わるけど」

「ん？　何や？」

「あ、うん。ちょっと前に真琴さんと話をしたんだけど、宏君はまだ向こうに帰りたい？」

「なんや、藪《やぶ》から棒に」

　もうそろそろ仮拠点に帰りつく、というタイミングでの、春菜からの唐突な問いかけ。その内容に、思わず怪訝《けげん》な顔をしてしまう宏。

「もう帰り道も終わりだな、なんて思ったら、真琴さんとその話をしたのを思い出したんだ」

「さよか。で、真琴さんはなんて？」

「向こうに残してきた黒歴史を全部一掃したいから、一度は帰りたいんだって」

「あ〜、なるほどなあ。もしかしたら、時差があって誰かに見られる前にけりつけられるかもしれへん、っちゅうところか」

「そんな感じのこと言ってた」

　真琴の言い分に、とても納得した様子を見せる宏。

　はっきり言おう。オタクに属する人間にとって、それはとても重要な事情だ。

「恐らく澪もそこは変わらんやろうなあ」

「真琴さんも同じこと言ってたよ」

「で、兄貴は言うに及ばずとして、春菜さんは？」

「私は、望むと望まざるとにかかわらず、一度は戻らなきゃいけないんだ」

「ふーん？　そらまたなんで？」

当然と言えば当然の宏の問いかけに、真琴に説明したことと同じ内容を宏に告げる春菜。

「なるほど。とんでもない身内が居《お》ると、大変やねんなあ」

「もう慣れたけど、それでもたまにいろいろ思うことはあるよ」

春菜からの説明を受け、思わず仮拠点の玄関先で立ち止まってそんな感想を漏らす宏。

関係者がすごい人ばかり、というのは、子供にとってはいいことよりもたまったものではないことの方が多いらしい。

「で、宏君は？」

「そら、いっぺんは帰りたいで」

「どうして？　普通に考えたら、宏君と澪ちゃんは、こっちにいたほうがいいんじゃないかって思うんだけど」

「そない難しい話やあらへん。女性恐怖症で心配とか迷惑かけた家族にな、女の友達できたでって見せて安心させたりたいねん」

「友達、か……」

「なんぼなんでも、恋人とかまだまだ無理やで」

〝友達〟という発言に対する複雑な気持ちを隠そうともしない春菜。

それを苦笑しながら窘《たしな》める宏。

ダールでの一連の出来事で、春菜達の気持ちを勘違いだの思い込みだのと言い張って逃げることはやめた宏だが、それがすなわち恋愛可能になったことにはつながらない。つながるわけがない。

春菜とて、そんなことは百も承知だ。宏にとっての女友達というものが、どれほど特別なものかも十分分かっている。そんな特別な存在だと家族に紹介したいと言ってくれるのは、ものすごく嬉しいし誇らしい。

だが、欲張りな心は、友達ではどうしても満足できないのである。

「嬉しいんだけど、素直に喜べない自分の浅ましさが悲しいな、って……」

「それについてはノーコメントにさせて。僕が何言うても『お前が言うな』やし」

「あはは」

宏の茶化しながらも本音の言葉に、なぜかどことなくすっとして、明るい笑い声を上げる春菜。

「まあ、それはそれとして。仮にものすごい時差が大きくて、っちゅう仮定になるけど、騒ぎになるほど時間が経たんうちに向こうに戻れたとして、できたら学校では余計な騒ぎ避けるためにある程度距離取った付き合いにしたいんやけど……」

「今更、それを私が納得すると思う？」

「戻った時の状況次第やとは思う。戻れるとしても、どういう形で戻るかはっきりせえへんから」

「あ～……。まあ、そうだよね」

向こうに戻れたとして、今の記憶や気持ちがそのままだとは限らない。考えたくはない話だが、そもそも向こうに戻る時まで、自分の恋心が持続しているかどうかすら断言はできないのだから。

だが、仮に恋心が持続していなかったとしても、いや、この世界にいた時の記憶すらなくなったとしても、宏と単なるクラスメイトに戻るのは嫌だ。ましてや、記憶が残るのであれば、余程決定的な決裂でもない限り、恋が冷めても飛ばされる前と同じ付き合いに戻るなど不可能だ。

ある程度配慮はするにしても、仲よくなった相手とよそよそしい関係を続けられるほど、春菜は我慢強くも物分かりがよくもないのである。

「で、記憶とか今のままで、時間だけせいぜい半日一日ぐらいの経過で戻れたとして、学校では距離ちょっと取りたいけど、それ以外のところでは世話になった人とか中学時代のダチで今も連絡取り合うてる連中とかに、こんな素敵な女の子が友達になってくれたんやで、って紹介はしたいんやけど、あかん？」

「学校で距離取れ、っていうのが不満だけど、それ以外はすごく嬉しい」

内容は微妙にアレだが、惚《ほ》れた男に素敵な女の子、と言われて舞い上がりそうになる心を抑え、それでも抑えきれない喜びに満面の笑みを浮かべてそう答える春菜。相変わらず友達扱いだが、そこは文句を言っても仕方がない。

「話は終わったか？」

「あ、達也さん。ただいま」

「お帰り。で、青春一直線な話が終わったら、さっさと飯にしようや。いい加減腹が減ったぞ」

「せやな」

宏が女性恐怖症で、言っているフレーズが友達でなければ、下手すればプロポーズと変わらないような台詞を聞いていたらしい達也。

その茶化すような言葉に特に動揺するでもなく、平常運転で手を洗いに洗面所へ向かう宏。残念ながら宏にとっては額面どおりの意味しかない言葉であり、春菜が舞い上がるほどには言った本人にとって特別な言葉ではないらしい。

本人に面と向かって〝素敵な女性〟などと言い放ち、それを遠まわしにとはいえ茶化されて平然としているあたり、今までとは違う意味で将来が不安になる光景ではある。

動揺していない理由が、宏当人に口説いたりする意図がなく、その言葉は『単なる事実で言ったから恥ずかしいと思う理由がない』というところが余計に。

「……なあ、春菜」

「……何？」

「あいつ、それなりに歳取って高級スーツが似合う程度の風格がついたら、ものすごい無自覚たらしになるんじゃねえか？」

「……今でもその兆候はある、と思うんだ……」

「お前も大変だな……」

「あははは……」

妙に同情の入った達也の言葉に、今までの舞い上がった心に冷や水を浴びせられた感じになって力なく笑うしかない春菜であった。

☆

「ねえ、宏。ちょっと確認したいんだけど、いい？」

「ん？」

夕食も終わり、片付けに入ろうとしたところで、真面目な顔をした真琴が宏を呼ぶ。

なお、夕食は真琴と澪の『久しぶりにチープでジャンクなものが食べたい』という意見を聞き入れ、袋ラーメンにちょっと工夫した具を乗せたものと餃子《ぎょうざ》、チャーハンというカロリー過多で栄養価をあまり考えていないメニューだった。内容が内容なので、作るのは非常に早かった。

「確認って、何？」

「溶鉱炉の話、今どうなってるの？」

「今回はどこを改造するか、っちゅう話は終わったで。あとは明日、どこからどういう順番で進めるか決めて、工事に関わる人間に説明して、明日の午後あたりから解体スタートやな」

「で、具体的にはどれぐらいかかる？」

「最初の一カ所は解体含めて五日ぐらい。二カ所目は僕は触らへんで指示だけやから十日ぐらい。三カ所目はもう僕は関わらへんで、困ったことがあったら連絡貰うてアドバイスしに行くだけの予定やから、日程は何とも」

「ん、了解」

宏が示した日程を聞き、一つ頷く真琴。

本殿を探す、といいながら、もうずいぶん長いことクレストケイブで足止めを食らっている。さすがにこの先の予定が一カ月単位でかかるというのであれば、行動指針を一から見直す必要が出てくるところであるが、今回はそこまでではないようなので、とりあえずよしとすることにしたようだ。

「で、もう一個確認。その間で三日ぐらい手があかない？」

「二カ所目の溶鉱炉の解体からガワが組み上がるぐらいまでは、僕が指示出すようなことはあらへんからいけると思うんやけど、なんで？」

「そろそろ、あのダンジョンを攻略しちゃったほうがいいかな、って思うのよ」

「なるほどなあ」

真琴の提案を受け、確かに、と頷く宏。現時点では誰一人討伐していないダンジョンボス。どうせ元には戻らないだろう、などという思い込みで放置していたが、そろそろ確認も兼ねて一度ぐらいはボスを仕留めたほうがいいのは間違いない。

「その場合、ちょっとそこで悩ましい話があるんやけど」

「何よ？」

「それやったら、一回潜《もぐ》って鉱石集めてきて、ちゃんと装備作ってから本格的に攻略したほうがええんちゃう？」

「あ～……」

宏の至極もっともな提案を受け、真剣に考え込む真琴。未知のボスに挑むのだから、安全性を考えるなら装備を整えてからの方がいいのは当然だ。まあ、装備を整えたところで極端に差がある相手には勝てないが、装備を整えるだけで楽に勝てるようになることも珍しくはない。

それ以前の問題として、現実的な範囲で準備できる最もいい物を準備しておくのは、危ない場所に突っ込んでいくなら当たり前のことである。

それに、恐らく問題はなかろうが、ボスを討伐した結果、ダンジョンが元に戻って高位の鉱石が掘れなくなる可能性もある。念のために、先に掘ってしまったほうが無難だろう。

「装備作るの、どれぐらいかかる？」

「内容にもよるけど、一日あれば十分や」

「鉱石掘りに行く時間は作れそう？」

「一カ所目の解体と基礎に二日ほどかかるし、指示出すんは基礎やる時の最初だけやから、掘りに行く時間も作りに行く時間も十分やで」

「そっか」

宏が提示した日程を聞き、即断する。

「だったら、掘りに行く時は付き合うから、装備作りお願いしていい？」

「了解や。なんやったら、刀以外に防具とかも用意するから、希望があったらよろしゅうに」

「そうね。ウルスの騎士団でお世話になってた時のような鎧《よろい》は、さすがに重いからパスするとして。動きやすくてあまり音がしないプレートタイプの部分鎧って、できる？」

「手持ちの素材やったら、特に問題あらへんな」

「じゃあ、それでお願い」

「了解や」

真琴のリクエストをメモし、手持ちの素材から最適な組み合わせを頭の中で決定する。

「あ、そやそや。真琴さん」

「何？」

「あったらありがたい素材があるんやけど、獲りに行けそうやったら獲ってきてくれへん？」

「あたしに言うってことは、モンスター素材なんでしょうけど、何？」

「アドラシアサウルスの骨と胆石とすい臓」

「了解。要は頭だけ落として、全身無傷で持って帰ってくればいいわけね？」

「そういうことやな」

宏の要求に、特に問題なさそうに答える真琴。

この会話だけを聞いていれば、アドラシアサウルスというモンスターが大して強くなさそうな印象を受けるが、実際にはそんな生易しい生き物ではない。

アドラシアサウルスは、ミダス連邦領内のかなり僻地《へきち》の方に生息する、全長十メートルほどの俊敏な肉食恐竜である。そのサイズから分かるように、生半可な近接攻撃は相手の皮膚を貫くことすらできず、巨体のくせに俊敏な動きは、時にツバメ型の高速飛行モンスターを一方的に蹂躙《じゅうりん》することがあるという、まともな冒険者はちょっかいを出すどころか生息域の半径百キロ以内に近寄ることすら忌避するモンスターだ。

とはいえ、速くてデカイだけならワイバーンの方が上で、ガルバレンジアほどのパワーも厄介な特殊能力も持ち合わせていないモンスターなど、真琴にとっては狩りやすいカモでしかない。

しかも、オキサイドサークルに対する耐性がワイバーンほど高くないため、達也がいればそれこそ無傷で秒殺することすら可能という、このチームに目をつけられた時点で単なる肉の塊と同じ扱いをされてしまう哀れな生き物である。

「そういえば、アドラシアサウルスの肉って、美味《おい》しいの？」

「ケルベロスと違うて、なんとか食える範囲の味やな。ただ、ワイバーンとかみたいに美味《うま》くはなかったと思う」

「そっか、残念」

「まあ、春菜さんに預けたら、なんか工夫して食えるようにしてくれるやろう」

「それもそうね」

無責任な宏の言い分に、これまた無責任に同意する真琴。

春菜が生産に関して唯一宏に勝っているのが、食材に対する工夫だろう。はっきり言って、よくもまあここまで食うことに情熱を傾けられる、というぐらいありとあらゆるモンスターの肉を調理してのける様は、呆《あき》れを通り越して一種感動すら覚える。

そんな春菜をもってしても食えるようにできなかったケルベロスやマンイーターは、恐らくどうやっても人間が食えるようにはならないのだろう。

「まあ、明日適当に狩ってくるわ。三頭ぐらいでいける？」

「うちらの装備だけやったら、そんなもんやな」

「了解。ところで、換金可能な部位とかある？」

「一応、皮が普通に売れると思うで。あれの皮は裁縫の初級でもなめして鎧に加工できる割に、鉄にちょっと負ける程度のなかなか悪ない防御力になるからな」

「なるほど。ってか、皮をなめすのって裁縫のスキルなの？」

「なぜか裁縫やねん」

意外と言えば意外すぎる情報を聞き、どことなく感心した声を上げる真琴。

正確には、革を扱う可能性があるスキルならどのスキルでも皮のなめしは可能なのだが、実はあまりその事実は知られておらず、宏ですら裁縫以外でもできるとは思っていない。

「なんにしても明日行ってくるから、ワンボックス使うわね」

「はいな」

そんなこんなで、細かい予定を詰めていく宏と真琴。所詮《しょせん》オキサイドサークルに耐性がない恐竜ごときに苦戦するはずもなく、翌日の昼には五頭ほどの成果を持って帰ってくる真琴と達也。仕留められたアドラシアサウルスの肉は春菜の手によって徹底的に燻《いぶ》された後、三日ほどぬか漬けにされて熟成され、さらに三日ほど味噌《みそ》に漬け込まれることでまろやかで味わい深い肉になって、宏達だけでなくドワーフ達にまで美味しく頂かれてしまうのであった。

☆

真琴と今後の方針を決めてから二日後、宏は春菜と澪を連れて、ウルスのアズマ工房にある真火炉棟まで戻ってきていた。

達也と真琴は、ドワーフ達からの頼まれ事のためにクレストケイブに残っている。

「新しい装備を作る、はええとして、や」

前日にちょっと深いところまで潜《もぐ》って採掘した鉱石を前に、春菜と澪に対してそう切り出す宏。

それなりに重要な話になると踏んで、真面目な表情で次の言葉を待つ春菜と澪。

「武器は現状のんをアップグレードするとして、防具はどないする？」

「どう、っていうと？」

「さすがにどの金属もワイバーンレザーアーマーより防御力はかなり上になるわけやけど、金属製の防具に切り替えるかどうか、っちゅうんが一つ」

宏の説明を聞き、そのまま金属製の防具に切り替えるものと無意識に考えていたことに気がつく春菜と澪。単純に防御力だけでは測れないメリットデメリットがあるのだから、そこを踏まえて考えなければいけないのは当然といえば当然である。

「宏君、革とか布製で今よりいい防具って無理なの？」

「布に関しては、霊帝織機作った上であれこれ触媒用意する必要があるな。一応今みんなが着とる服でも、ワイバーンレザーアーマーよりははるかに防御面では優れとるけど、どっちかっちゅうたら上に布製以外のを重ねる前提やからなあ」

宏に言われ、確かにと頷く春菜。現在彼らが普段着にしている服は、フォーレに来る前に春菜と真琴がデザインして宏が霊布で作ったものだ。布製品としては現状最高の性能を有しているため、これ以上となるとそう簡単に強化できるものではない。

「そっか。革は？」

「最低でもレッサードラゴン系を仕留めてこんと、大幅な防御力の向上は厳しいで」

「あ～……」

宏の指摘に納得する春菜。レッサードラゴンとは、ドラゴンの中でも特に弱くて繁殖力が強い種を指す。弱いといっても曲がりなりにもドラゴンなので、単純な攻撃能力はガルバレンジアと互角かやや強い。ただしなまじ生物としては強靭な肉体を持つためか、レッサードラゴンには知恵の類《たぐい》はほとんどなく、ほぼ本能だけで攻撃を仕掛けてくる。

特殊能力と呼べるものは属性ブレスぐらいで、ワイバーン同様地面に引きずり降ろせばかなり脅威度が薄れるモンスターである。

なお、余談ながら、レッサードラゴン系に分類されるのは、各種属性ドラゴンと海竜の一部で、色で識別されるドラゴンは大抵上位種のドラゴンとなる。また、亜竜であるワイバーンは、レッサードラゴン系には含まれない。

「まあ、レッサードラゴンは強いっちゅうても所詮は雑魚モンスターやから、バルドの第三形態とかに比べたらかなり余裕はある相手やけどな」

「師匠、今からそいつらを仕留めに行くのは、時間が足りない」

「まあ、そういうこっちゃな。あと、さすがにドラゴン種にはオキサイドサークルが効かんから、綺麗な革とか素材ゲットするんはちょっと大変やしな」

「だったら、最初から選択肢は一つしかない」

「いんや、無理に金属製防具にせんでも、ワイバーンレザーを補強するっちゅう手もあるで」

宏の指摘に、『できるの?』という表情を浮かべる澪。少なくとも、澪の力量ではワイバーンレザーアーマーに手を入れるのは難しい。

「まあ、補強、っちゅうても大したことはできんけど、オリハルコンかヒヒイロカネで作った板を部分的に張り付けたると、レッサードラゴン系の防具ちょっと手前、ぐらいの性能にはなるで」

「宏君、そのやり方で今の防具を強化した場合、革製の防具としての特徴は駄目になったりしないの?」

「そこは大丈夫や。そのための改造、やからな。せやから、メリットは革製防具の特性をそのまま残せる、デメリットは使う素材の割に性能が大したことあらへん、っちゅうところや」

「なるほど。ちょっと悩みどころだよね」

宏に提示された内容を聞き、真剣に悩む春菜。前に出ることも少なくない割に薄めの防御力は、彼女の明確な弱点だ。

だが、それを補うために金属製の防具に切り替えると、下手をすると最大の武器であるスピードと手札の枚数による対応能力を殺すことになりかねない。実に悩ましい問題である。

「今ある金属だと、どんな防具が作れるの？」

「オリハルコンは、性能はともかく使い勝手は普通の鉄製の鎧と変わらん。アダマンタイトは普通の鉄より重たいから、ドーガのおっちゃんとかみたいな体で止めるタイプの前衛に向いとる。ヒヒイロカネは革よりちょっと重くなる程度で柔軟さもなかなかやけど、育つまではちょっとばかり頼りない感じやな」

「ふむふむ」

「ただ、素材の性質はそうやけど、重さに関してはエンチャントとか添加物とかである程度どうとでもなるし、動きやすい動きにくいは、どういう鎧作るかで大幅に変わるから、素材だけでは一概に言えんところやで」

「と、いうと？」

「そら、フルプレートと部分鎧では動きやすさは全然違うし、チェインメイルとリングメイル、スケイルメイルでもそれぞれ動きやすさとか防御力、音がどれぐらいひどいかとかえらく変わってくるし」

「ああ、確かに」

言われて納得する春菜。金属防具はせいぜい軽鎧に分類されるブレストプレートとガントレットぐらいしか身につけたことがない春菜だが、鎧も種類ごとにどんな攻撃に強くどんな攻撃に弱いという設定がやたらと細かく設定されていたことは覚えている。

さすがに身につけた時の感覚まで大きく違うとは思っていなかったが、構造や形状が変わるのだから、そこは当然といえば当然だろう。

「ちょっとそれだけの情報だと決めづらいから、参考までに真琴さんと宏君はどんな装備にするのか、聞いていい？」

「真琴さんはブレストプレートとスカートアーマーに、可動範囲を調整した鉄板仕込んだブーツとガントレット、っちゅうところやな。僕のは、ドーガのおっちゃんにあげた鎧と同じ仕組みの、探索中はブレストプレートで必要に応じてハーフプレートとかフルプレートに展開できるの作る予定や」

「なるほど。っていうか、わざわざブレストプレートだけにせずに、真琴さんみたいに最初から部分鎧の組み合わせでいいと思うんだけど？」

「そんなもん僕が着こんだら、探索速度がものすごい遅なるやん」

「そういう理由なんだ……」

宏の説明に、微妙に呆れと感心の入り混じった顔で呟く春菜。

今までそれほど気にならなかったが、宏は敏捷《びんしょう》が増えるようなスキルはほとんど持っていない。

たとえ重量に問題がなくても、行動を阻害されるような装備を着こむとてきめんに移動などが遅くなるのだ。

「師匠のパワーだと、重い装備でもそんなに行動が阻害されない……気がする」

「胴体を含む三カ所以上プレート系の防具着て軽快に動きたかったら、筋力だけやなくて敏捷もかなり必要やねんで。そもそもプレート系固有の行動阻害は、なんでか敏捷もしくはスキルで軽減やし、残念ながらそういうタイプのスキルは持ち合わせがあらへん。せやから、金属鎧で普段から装備できんのは、せいぜいブレストプレートまでや」

『フェアクロ』では、防具の重装備はプレート系の防具を胴体を含む三カ所以上身につけること、と定義されている。その際に身につけた部位や身につけた数によって、様々なペナルティが発生する。

このペナルティは重装備修練および重装行軍というスキルにより軽減されるのだが、このスキルが習得に大層手間がかかる上に成長が遅く、また、重装備によるペナルティとは関係ないプレート装備固有のペナルティには影響が薄いため、初期装備ですらまずフィールドでダメージを受けない生産廃人はスキルを取得する時間をケチって覚えていないのが普通なのである。

余談ながら、神鋼製のフルプレートは生産者に限り重装備に分類されず、またフルプレート固有のペナルティも存在しない。それも生産廃人が重装甲や重装行軍を習得しない理由になっている。

なお、言うまでもないことだが、いくらゲームに似ているといっても、この世界の重装備のデメリットはそんなデジタルな感じではなく、防具の構造や材質、重量などで様々な問題が発生し、スキルというより装着者の慣れでカバーする感じになってくる。

「そっか」

「で、澪は防具の更新どないするか決まっとるん？」

「ボクはワイバーンレザーアーマーの改造で。いくら消音のエンチャントつけられるっていっても、シーフは金属鎧は基本アウトだし、ボクは春姉《はるねえ》ほど基本防御が低くないし」

「了解。適当によさげな板作って仕込んどくわ」

などと言いながら、さっさと精錬作業に入る宏。

春菜の分はまだ決まっていないが、オリハルコンクラスなら真火炉での精錬はそれほど時間はからない。なので、確定分を作りながら決めればいいかと前倒しで作業を進めているのだ。

「まあ、決められへんねんやったら、現状を大きく変えんで済むアイデアがないでもないけど」

「どんな？」

「鍛造やなくなるんやけど、ヒヒイロカネをいじって流体金属にして、必要に応じて鎧の表面をコーティングする、っちゅう手はあるで」

「それ、防御力は上がるの？」

「今よりはな。ただ、きっちり躾《しつけ》しとかんと、なかなか上手いことといかんねんけど」

相変わらずあれでナニなアイデアを持ってくる宏に、いまいち信用しきれない様子を見せる春菜。金属なのに躾、という単語が出てくるあたり、かなり不安を誘う話である。

「澪もそっちにするか？」

「……春姉ならともかく、ボクはちゃんと言うことを聞かせる自信ない」

「了解や。ほな、とりあえず春菜さんの分を試しに作るだけ作っとくわ。あかんかったらまた溶かして別のモンに使うし」

打ち合わせの振りをしながら、いつの間にか春菜の分を規定路線にする宏と澪。単にいろいろ作りたいだけの宏はともかく、澪は何かくだらないことを企《たくら》んでいそうで怖いのだが、ここまで話が進むと今更ノーと言えない、妙なところで日本人気質な春菜。

そもそも、自分の装備も決めかねているのだから、あまり偉そうにあれこれ言えないのではないかと引いてしまうのだ。

「さて、ほなまずは武器全部作ってまおか。春菜さんのレイピアと澪のダガー、あと真琴さんの刀のうち一振りはオリハルコンベースでええよな？」

「うん」

「師匠に任せる」

という二人の言葉を聞き、ならばと好き放題やってのける宏。相も変わらずいろいろと常識を投げ捨てながら、精錬だけでなく鍛造の最中にも様々な素材をいろんな形で組み込んでいく。

とはいえ、さすがに完成に近づくほどに火花とは違う派手な光が周囲に飛び散る様は、いい加減宏がやらかすことに慣れてきた春菜達でも絶句してしまう光景で、魔鉄で武器を作っていた頃と違い、宏がやっていることがある程度理解できるようになっていた春菜は、あまり正しくない方向で職人技の奥の深さをしみじみ思い知る。

「とりあえず、オリハルコンベースの武器は、こんなところやな。で、真琴さんのはどれがえええっちゅうんはまだ本人すら固まってへんから、予定どおりのヒヒイロカネがベースの刀以外にもアダマンタイトがベースの刀も一応作って、全部いっぺん試してみてもらうかな、っちゅう感じや」

オリハルコンで特に問題のないものを全て作り上げ、一息つきながら他に作るものを春菜と澪に説明する宏。ついでに今後の作業の参考になるように、どの工程で何をやったかも一緒に教える。

なお、作った武器（宏自身と達也の分もある）は当然ながら修正の必要などない出来で、魔鉄製の今までのものを純粋に強化した形で落ち着いていた。もっとも、宏のことだから、使う側の使い勝手に影響しないところで何を仕込んであってもおかしくはないのだが。

「師匠、刀はオリハルコンの作ったたし、あとはヒヒイロカネ製だけでいいと思うんだけど？」

「ヒヒイロカネは、馴染《なじ》んで成長始めるまでに結構手間かかるからな。さすがに今回のダンジョン攻略やとボス戦には間に合わんやろう。前の刀の残骸見た感じ、アダマンタイトやったら普通に作っても二回ぐらいはもつやろうし、強度に特化して作ったら壊れんかもしれへんし」

澪に意図を説明しながら、アダマンタイト製の玉鋼の小割り作業を始める宏。

現実問題として、エクストラスキルを使うと一回で壊れる、という点を正攻法で解決するなら、ひたすら頑丈なアダマンタイトの刀を作れば、恐らくある程度は解決する。

だが、アダマンタイトの刀はそこからの発展性がない。故に、使ってみた結果三回は使えない、となった場合、エクストラスキルに耐えることに特化して成長させたヒヒイロカネの刀に使い勝手で負ける可能性が出てくる。

と、条件面では、一見優位に立っていそうに見えるが、そこは良くも悪くもとにかく癖の強いヒヒイロカネ。保険もなしにそれ一本だけで勝負する気には到底なれない。なので、分が悪い賭けだと分かっていても、やはり作れるものは作っておいたほうがいい。

ちなみに、すでに完成済みであるオリハルコンの刀については、そもそもボス戦などは想定しておらず、根本の方向性も違うので、比較対象にはなっていない。

「とりあえず、まずは面白みのないアダマンタイトを終わらせてから、ある意味本命のヒヒイロカネやな。あんまり人前で加工したあないけど」

そう言いながらもサクサクと作業を進め、最初に作ったオリハルコン製とはまた違った風格のある、中二心を刺激しまくる立派な刀を作り上げる宏。これでも足りないかもしれない、というのが、熟練度の低いエクストラスキルの厄介なところであろう。

「で、お待ちかねのヒヒイロカネや。春菜さん、絶対引く、思うけど、ヒヒイロカネはそういう金属やからな」

「春姉、鍛冶の腕も鍛えるんだったら、絶対避けては通れない道だから」

師弟にそう釘《くぎ》を刺され、ひたすら嫌な予感がひどくなっていく春菜。何というか、今から始まる作業を見学すると、いろいろと後悔しそうな気がひしひしとするのだ。

「ほな、行くで!!」

そう言って、よく熱したヒヒイロカネに、これまでにないぐらいの勢いでハンマーを振り下ろす宏。今まで聞いたことのないような鈍い音を立てて変形するヒヒイロカネ。

「ほう？　お前さん、これやと足らん、ってか？」

妙にドスの効いた口調でヒヒイロカネに語りながら、さらにもう一撃、地面を砕きかねない勢いでハンマーを振り下ろす。金属を叩いたとは思えない鈍い音が響き、ヒヒイロカネの色が変わる。

「格好つけて気ぃ張っとるみたいやけど、お前さんはたかが金属や。生殺与奪の権利はこっちにあるんやで～？」

などといいつつ、嬲《なぶ》るように軽く表面を叩いていく宏。もう、この時点で春菜はどん引きである。

「ねえ、澪ちゃん……もしかして……」

「ヒヒイロカネは、ああやってプライドをへし折って従順にしないと、普通に鍛造してもちゃんとした性能にならない」

「うわあ……」

澪の解説を聞き、さらにどん引きする春菜。その間も宏の〝口撃〟は続き、金属を叩いていると は思えない妙に生々しい音が響き渡る。

「何か、宏君が言ってる言葉も結構引くけど、人の頬《ほお》とか叩いてるような妙に生々しい音も引くよね……」

「そういうものだから、諦めて。ヒヒイロカネ以外は普通だから」

澪の言葉に、どんどんどんどんヒヒイロカネに対する不信感が募っていく春菜。

そうこうしているうちに、ようやく金属らしい打撃音に変わり、甲高い音を立てて最後の一撃が加えられる。

そのまま「ご褒美や！」などといいながら間髪いれずに焼き入れを行い、あっという間に完成させた宏にまた引く春菜。

特に、最後の焼き入れをご褒美と言った時の口調がやばい。

「とまあ、弟子にやり方見せる、っちゅう理由がなかったら、絶対人様にはお見せできひんやり方せなあかんわけやけど」

終わったあと、妙にげっそりした感じでそうコメントする宏。

どうや！ご褒美や！

やってる最中にはどん引きしていた春菜だが、宏の性格上、これが楽しいわけがないことぐらいは分からないわけではない。

というより、こういう時には内心どれだけやりたくなかろうが、表面上は本気でやっているように装わなければいけないことぐらい、演劇の心得もある春菜が分からないはずがない。

金属の鍛造、という行為の最中にわざわざ特殊なプレイみたいな演技をしなければいけない、という点はどうしても理解を阻むものがあるが。

「あんな作り方なのに、見た目がものすごく綺麗に仕上がるのがやけに腹立たしいんだけど……」

「春姉。それがヒヒイロカネ」

「……なんか、私の中の常識が、また一つ粉々に砕けた気分」

「春姉は常識についてコメントできる立場じゃない」

思わず口をついて出たぼやきを澪に全否定され、思いっきりへこむ春菜。だが、へこんでもいられない。

「ねえ、宏君」

「ん？」

「悪いけど、私の分の新しい防具は、オリハルコンのブレストプレートでお願い」

「あ～、やっぱりヒヒイロカネの防具は嫌か……」

「あれ見ちゃうと、ね……」

どうにもヒヒイロカネという金属を信用できなくなった春菜が、己の防具についてそういう注文をつける。その注文を苦笑しながら受け付け、ある意味武器より重要な防具を作り上げていく宏。

達也と澪の分を除くオリハルコン製のブレストプレートを完成させたところで、

「そういえば師匠」

「何や？」

「この上にさっき言ってた流体金属をコーティングすると、どうなるの？」

という澪の一言により、結局ヒヒイロカネの流体金属アーマーも一つ作ることになったのはここだけの話である。

フォーレ編 第七話

装備を一新してから約十日後。

「真琴《まこと》姉、後ろから不確定名・大ムカデ」

「了解」

「師匠、そろそろ正面から不確定名・骨トカゲが来る」

「はいな」

宏《ひろし》達は、ようやくダンジョンに潜《もぐ》ることができていた。

潜るのが遅れた理由は簡単。装備の慣らしをしているうちに、宏の手が離せなくなってしまったからだ。

「……やっぱり、慣らしをやっといて正解ね」

「そないに感覚違う？」

「かなり違うわね」

特に素材らしい素材のないボーンリザードをスマイトで容赦なく粉砕しながら聞いてきた宏に、ジャイアントセンチピートを一刀両断して仕留めた真琴がしみじみと答える。

「刀の切れ味もかなり違うけど、やっぱり革鎧《よろい》から金属鎧に変わったのが大きいわ」

「ワイバーンレザーの前はハーフプレートやったやん」

「一体いつの話よ？」

宏達と合流する前の話を持ち出し、呆《あき》れ顔で突っ込みを入れる真琴。

ワイバーンレザーに切り替えてから一年は経たないとはいえ、ファーレーン騎士団仕様のハーフプレートで活動していた時期の方が短いのだ。すでに金属鎧での動き方など忘れかけている。

「そもそも、ワイバーンレザーの時は装備の慣らしとかやってへんかった記憶あるんやけど？」

「替えたばっかりの頃っていうと、ソルマイセン取りに行った時のことだと思うけど、あの時は基本的に防御力が大幅に上がりつつ重量が軽くなってたわけだし、極論すれば達也《たつや》のオキサイドサークルだけでケリがつく状況だったわけよ」

「でも、全部兄貴が仕留めたわけやなかったんやろ？」

「あの時相手にしてたモンスターって、ワイバーンとかごく一部を除いて、ファーレーン騎士団仕様のハーフプレート着てればほぼ怪我しないような連中しか出てこなかったから、むしろ慣らしとしてちょうどよかったのよ」

「なるほどなあ」

地味に納得できる回答を受け、大きく頷《うなず》く宏。あの時はモンスターの死骸全てを持ち帰ってきたわけではないが、それでも回収されたものを見た限りでは、真琴の主張が間違っていたようには感じない。

実際、あの時倒したモンスターの数は多かったが、騎士団仕様のハーフプレートを貫通してダメージを与えてくるようなモンスターは数種類しかおらず、その上のワイバーンレザーアーマー、それも宏仕様の限界まで防御力を高めたものをぶち抜いてダメージを与えてくる可能性があったとすれば、イビルタイガーとヘルハウンドぐらい。その二種にしても、装備を考えれば達也でも七級ポーションが必要になるかどうかという怪我しかしなかっただろう。

無論、宏が作った装備でなければ、そこまでの防御力は確保できなかったのは言うまでもない。

「それにしても、このヒヒイロカネの刀、いいわね」

「それが気に入ったん？」

「ええ。オリハルコンもアダマンタイトも悪くはないのよ？　ただ、この刀が一番しっくりくる感じってだけで」

「現時点では、性能的に一番悪いんはそいつやねんけどなあ」

「確かにこの刀は切れ味は三振りの中で一番下だけど、他のより馴染《なじ》む感じなのよね。あと、生き物だろうが生き物じゃなかろうが、何か斬《き》るたびに生き生きしてくるというか、使われることを喜んでる感じが伝わってくるというか」

真琴の一言に、思わず気まずそうに明後日《あさって》の方向に視線をそらす未成年組。

どうやら躾《しつけ》がばっちり成功しているようだが、その結果、刀のくせに妙な性癖に目覚めた可能性を否定できないのが悲しい。

「あ、そうや真琴さん」

「何？」

「そいつ使い込むと成長しおるんは説明したと思うけど、使い方によって成長の仕方が変わりおるからな。クールタイムとか自己修復の時間とかの兼ね合い見て、適当なタイミングでエクストラスキル使ったって」

「了解」

宏の説明を聞いて頷く真琴。

使い方で性能が変わる、自分専用に成長する武器。いろんな意味で美味《おい》しい話だ。

「それにしても、春菜《はるな》はともかく宏がブレストプレートだけにしたのは、ちょっと意外ね」

「春菜さんとか澪《みお》にも言うたんやけど、僕がハーフプレートとか着込んだ日には、ダンジョンの探索が一週間やそこらで終わらんなるし」

「ああ、ペナルティの問題か」

「せや。一応慣らしの時にフルプレートモードで動いてみたんやけど、重さはともかく動きにくさが半端やないから、戦闘中はともかく単なる移動中には展開せんほうがええ、っちゅう感じや」

宏の言葉に納得する真琴。

攻撃を食らうことが前提の宏の立ち位置だと、戦闘中に動きにくくてもスキルである程度カバーできる。注意を引くためのアウトフェースは装備のペナルティなど受けないし、後ろに攻撃が飛んでしまってもカバームーブなどでそれなりにフォローが効く。

火力としては元々期待されていないので、攻撃はスマッシュさえ当てられるのであればそれで十分であり、それらの要素を鑑みればフルプレートで動きが大きく鈍ってもどうとでもなる。

が、探索中にそれらをフォローできるスキルというのは元々それほど多くなく、しかも習得も修練もものすごく面倒くさい。それらを極めたからといって布装備と同じように動けるかというと、残念ながら現在発見されているスキルではそこまでの性能はない。

なので、壁役でも常時フルプレートでないと命にかかわる上級ダンジョンをメインで活動している戦闘廃人以外、その系統のスキルをマスターしている人間はそれほど多くない。

このあたりの事情はこの世界の冒険者もあまり変わらないようで、常時フルプレートで冒険しているのは騎士崩れの連中ぐらい。ほとんどの冒険者は金属装備といってもブレストプレート程度に留《とど》め、重装備といえば要所を覆うハーフプレートを指すのが一般的である。

「そうそう、真琴さん」

「何？」

「そのブレストプレートとスカートアーマーにも水中行動のエンチャントはかけてあるけど、僕とか春菜さんと違うてスカートアーマーの分の重量が原因で水には浮かんから、そこは注意してな」

「あ～、そういえばそういう問題もあったわねえ。というか、ブレストプレートだけなら浮くの？」

「魔鉄とアダマンタイト除く中級以上の金属で作った、ある程度軽量化もかけた鎧に限るけどな」

金属防具の最大の欠点は水に浮かないことである。

真琴もゲーム時代は少々苦労した記憶がある。ゲームの時は防具の切り替えは一瞬、とは言わないが切り替え時間は固定で五秒だったため、泳いで渡る必要がある場所などはサブの革鎧などでどうにかしのいでいた。普通の水泳スキルは金属防具の欠点をカバーできず、数少ないエンチャント枠を水中行動なんぞで埋めるのは勿体《もったい》ないため、必然的にそういう対処方法になるのである。

だが、こちらの世界はゲームとは違い、装備を切り替えるにはきっちり着替える必要がある。ブレストプレートぐらいなら五秒とはいかなくても割とすぐ外せるが、ハーフプレートともなると装備解除も一苦労で、フルプレートはそもそも一人で着脱すること自体難しい。

そうなってくると、水場がある可能性が高い場所に行く時は、金属鎧を身につけることなどできないわけで、このへんも一般的な冒険者が金属鎧を避ける理由の一つになっているのだろう。

「そこらへんの話を考えると、地下遺跡の時はワイバーンレザーがメインでよかったと思うわ」

「せやなあ。元ネタが元ネタだけに、水を使ったアトラクションがやたら多かったしなあ」

「池のアトラクションとか、間違っても金属防具で挑みたい内容じゃなかったわよね」

「まあ、それ以前にそもそも、僕が作った環境耐性ばっちりの鎧やったらともかく、普通の金属鎧で砂漠に狩りに行くとか、自殺行為以外の何物でもあらへんけど」

遺跡の話を持ち出した途端に宏からさらに厳しい突っ込みが入り、思わず遠い目になる真琴。

確かに日差しの強い砂漠で金属鎧など、鎧下に余程断熱効果の高いものを身につけていない限りは、いや、恐らくちゃんとしたものをつけていても一時間経たずに蒸し焼きになるだろう。何かの間違いで素肌にでも触れた日には、即座にやけどすること間違いなしである。

現実世界においても、夏の日差しに晒《さら》された滑り台や金属製の手すりを思い浮かべれば、このあたりのことは想像に難くない。

「なんか、ファンタジーという名の世知辛い現実に反撃を食らってる感じね……」

「ファンタジー系のゲームとか本とか、普通の服と変わらんような防具が結構多いんも、地味に理にかなってるんやなあ思うんよ」

「ここまで身も蓋もない話じゃないとは思うけどね……」

余計なところで現実の壁、というよりは物理法則の壁にぶち当たったことについて、遠い目が元に戻せない感じの真琴。現実は本当に世知辛い。

「なんか考えようによっては、あり得ない露出面積のビキニアーマーの方が下手をすると理にかなってるかもしれない、ってことになるのはどうなのかしらね？」

「真琴姉。さすがにあれは、フルプレートで冒険する以上にあり得ない」

「というか、真琴さん。そもそもあの格好で街中うろうろする度胸がある女の人って、それはそれでどうかと思わない？」

さすがにビキニアーマーに関してはいろいろ思うところがあるのか、警戒を緩めずに速攻で突っ込みを入れる澪と、そこに追い打ちをかける春菜。

言われるまでもなく冗談なので、派手に突っ込まれても特にダメージは受けない。

「いつも思うんだが、あの手のビキニアーマーって、なんで防御力が高いんだ？　魔法か？」

「ん～？　常識的に考えれば、達也さんが言うみたいに何か特殊な魔法がかかってるってことだと思うんだけど……」

「脱げば脱ぐほど強くなる武術を身につけてる、に一票」

達也の疑問に対して無難な回答を返そうとした春菜の言葉を、澪が余計なボケを入れて潰《つぶ》す。

「脱げば脱ぐほど強くなるんだったら、ビキニアーマー自体いらないような……」

「羞恥心や世間の常識と戦闘能力との兼ね合い？」

「羞恥心はあるんだ。てか、そもそもそんな武術、あるの？」

「テレポーターで壁の中にいる状態にされる某ダンジョン探索ゲームの、素手でコイン型モンスターとかスライムの首を刎《は》ね飛ばす忍者は、全裸でいるのが一番防御力が高い」

高レベルの忍者がラスボスすら首を刎ねて一撃死させる某ゲームを引き合いに出し、自説を淡々と主張する澪。

実のところ、澪は実際にそういう設定の武術を身につけた女の子が、羞恥心や防御力と攻撃力との兼ね合いで服を脱ぎながら戦うカードバトルのアドベンチャーゲームが存在するのを知っている。

だが、自分達が生まれるよりはるか昔の、ゲームの供給媒体がフロッピーディスクでＯＳがＤＯＳ、ディスクも何も入れずにパソコンを起動したら内蔵ＲＯＭでＢＡＳＩＣが立ち上がる頃の作品など、話したところで絶対通じないと分かっている。

なので、まだ新作やリメイクが細々と発売されていて一部設定がそのままになっている某ダンジョンＲＰＧの方を引き合いに出したのだ。

「いや、あの忍者はいろんな意味で誤解されてるからな？」

「でも、一部のコミック版では忍者は覆面以外全裸が普通だった」

「あれ、そういう設定じゃなかったはずなんだがなあ……」

いろいろと設定が誤解されている某ゲームの忍者について、渋い顔をしながら誤解を解こうとする達也。だが、この手の一般に広まってしまった誤解というやつは、そう簡単には解けないものだ。

特に、そっちの方が面白いとなると余計にである。

「なんにしても、この中でそういう防具を着るとしたら……」

話を若干戻した澪の言葉に、視線が春菜に集中する。

「え？　なんで私が着る流れになってるの？」

「ボクや真琴姉がビキニ着ても悲しいことにしかならない」

「いや、それ以前の問題で、そもそも何のためにあんな鎧着る必要が……？」

「サービスサービス？」

「誰に……」

ひと山いくらの男にそんな鎧でサービスする義理はなく、いくらでもサービスしたい宏に対しては逆効果でしかない。それが分かっている以上は、ただ恥をばらまくだけになるビキニアーマーなど、死んでも着たくはない春菜。

「というわけで師匠」

「作る理由も意味もあらへんから作らんで」

「ケチ……」

澪に振られて、宏が即座に拒否する。

ビキニアーマーなんて見るのも作るのも宏にとっては拷問以外の何物でもない。被虐の趣味など持ち合わせていないのだ。

「じゃあ、春姉《はるねえ》。ビキニアーマーと魔法少女とか変身ヒロイン風の衣装のどっちかを着なきゃいけない、とかなら、どっちがいい？」

「どっちを着ても大惨事になる未来しか見えないけど、その二つだったらまだ変身ヒロイン風の方がいいかな……」

「なるほど」

何かに納得した様子を見せる澪に、早まったかもしれないと微妙に後悔する春菜。

「あ、真琴姉。正面から不確定名・蛇」

「了解」

いろいろアレな感じの会話を切り上げ、探索モードに戻る一行。

階層が浅いからか、なんだかんだでまだまだ余裕なのであった。

☆

「足音の感じが変わってきよったな」

「ちょっと注意が必要かも」

最初の毒ガス地帯を突破し、坑道からガラッと変わって急激に足場が悪くなった道をいろいろな道具を駆使して踏破したところで、宏と澪が全員に警告するように話しかける。

その内容を聞き、軽く地面を蹴って感触を確かめる春菜。

「……確かに、なんか変だよね」

「いきなり崩れたりするかもしれんから、いろいろ警戒せなあかんな」

実際にあったトラップに言及し、宏が注意を呼び掛ける。それに頷いて慎重に歩を進める一行。

十フィート棒で地面をつついていた澪が、珍しく難しい表情を浮かべて振り向く。

「師匠」

「何か引っかかるか？」

「かなり嫌な予感」

「どれ？」

澪に言われて、受け取った棒で足元を軽くつつく。

罠《わな》という観点では澪には劣るが、構造物の状態や地質などに関しては宏の方がはるかに詳しい。こういう種類の怪しさに関しては、専門である宏の判断の方が当てになる。

「……えらいでかい空洞があるな」

「落とし穴？」

「いや。感じで言うと地下水脈が枯れたあとの穴とか、ワーム類が通ったあととか、そういう種類やな。厚さ的に普通に上歩くぐらいでは崩れへん思うけど、ちょっと何とも言えんとこや」

十フィート棒でつつける範囲を軽くつついて、確認を兼ねた澪の質問に対し答える。そのままあちらこちら十フィート棒でつつきまわした後、壁際の足元に杭《くい》を深く打ち込みロープを固定した。

余談ながらこのロープ、余りに余った霊糸を撚《よ》り合わせて作った、強化ワイヤー以上に頑丈な代物で、長さも百メートルを余裕で超えるものである。恐らく、元の世界を見てもこれに勝るロープやワイヤーはまずないであろうオーバースペックな品物だ。

そのロープを腰に何重かに巻きつけ、音が変わったあたりから先を慎重につついて調査していく宏。出した結論が、

「この上で戦闘とかなったらアウトやから、いっそ崩して下に降りたほうがええかも」

だった。

「それ、安全なのか？」

「やってみんとはっきりとは言えんけど、この上で何か涌《わ》いた場合よりは安全や」

「どうやって崩すんだ？」

「確実なんは特大ポメ破裂させる方法やけど、それやると他も崩れかねへんからなあ」

宏の言葉に、顔を引きつらせながら頷く一同。どうやら、さすがの宏もこの状況で特大ポメを使わない程度の自制心や常識は持ち合わせているらしい。

「で、結局どうするのよ？」

「ぎりぎりのところで軽く掘ってみるわ。多分大丈夫やと思うけど、みんなはロープ張ったところから向こう、できたら足音の感じが変わったって話したところより向こうで待機しとって。あと、念のためにロープは巻いといたほうがええ」

「了解」

宏の指示を受け、指定された位置より向こうに移動して、何が起こっても対応できるように身構えながら待機する真琴。真琴より若干前に出て、いつでも補助魔法を発動できるよう準備する春菜と達也。澪は周囲の警戒である。

「ほな、行くで！」

全員退避したのを確認し、空洞がないであろう場所を慎重に見定めて立ち位置を決める。自分の足場は空洞の上ではなく、つるはしを振り下ろせば空洞の真上に当たる、そんな位置に立ったところで大声でそう宣言してから、つるはしを振り下ろして的確に地面を掘り砕く。

次の瞬間、宏が一撃入れた場所から先の地面に大きく亀裂が走り、数秒置いて一気に崩れ落ちる。その余波が宏の立っていた場所にまで及び、ロープを固定するために打ちこんだ杭の手前まで地面が砕けたところで崩落が止まった。

足元が崩れた以上、宏も当然巻き込まれて下に落ちる。落ちるのだが……。

「フォーリングコントロールなんか、覚えとったんや」

「あると意外と便利だから覚えてたんだ。役に立ってよかったよ」

春菜がとっさに発動した落下速度制御魔法・フォーリングコントロールのおかげで、瓦礫《がれき》に巻き込まれるような落ち方だけは避けられた宏。そのままゆっくり崩れ落ちた瓦礫の上に着地する。

なお、この手の魔法に関しては、落ちるのを見てから魔法発動させて間に合うのか、という議論が尽きないものだが、『フェアクロ』のフォーリングコントロールは無詠唱、即発動、クールタイムなしの魔法なので、落ちたと認識した瞬間にパニックを起こさずに起動できれば、余程浅い穴でない限りは十分に間に合う。

逆に、間に合わない深さだと、余程落ち方が悪くない限り致命的な被害は出ない。

「で、まあ、予想どおりやったわけやけど」

「あれぐらいでここまで崩れるんだったら、あのまま先に進んでたら大惨事ね」

あまりにも見事に崩れ落ちた通路とその下に広がる空間を見て、冷や汗が止まらない真琴。

宏が落ちた高さは約三十メートルほど。いかに生命力が普通の人間とは比較にならないといっても、無傷で済まないどころか死んでいてもおかしくない高さ。

今までのあれこれを考えても、宏なら落ちただけでは死なないかもしれないが、瓦礫に巻き込まれて無事生き延びられるかと言われると何とも言えないところだ。

その可能性が低くなかったことが、真琴の冷や汗が止まらない理由だろう。

はっきり言って、このメンバーでなければ誰も気がつかずに崩落に巻き込まれ、そのまま全滅している可能性の方が高かった。

オルテム村のダンジョンとはまた別の意味で、やたらと殺意の高いダンジョンである。

「とりあえず、私達もそっちに降りるよ」

「了解。気ぃつけてや」

「ん」

グダグダ言っていても始まらないと踏んで、さっさと宏と合流しようと動く春菜。

念のためにロープを腰に巻きつけた上でフォーリングコントロールを使い、安全確実に下に降りる。そのあとを達也と真琴が続き、最後に飛び道具を構えて警戒しながら澪が飛び降りる。

「さて、どない見るか」

その気になればちょっとした住宅地が作れそうなほど広大なフロアを見渡しながら、やや難しい顔で宏がメンバーに質問する。

鍾乳洞のような環境ではないが、見ればあちらこちらに水が流れていたであろう名残が見られる。

「向こうに上がるのは、ちょっと厳しいよね？」

「せやなあ。誰か飛べる？」

「一応飛べるけど、空中戦は無理」

「俺も同じだな」

崩れた通路の先を見上げながらの春菜の問いかけに、宏が逆に質問する。その宏の質問に、芳《かんば》しくない答えを返す春菜と達也。可能不可能でいうなら可能だが、選択肢として成立しているとは言い難いようだ。

幸いにして、戻るほうはロープがしっかり固定されている上に、急とはいえ坂になっているので、それほど問題なく登ることはできそうである。が、完全に垂直の壁である反対側を登るのは、飛行型モンスターの出現や壁の崩落の危険性を考えると、少々厳しいものがある。

仮に春菜か達也がリスクを犯して反対側の通路までたどり着いたとしても、宏達が登っていく時間を考えると、やはり選択肢としては成立しないと考えてよさそうだ。

「モンスター発見。不確定名・夜行性の鳥」
「オーラバード！」
「ウィンドカッター！」

多分危険だろうと予測した直後に現れたモンスター。

春菜と達也の遠距離攻撃で即座に沈黙させることができたとはいえ、これを見てロープなしで壁を登ろう、という考えを持つのはさすがに無理だ。

「本気でどないする？」
「この場合、瘴気《しょうき》が濃いのはどっちかで決めるのはどうだ？」
「せやな」

達也の提案を聞き、感じ取った瘴気の濃さをもとに進路を決める。

かなり広い空間だが、横穴自体はたくさんあるのだ。

「……ちょっと気になることが出てきたから、ロープのとこまでいっぺん戻ってええ？」

瘴気の濃さで選んだ横穴の道を覗《のぞ》いた瞬間、宏がそんなことを言い出す。

「構わねえが、どうしたんだ？」

「大した話やないんやけど、ロープ残しとくより、ハシゴかなんかで手早く登れるように細工しといたほうがええかも、っちゅう気がするんよ」

「なるほどな。どれぐらいかかる？」

「まあ、三十分、ちゅうとこやわ」

宏の宣告を聞き、それぐらいならと引きかえすことにした一行。

この時、階段と入れ替えでロープを回収しておいたことが後の大正解につながることに。

なぜならこのあと、

「師匠、水の音がする」

「嫌な予感がするな。皆、ちょっと動きにくくなるけど、ロープ腰に巻いて固定しとこか」

「了解」

あからさまに水が関わる、それも対処に頑丈なロープが必要になる、危険なトラップが発動したからだ。

「師匠、地底湖と川が」

「このパターン、次来るんは……」

「鉄砲水？」

「やろうな。しかも、位置関係的に逃げる場所あらへん」

微妙に顔を引きつらせながらの澪の言葉に、同じく顔を引きつらせながら答える宏。よく見ると、地底湖に流れ込む川の水かさが徐々に増え、自分達の足元まで濡《ぬ》らし始めている。

「皆、ロープしっかり固定してるか!?」

「大丈夫！」

「ほな、しっかり踏ん張ってや！　アーマー、フルオープン！　軽量化解除！　ヘヴィウェイト!!」

宏が重石《おもし》代わりにポールアックスとヘビーモールを取り出し、フルプレートを展開して軽量化を解除、重量を最大増幅させたところで猛烈な勢いの鉄砲水が一行を襲う。

ブーツに仕込んだスパイクを限界まで伸ばしてがっちり地面に食い込ませ、腰を落として水の勢いに逆らう宏。

水中行動のエンチャントがあるので呼吸は問題ないが、それでも流されてくる砂利が仲間に当たらないようにアラウンドガードで受け止めつつ、完全に激流に体を持っていかれた四人の体重を支えるのはなかなか骨だ。

スキルや装備のエンチャントあれこれによる重量増加も含めて、百トンの大台に乗った重量。たかが身長百七十一センチの宏の体格でそれだけの重量があれば、密度は相当なものになる。

さすがの鉄砲水といえどもそれだけの重量を押し流すことはできなかったようで、結局宏は十秒ほど続いた激流を耐え抜いた。

「皆、無事か？」

「とりあえず大丈夫……」

「死ぬかと思ったが、まあ無事だ……」

「今回の場合、鎧が金属かどうかとか全然関係ないわよね……」

「師匠がいなきゃ全滅パターン、その二……」

どうにもこうにも一応全員無事だったことを確認し、一息ついて鎧をブレストプレートに戻す宏。

むしろよく地面が砕けなかったと思いつつ、あたりの状態を確認する。

「まだまだ殺意が高い展開は続いとるなあ……」

「鉄砲水を何とかしのいでも、そのあとに水陸両用型のモンスターが出てくるのか……」

目の前の、伏せた状態でも高さ三メートルはあろうかという巨大なワニにうんざりしたように呟《つぶや》き、そのまま臨戦態勢に入る宏と達也。

他のメンバーも巻きつけたロープを外し、即座に戦闘態勢を整える。

「さて、ワニ革のハンドバッグを作らんとな」

「ワニの唐揚げ」

「えっと、オーストラリアだったら丸焼きにするんだっけ？」

「たまには素材と食材から離れろよ……」

などと、いつものペースを崩さずに対応する一行。

結局巨大ワニは、真琴のエクストラスキルの練習も兼ねて、疾風斬《しっぷうざん》・地《ち》によって一瞬でいい感じに解体されるのであった。

☆

そのあともなんだかんだと右往左往しながらダンジョンを進み、そろそろ野営を考えるべきか、という頃合いになったあたりで、宏達はついにボスがいそうな場所を発見した。

「瘴気の濃さからいうて、おそらくあそこにボスがおるな」

「間違いなくいるね」

天然っぽく偽装された通路の突きあたりを曲がって二百メートルほど先の広場。周囲の暗さと瘴気の濃さゆえに、様子をはっきりと確認するにはもう少し近寄る必要があるが、明らかに尋常でない何かが待ち構えているのがはっきり分かる。

「さて、ちょっくら偵察に……」

「いや、この場合は全員で行ったほうがいい」

「どうせ不意打ちとか無理だろうし、もし分断されたらかなりまずいわ。多分あそこから出てきたりはしないと思うから、ちゃんと休憩して準備してから突入ね」

ボスの姿を確認しようとした宏に待ったをかけて、全員で行くことを主張する達也と真琴。

今までの天然の事故を装った性質《たち》の悪いトラップの数々を考えると、単独での偵察は不安要素が大きすぎる。

「ほなまあ、飯は終わってからにするとして、軽くフランクフルトでも齧《かじ》るか？」

「さすがにそれぐらいは、お腹に入れておいたほうがいいかな。真琴さんはどう思う？」

「ちょっとは食べておいたほうがいいわね、確かに」

その提案に頷いた年長者を見て、串に刺したフランクフルトを火であぶって焼き色をつけ、全員に配る宏。それを受け取って齧りながら、いろいろと確認を取る真琴。

「まず聞いておきたいんだけど、瘴気の濃さと感じる気配はどんな感じ？」

「瘴気はイビルエント以上、タワーゴーレム未満、っちゅうところやな」

「数に関しては、気配からいって単体。大きさは誤差の範囲をちょっとはみ出るぐらいだけど、タワーゴーレムよりは小さい」

「微妙なところね」

宏と澪の回答に、かなり難しい表情になる真琴。

イビルエントは宏が事実上単独で倒しているため強さが測りづらいが、少なくとも火力は自分達が即死しかねない水準だったことは分かっている。

恐らくタワーゴーレムより弱いのは確実だが、どのぐらい弱いのか、というのが測りづらい。

それに、弱いといっても方向性があり、単に攻撃力は劣るが防御力は同水準かもっと上、などという条件だと、手札は多いが火力面にやや難がある自分達の場合は、下手をすればタワーゴーレムよりも苦労する。

「状況的に、特大ポメとかは使えないのよねえ……」

「さすがに、こんな崩れやすい洞窟の中でそんなもん使ったらな……」

「同じ理由で、タイタニッククロアもアウトやな。まあ、こっちは使用条件がいまだにはっきりせえへんから信頼性が低いねんけど」

「ボクの巨竜落としは使い方次第」

「私のエレメンタルダンスは、火力と呼べるかどうかは微妙なラインだと思う」

一定以上の火力を持つ大技、それを並べ立てて唸《うな》る一行。相手を見ないと何とも言えないとはいえ、いろいろと心もとない話だ。

「そういえば達也さん、イグレオス様からのご褒美でヘルインフェルノ使えるようになったんだっけ？」

「ああ、使えるのは使えるが、ここで使えるような魔法じゃねえぞ」

「範囲を絞ったりとかはできないの？」

「現時点では無理だな。もっと練習して、制御の勘を掴《つか》めればいけるかもしれないが」

ある意味当然といえる達也の回答を聞き、そんなにうまい話はないかとため息をつく春菜。そもそも練習といっても、効果範囲が広すぎるので下手な場所では行えないのが厳しい。

「春菜の歌とか、達也のオキサイドサークルとかはどう？」

「私の歌に関しては陽炎《かげろう》の塔の時、イビルイフリートにはそんなに効果が出てなかった気がする」

「オキサイドサークルに関しちゃ、イビルイフリートは炎系だったから多少とはいえ効果があったが、ダンジョンモンスターとかダンジョンボスは大概酸欠耐性も酸素中毒耐性も持ってるから、恐らく効率の悪い捕縛魔法以上の効果はないな」

「なんか、微妙に八方ふさがりね……」

予想はしていたが、はっきり否定する言葉の数々に苦い表情が浮かんでしまう真琴。フランクフルトの残りの一口を咥《くわ》えて串から引っこ抜いて咀嚼《そしゃく》し、飲み込みながらいろいろ思案する。

「結論としては、相手見てみんと何とも言えん、っちゅうことでええと思うんやけど？」

「そりゃそうなんだがな……」

「まあ、気休め程度でええんやったら、ステータスアップアイテムの在庫もあるにはあるで」

「どんな感じだ？」

「フルパワーポーションの五級やな。一時間ほど、基礎能力を全部二十ぐらい上昇させる効果や」
二十、と聞いて目を見張る達也と真琴。レベルが低いうちは確かに気休めだが、数字が増えるほど一ポイントの価値が上がる『フェアクロ』のシステムだと、宏の耐久や春菜の敏捷《びんしょう》、真琴の筋力などはかなり洒落《しゃれ》にならない差が出てくる。
「そういうのをなんで今まで出さなかったのよ？」

「五級はフォーレに入ってから材料揃《そろ》ったたし、それまでは七級ぐらいで単独の能力を上げるやつしか作れんかったんよ。それに、ちょっとやけど普通のポーションの中毒が発生しやすうなるから、気休めのためにしちゃちょっとリスクが大きすぎるか、思ってん」

「なるほどね。確かに五級ぐらいからでないと、ちょっと使いづらいわね……」

「せやろう？　で、どないする？」

「一応飲んどいたほうがいいわね。他には？」

「あとは一回だけダメージを三割カットとか、十秒間だけ攻撃力を五割増しにするとか、そんな感じのがいろいろあんで。全部エクストラスキルほどやないけど一分単位の長いクールタイムがあるから、使いどころは上手《うま》いこと見極めなあかんけど」

これまで影が薄かった消耗品に関して、実にいろんなものが出てくる。

今までその手のものを持ち出さなかったのは、これまた素材の集まりの問題で、効果が微妙すぎていまいち使う気が起こらないものが多かったからとのことである。

過去に作ったものというのが、数分に一度、五秒間だけ攻撃力を5％増強とかそういうレベルなので、今まで相手をしてきたモンスターを考えると、確かにほとんど当てにはならない。被弾ダメージカットも、たかが3％だの5％では、宏以外、ほぼ即死の攻撃には価値が薄い。

正直、保険どころか気休めにもならない。

「常時効果があるんやったら、5％とかでも十分価値あるんやけどなあ……」

「そうねえ。確かにいちいちアイテムを使う手間とかタイムラグとか考えたら、攻撃力増強ならせめて二割は欲しいわよねえ。実際、あたしもゲームの時は市販のその手のアイテム、まったく使わなかった記憶があるし」

「そうやろな。しかも同じ効果やったら5％も30％もバフ枠とクールタイム同じやから、重ねて使うんもできんし」

さらに使えない情報を聞き、宏が持ち出さなかった理由を心底納得してしまう。恐らく、渡されたところで面倒くさがって使わなかっただろう。

「とりあえずダメージカットの方は気休めになるから、一応使うといたほうがええとは思うで」

「そうね」

宏の言葉に頷き、受け取った黄色い玉を使う一同。それを見たところで、宏がさらに最後の虎の子を取り出す。

「これは虎の子やけど、『クーリングキャンセラー』言うてな。三十秒間、使うたスキルとかアイテムのクールタイムを全部一括でチャラにするアイテムや。使うた時点で残っとるクールタイムを全部チャラにするから、これ使う前にいろいろ発動させとっても問題あらへん。材料の都合で三つしかあらへんけど、とりあえず真琴さん持っとって」

「……また、剛毅《ごうき》なものを作ってるわね。材料の都合って、何が足りないの？」

「ガルバレンジアの喉仏とタワーゴーレムのパーツやな。タワーゴーレムのんは代用品あるけど、まだこっちでは発見してへん素材やからやっぱりすぐには作れんで」

「……了解。疾風斬がもっと必要だと思ったら、ためらわずに使わせてもらうわ」

「頼むわ。あと、言うまでもないけど、さすがにポーション中毒まではチャラにできへんから、そのつもりで」

「分かってるって」

かなりの貴重品を受け取り、すぐに取り出せる位置に慎重に収める真琴。スタミナの都合でそこまで上手くはいかないが、必殺技が使い放題というのはかなりありがたい。

「できる準備はこんなところやな。で、他の準備はもうええか？」

「そうね。行きましょっか」

宏に聞かれて頷くと、三振りの刀をすぐに入れ替えて抜けるように準備しながらゴーをかける真琴。それを聞いて、不意打ち防止のために先頭に立つ宏。

何かあった時のために回復魔法をいつでも発動できるよう部分詠唱を始める春菜と、新しい杖《つえ》に追加された新たな機能を利用して防御結界をストックしておく達也。

万全の態勢でボスルームを覗きこんだ次の瞬間、年長者組の顔にわずかな絶望が浮かび、それとは裏腹に学生組の表情が目に見えて明るくなる。

「ベヒモスかよ……」

「ベヒモスね……」

「ベヒモスやな‼」

「ベヒモスだよね‼」

「ベヒモス……‼」

異界化した空間やダンジョン特有の、空間や強度といった矛盾を一切合財無視した、あり得ない広さと高さのボスルーム。そこに鎮座し、侵入者を今か今かと待ち構えていたのは、大地の魔獣の王として有名な、作品によってはドラゴンとしても扱われる有名な大ボス、ベヒモスであった。

『フェアクロ』の場合、牛とクマのハーフみたいな体をベースに、イヌ科やネコ科、イノシシなどの特徴がバランスよく配分された、とてつもなく貫禄のある生き物である。

全高はタワーゴーレムの半分ほどだが、全長はどっちもどっちぐらいの超大型モンスターであり、三級程度の冒険者では手も足も出ないほどの戦闘能力を持つ、普通なら絶望的な存在、なのだが……。

「ベヒカツに照り焼き、かば焼きもええなあ」

「師匠、ここはまず、ローストベヒモスから」

「ベヒモスシチューにベヒモストロガノフとかも美味しそう」

「なあ、ヒロ……」

普通に絶望的なはずの相手を見て、宏達未成年組が見せた反応は、食欲一直線であった。

「なんや？」

「食うのかよ……」

「ごっつ美味《うま》いねん!!」

ポールアックスを握り締め、ベヒモスを睨《にら》みつけながら高らかに宣言する宏。その瞳《ひとみ》は食欲で埋め尽くされている。

「それに兄貴はどうか知らんけど、真琴さんはベヒモスごとき、普通にしばき倒した経験あるやろ？」

「いや、ないとはいわないけど……」

「あんなん、ただでかいだけでタワーゴーレムとかと比べたら雑魚やん」

「比較対象がおかしいけど、雑魚ってわけじゃないからね!?」

食欲に負けておかしなことを言いまくる宏に冷や汗をかきつつ、必死になって突っ込みを入れる真琴。楽勝呼ばわりして無茶な戦闘をさせられては、たまったものではない。

「大丈夫、プレッシャー的にも瘴気的にも、今やったら普通に勝てる相手や！」

「安心できない！」

「どうせ僕のやることは変わらんし、あれからは一級ポーションとかいろいろあれで何な感じのやつに使う素材が取れるんや。ごちゃごちゃ言うてんと、とっとと仕留めんで！」

「ああ、もう！　分かったわよ！　どうせ選択肢は他にないし！」

「ほなやるで！　こっち来いやあ、食材!!」

掛け声とともに、いつもの初手であるアウトフェースを発動し、プレッシャーをかける。

いつも以上に余計な気合いが入ったその威圧は、たかが人間からのプレッシャーなどものともしないはずのベヒモスを明確に怯《おび》えさせ、あからさまな恐慌状態に追い込む。

どうやら、本気で食料的な意味で自分を食おうとしていることを理解し、しかもそれを実現可能な戦闘能力を持っていることを悟ってしまったらしい。

「ベヒモスが怯えてるよ……」

「もういいわよ!!　こうなったらさっさと仕留めてたっぷり食うわ!!」

いろいろ突っ込みどころが多すぎて突っ込み切れなくなった事態に切れた真琴が、唖然《あぜん》としている達也に喝を入れて自分も突っ込んでいく。

結果、怯えて出した初手の大技を宏に潰され棒立ちにさせられたベヒモスは、そのまま良いところを見せる暇もなく、自棄《やけ》を起こした真琴の豪快なエクストラスキル三連発であっさり首を切り落とされ、そのまま美味しくいただかれてしまうのであった。

☆

「クレストケイブのダンジョン、ベヒモスがやられた……」

「本当か？」

「ああ」

「いくら成長過程のダンジョンで本来の強さはなかったといっても、早すぎるのではないか？」

「だが、倒されてしまったものは仕方がない。幸いにして、ダンジョンの定着そのものは終わっている。今回はたまたま手ごわいやつが奥にたどり着いたようだが、次はそうはいかんはずだ」

クレストケイブの鉱山がダンジョン化してから約一カ月。これほどの早期に最初の攻略者が出るとは思わなかったらしい闇の主。

そもそも、天然の洞窟を模したトラップの数々は普通のシーフが発見するには分が悪いものが多く、奥の方となると情報を持ちかえってくるだけでも年単位の時間がかかるはずだったのだ。

だが、初見殺しの数々のトラップは、たとえ情報があったところでそう簡単に突破できない種類のものばかり。むしろ、下手に攻略情報があるからこそ、このあと死人が増えるのではないかと予想もできる。つまり、最初の攻略者が予定より大幅に早く出て情報が知られたことは悪いことばかりではないのだ。

「ベヒモスの再生に大量に聖気を持っていかれる以上、当面ダンジョンの成長に回せる聖気は極端に減るだろうが、攻略情報が出回って無謀なものが現れれば、すぐに取り戻せる程度だ」

「そうだな。ダンジョンさえ成長すれば、クレストケイブで鉱石を掘ることなど不可能になる。そうすれば、フォーレの屋台骨を揺るがすこともできようぞ」

「懸念があるとすれば、短期間で何度もベヒモスを仕留められてしまうことだが、さすがにあり得んはずだ」

「うむ。いくら本来の強さではないといっても、あれを相手にして余裕を持つことなど不可能だろうからな」

などと楽観的な会話を続ける闇の主。

だが、この会話をしている最中に討伐者達が、

「どうせ他の人とか来られへんやろうし、リポップ待ちしてあと二回ぐらいやってまわへん？」

「あのねえ……いくらなんでもここでそんな長時間待てるわけないでしょうが」

「ボスのリポップ、平均八時間やったと思うから、ちょっと前の広場で結界張って一泊したらちょうど復活してる、思うんやけど」

「てか、あと二回って、クーリングキャンセラー全部使い切るつもり？　もう作れないんでしょ？」

「いんや。ベヒモスから胆石取れたから、ガルバレンジア狩ってきてくれたらまた作れんで。元々タワーゴーレムのんが代用品やし」

などという会話を繰り広げていたと知ったら、さすがに考えを改めたであろう。

そんなこんなで結局、

「……帰還ゲートを無視した挙句に復活を待って即座に仕留めるとは、相当な化け物がたどり着いたようだな……」

「……普通、ボスを連戦で仕留めようとするなどと誰が思うものか……」

「……しかも、どんなベテランの冒険者かと思えば客人どもか……」

「……やはり、フォーレに来た時点でさっさと始末するべきだったな……」

ＭＭＯ廃人の行動原理に忠実に従った宏達の行動を読み切れず、二日で三体というハイペースでベヒモスを狩られてしまい、ダンジョン全体の大幅な弱体化を余儀なくされる闇の主達であった。

フォーレ編　第八話

「そっちはどうやった？」

「私達が当たったところは全部満室だって。そっちも？」

「どこも空きはねえってさ」

ダンジョンの攻略を終えた次の日。一行はフォーレの首都・スティレンで、とある問題にぶち当たっていた。

「とりあえず、普通からちょっと高いぐらいの価格帯の宿は全滅だな」

「この分だと、警備とかプライバシーとかの面で論外ってレベルの宿も厳しそうね」

「達兄《たつにい》、真琴姉《まことねえ》。恐らく、空いてるとしたらものすごい高級宿だけだと思う」

「だろうなあ」

スティレンの宿がどこも満室なのだ。理由は簡単。

「武闘大会っちゅうやつはすごいもんやなあ……」

「まあ、ウルスで言うところの新年祭みたいなもんらしいからなあ……」

「門番のおっちゃんが言うとったこと、甘く見とったわ」

クレストケイブでまごまごしているうちに、フォーレの一大イベントである武闘大会の期間とかち合ってしまったのだ。

しかも、今年は三年に一度の権威ある大会で、予選だけで一週間以上かかるというかなり大規模なイベントになっている。それだけの試合が組まれるということは、選手だけでも相当な人数が来る。そこに大会目的であちらこちらから観客が来るとなれば、いかにスティレンが世界有数の大都市だといえど、宿の許容量を超えてしまうのは当然といえるだろう。

ウルスの新年祭も同じようなもので、毎年盛大なイベントを目当てに遠方や他国からも多数の観光客が訪れ、ウルス中の宿を全て埋め尽くしてしまう。

もっとも二日間だけ、しかも基本夜通し騒ぐ類《たぐい》のイベントであるため、〝宿が取れないなら寝なきゃいいじゃない〟みたいなノリの人間も結構多いウルスの新年祭と違い、期間が長く夜中に特にイベントがあるわけではないスティレンの武闘大会の場合、この時期の宿不足は結構深刻な問題だったりする。

「普通の冒険者が泊まれるような手頃な宿は、おそらく周辺の村とか全部回ってもどこも空いてないだろう、とも言われたわね」

「だったら、一旦《いったん》クレストケイブの仮拠点に戻って、転移魔法か転送石で戻ってくるっていうのもありだと思うけど……」

「さすがにクレストケイブまで飛べるような転移魔法はクールタイム長いから、この程度のことで無駄遣いはしたくないわね。転送石も宏《ひろし》があっちこっち移動する時に大量に使うから、いざという時に足りないってことになったら目も当てられないし」

「だよね」

泊まる場所がない、ということで一番確実な方法を提案した春菜《はるな》だが、自分でも思っていたことを真琴に指摘され、あっさり意見を取り下げる。

「やっぱり、ここは割り切って高級宿に泊まるか？」

「背に腹は代えられない感じだから、いざとなったらそれで文句は言わないけど、予算は大丈夫なの？」

「現金は十分にあるから、特に問題はないよ」

資金的なものを気にする真琴に、あっさり問題ないと言い切る春菜。

そもそもこのチームは、基本的に宿代とちょっとした消耗品や食材の購入以外、金を使うことはほとんどない。

下手をすると一番大きな出費が達也《たつや》と真琴の酒代だったりするぐらい出費が少ない上、宏がものづくりなどで足止めを食らっている状況だと、大抵他の人間が屋台や冒険者協会の依頼をこなして現金を稼いでいる。

その時についでに食材も狩ったり採ったりしているわけで、装備にほぼ費用がかからないこともあって、一般的な冒険者に比べると極端に出費が少ないのだ。

なので、一週間やそこら高級な宿に泊まったところで、資金的にはびくともしない。

しないのだが、庶民的な金銭感覚と戦後の日本人的な貯蓄志向が染みついているこの一行は、セレブ生活にあこがれも抱いておらず、今まで高い宿になど見向きもしなかったのである。

所詮《しょせん》は少人数の経済活動ゆえに見逃されている面はあるが、稼ぐだけ稼いでほとんどよそに放出しないとか、実に経済によろしくない連中である。

「予算が問題ないとなると、次の問題は……」

「たかが六級とか五級の、それも貴族とかが混ざってるわけでもない普通の冒険者を、お金出しただけで泊めてくれるかどうか、だよね？」

真琴が言いだそうとした別の問題を、先回りして春菜が答える。アズマ工房の名声自体はクレストケイブまで響き渡っていたが、それがこのスティレンでも通用するとは限らない。ファーレーンやダールなら王室にも顔がきくが、そのコネもフォーレでは役に立たない、とまでは言わないが、高級といったところでそこらの宿のオーナーや従業員が把握しているとは思えない。何より、こういうことにいちいちコネを使いたくない。

ただ高いだけでそこまでうるさくない宿、というのもあるが、大抵の場合は高級な宿というのは身分や身元というものに対してうるさいのである。

別に選民意識だとか余計なプライドの高さだとか、そういう理由ではない。他国の貴族や、下手をすれば王族なども泊まることがあるのだから、金を持っているだけの胡散臭《うさん》い人間を泊まらせる、などということはできないのである。それが、格式というものだ。

無論、全部が全部そうではなく、最初はそういう理由でも、今では歴史やら何やらに胡坐《あぐら》をかいて、選民意識に凝り固まってしまっている宿や店も少なくはない。

だが、本当の意味で格式が高い宿や店というのは、自分達がただ上流階級の世話を許されているだけだということを理解しているため、取引ができない相手でもわざわざ反感を買うようなやり方で追い払ったりはしない。

とはいえ、この場合は本当の意味で格式が高かろうが選民意識のなせる業だろうが、泊まれないという事実は何一つ変わらないのであまり関係ないのだが。

「まあ、当たって砕けてみるしか？」

「だよね」

澪《みお》の言葉に同意する春菜。最悪、どこかで野営しながら拠点にできる賃貸住宅を探すにしても、できることなら宿には泊まりたい。

「さて、どこから当たるか」

「こういう場合は、冒険者協会で私達のランクでもお金さえあれば泊めてもらえそうな宿を紹介してもらったらいいかな、って」

「そうだな。下手に当たって砕けるよりは、そっちの方が早そうだ」

「というか、最初からそうしとけばよかったかも」

春菜の最後の一言に、思わず乾いた笑みがこぼれる一同。たかが一日二日と軽く考え、武闘大会の人出を甘く見た結果とはいえ、実に遠回りをしたものである。

もっとも……、

「私達、まだまだいろいろ甘く見てたみたい……」

「三年に一度、ってのはすごいもんだな……」

金を出せば泊めてもらえる種類の高級宿は、すでに全部埋まっていたのだが。

「腹くくって、門の外で野営するか？」

ステイレンを象徴するランドマークの一つ、大闘技場。その近くの広場の、それも死角になる場所にこっそりテントを張ろうとして衛兵に追っ払われた人を見て、宏がそんな提案をする。

「折角だから最後に一軒だけ、アタックしてみようよ」

宏のその提案に対し、ちょっと破れかぶれが入った表情でそう答える春菜。そのちょっと不吉な表情に、少々嫌な予感がする一行。

「別に一軒ぐらいかまへんけど、どこにチャレンジするんや？」

「ほら。高級品扱ってる一角の、それも中央にそびえたつ格式高い高級ホテルがあるじゃない」

「……本気か？」

「あそこなら、部屋自体は確実に空いてるよ？」

「まあ、そうだろうけどなあ……」

春菜が提示したのは、スティレンでも、いや、フォーレでも一番の格式を誇る宿、『グランドフォーレ』であった。一泊の料金が一人頭で最低三万ドーマ、日本円で三十万円からという破格の値段もさることながら、冒険者が泊まろうと思うのなら、最低でも三級、つまり地方領主にフリーパスで面会できるランクがないと不可能だ、と言われている。

言い出した春菜自身、間違っても宿泊できるとは思っていない。ただ、折角なので、行くだけ行ってみたいというただそれだけである。

それだけだったのだが……、

「何泊、お泊まりですか？」

「えっ？　いいんですか？」

「もちろんでございます」

なぜか、あっさり宿泊許可が下りる。

「とりあえず、拠点を探す間だから、三日ぐらい？」

「そんなとこやな」

「じゃあ、今日入れて三日で」

「かしこまりました」

「ドーマだと今大きなお金がないので、クローネでの支払いでも問題ありませんか？」

「はい。問題ありません。このホテルでも通貨の両替は可能ですので」

さすが超一流ホテル。国外からも超大物が来るだけあってか、通貨の両替サービスも行っているらしい。前払いで四十五万ドーマ、クローネに直して約四千五百クローネを支払う春菜。

「今から準備をしてまいりますので、恐れ入りますがもうしばらくお待ちください」

顔色一つ変えずに金額を確認したフロント係が、優雅に丁寧に一礼した後、一度奥に引っ込む。

「どうしよう。ちゃんと泊まれちゃったよ……」

「泊まれた理由がどこにあるかが分からへんのが、ちょっと不気味なところやな」

「てか、金は足りるのか？」

「手持ちに五十万クローネぐらいあるから、大丈夫。さすがに一番高い部屋に一カ月とかだとちょっと厳しいけど……」

地味に凄《すさ》まじい大金を持っていることが判明し、さすがに少々目をむく達也と真琴。この金の出所の半分近くが、現状ではほぼ専売と化しているカレー粉や味噌《みそ》、醤油《しょうゆ》などの売り上げと、ファーレーン王家の皆さんが愛してやまないインスタントラーメンの代金だというのは、知らないほうが幸せになれそうな事実だが。

「いつの間に、そんなに稼いでたんだよ……」

「非合法なお金じゃないけど、知らないほうが幸せにはなれるかな？」

「なんだよ、それ……」

などと、最高級宿でするのはどうかと思うような抜けた会話をしていると、奥から先ほどのフロント係がどことなく立派な男性を連れて出てくる。

「お待たせしました。この宿の支配人が、皆様をご案内させていただきます」

「はじめまして。このグランドフォーレへよくお越しくださいました。噂《うわさ》に名高いアズマ工房の皆様をお迎えできて、とても光栄です」

最高級宿の支配人がわざわざ顔を出し、最上級の扱いで出迎えるのを見て、驚愕《きょうがく》のあまり硬直する一行。

「え、えっと。こちらこそ、ご丁寧にどうもありがとうございます」

あまりに予想外のことではあるが、いつまでも固まってはいられない。完璧にとはいえないまでも、どうにか取り繕って挨拶を終える春菜。

そのまま支配人に促され移動を開始する面々。

「つかぬことをお伺いしますが……」

「何でございましょう？」

「とても光栄なことなのですが、私達のような若造を、なぜ支配人さん自らがご案内してくださるのでしょうか？」

「これは異なことを。一流ですら手が届かない名品を作りだし、ファーレーンとダールで王室に認められたアズマ工房の皆様を、ただのランクが低い冒険者と侮るような不見識な者はここにはおりません」

「うわあ……」

歩きながらの支配人とのやりとりに、思わず呻《うめ》いてしまう春菜。

確かにファーレーンとダールの王室には、アズマ工房から直接納品しているものがある。それらは現在、間違いなくアズマ工房でしか作れない、もしくはアズマ工房のものが一番品質がいい。

だが、それらのどれもこれも、すでに製法は公開しており、大半のものは品質を考えなければ誰でも作れるものだ。材料だってウルスでは普通に手に入るものばかりで、単に品質は口で説明できないノウハウの違いだけの問題である。

たとえ元いた世界のものを再現しただけとはいえ、今までなかったものを作り出した、という点を過小評価するつもりはない。ないのだが、一度ノウハウを確立してしまえばすぐにアドバンテージがなくなる程度のものであり、さらに言えばその後改良のための工夫も特にしていない。

他のものに関しても、〝誰も真似ができない〟なんて物を作っているのは宏と澪だけ。実際の製造能力を言うなら平均よりは高いだろうが、間違いなく評判ほど高くはない。

そんな一時の栄光だけでそんなに過大評価してもらって、本当に大丈夫なのかと不安になってしまう春菜。もっと言うなら、実態に対してあまりに名前が一人歩きしすぎている気がして怖いのだ。

実のところ、これに関して春菜は、アズマ工房ほど機材が質・量ともに充実している工房が他にないということを含めて、いくつかの要点を見落としており、実際にはそれほど簡単に技術の差が埋まることはありえない。

世に出してからほとんど工夫をしていないという点についても、最初からかなりの改良が進んだものを宏や春菜が再現しているのだから、真似であったとしてもこちらの住人達がそう簡単に作れるはずなどないのだ。

結局のところ、春菜のような天才型にありがちな、簡単にできるものは誰でもすぐ真似できるという思い込みで勝手に不安になっている部分が少なくない。これればかりは当人の頭の良し悪しだけの問題ではないので、仕方がない部分ではある。

「でも、名乗る前からあっさり宿泊の許可が下りた気ぃするんですけど、うちらの容姿って、そんなに広まっとります？」

「いえ。ですが、我が『グランドフォーレ』の従業員ならば、皆様がどのような立場でも侮ったりはしません」

「それはまた、なんでですか？」

「皆様のお召しになっている装備。その性能については門外漢なので何も申せませんが、少なくとも普通の冒険者が手に入れて着こなせるような代物ではないことぐらいは分かります。どのような流れで手に入れたにせよ、それだけのものを正当な持ち主として着こなしている方々を門前払いにするなど、そのような不見識な従業員を雇った覚えはございませんので」

宏の質問に、大真面目な表情でそう言い切る支配人。どうやらこの宿の伝統と格式というやつは、伊達《だて》ではないらしい。

「皆様を担当した者も、アズマ工房の名前を見てむしろ納得した、と申しておりますし」

「でも、アズマ工房の名前を騙《かた》っとる可能性はありまっせ？」

「先ほど申しましたとおり、皆様はすでにそれだけのものを着こなし、穏当な態度と正当な手段で宿泊の可否を確認しておられますので、その時点で当館にぜひお泊まりいただくべきだと言い切れるのです。その素性がどうであれ、あまり関係ございません」

にこやかに言い切った支配人に、何とも言えなくなる一同。屋台以外はそれほど表立った活動をしていないのに、妙に名前が知れ渡ってしまったものだ。

「皆様のお部屋はこちらになります」

「……こんなに大きな部屋しかないんですか？」

「五名様ですので、相応の広さのお部屋を用意させていただきました」

案内された部屋は、スイートルームとまでは言わないまでも、かなり広い部屋であった。

さすがに鍛冶《かじ》などができるような部屋ではないが、少なくとも、クレストケイブで仮拠点にしていた賃貸住宅よりは広い。

「それでは、ごゆっくりとおくつろぎください」

とりあえず代表して春菜に部屋の鍵を渡すと、笑顔のまま立ち去っていく支配人。

「なんか、予想外にもほどがあるよね？」

「まあ、もうちょいしたら真琴さんの誕生日やし、どうせこのあとバタバタするやろうから誕生日に祝うんは難しいやろうし、前祝いっちゅうことでパーッとやったらええんちゃうか？」

「ん、そうだね。お金払っちゃったし」

「ファーレーンで荒稼ぎした金をフォーレでばらまくのはどうかとも思うがね」

「まあ、金額がそこまでやないっちゅうだけで、フォーレでもそれなりに稼いどるからええやん」

自分達が予想外に大人物になっていることに戸惑いを覚えながらも、ちゃんとお金は払ってるんだからと部屋に入る一同。

こうして、破れかぶれになってとった行動の結果、春菜はこの世界で初めて、春菜以外は生まれて初めて、一国で最も高級で格式高いホテルに宿泊するという経験をすることになったのであった。

☆

「高級宿って言うぐらいだから、これでもかって派手な高級品を並べ立ててるのかと思ったら、そうでもないのね？」

案内された部屋は、広さこそ宿として考えれば破格のものだったが、調度品などは地味ながら風格のあるものが主体の、むしろシックで落ち着いた空間であった。

「値段が高いだけのホテルとかはそういうのもあるけど、格式を売りにしてるようなところは、見て分かるような派手な高級品はあまり使わないかな」

「そういうもんなの？」

「うん。その代わり、どこにでもあるような何気ない椅子が一脚何十万とか平気でするけど」

春菜のその解説に、思わず顔が引きつる真琴。説明を聞いた途端に、そこらに転がっているもの全てがとんでもない高級品に見えてしまったのだ。

「因《ちな》みに、そこのソファーで、おそらくうちらが払った一泊料金やと足らんぐらいの値段やな。ダールの部屋に置いてあるやつの方が、たぶん質はええけど」

「あっちはワイバーンの皮膜使ってるから、比較対象になってない」

宏の余計な補足を聞いて座ろうとしていた達也の動きが止まり、澪が突っ込みになっていない突っ込みを入れる。

「まあ、高級品っちゅうやつは、そう簡単に傷まんから高級品やねん。それに、少々の破損やったら目立たんように直したるさかい、安心して座ればええで。最悪、ベヒモス革のソファー渡せば、弁償とか言わんやろうし」

「明らかにそっちの方が高級だものねえ……」

ワイバーンだのベヒモスだのという単語が出てきたあたりで、なんとなく高級ホテルに対する恐れがなくなってきた達也と真琴。さすがに装備で傷をつけてはまずいのでそこだけは注意するが、遠慮というものはこの時点であっさり捨て去る。

「……ん～……」

「……なんだろうなあ。悪くないはずなのに、このがっかり感は……」

ソファーの座り心地は悪くなかった。悪くないどころか、本来なら極上といってもいいだろう。いや、そもそも宿の客室にソファーがあったことなど初めてなのだから、そこに感激しなければいけない。なのに、二人とも何とも納得いかない表情を浮かべてしまう。

「達兄、真琴姉。ソファーの座り心地はそれが最上級かその一歩手前」

「ファーレーンとかダールに置いてあったやつは、忘れなきゃいけないよね。だって、ワイバーンとかベヒモスのソファーって、座り心地が格別だし……」

「そういや、レイっちに一脚頼まれて納品したなあ」

つまり、自分達はファーレーン王家御用達の家具を使って生活しているのだ。最高級とはいえ、たかがホテルの部屋など恐れるに足りないのである。

「なんだかあたし、いろいろ寂しくなってきたわ……」

「俺もだ……」

生まれて初めての高級ホテルに対する期待と不安が一気に解消された二人。それ自体はいいのだ

が、その理由があまりにもあれでどうにも寂しくなってくる。

ある意味において、宏と行動している弊害と言えよう。

「まあ、折角やねんし、部屋にあるもん確認して回ろうや」

「そうだね。魔道具とかもあるみたいだし」

そうやってチェックして回ったところ、この部屋には結構いろいろなものが置いてあった。

「腐敗防止がかかった戸棚の中に、何か高そうなワインが一本あったわ」

「ちょっとしたつまみも一緒に置いてあったな」

「これ、飲んじゃっていいのかしら？」

「ちょっと待って、確認するよ。……ん、メモ発見。ウェルカムドリンクだって。この部屋に最初からある飲み物とか食べ物は、全部宿泊料金に含まれてるみたい。他にも、ノンアルコールの飲み物も入ってるはずだけど？」

「ん？　ああ、これか。ブドウとリンゴとオレンジの生ジュースがあるな」

「じゃあ、私達はそっちだね」

ちょっとした台所スペースにはいろいろな飲み物やちょっとした食べ物が用意されており、そのどれもが質の高いものだった。

一方、部屋の奥には、

「お、風呂発見。フォーレは入浴文化やないから、高級ホテルっちゅうても部屋に風呂はないかと思うとったわ」

存在を諦《あきら》めていた入浴設備が。

「でも、師匠。そんなに大きなお風呂じゃない。結局使わなかったけど、アドネのホテルの部屋風呂の方が大きかった」

「ファーレーンとフォーレを一緒にしたらあかんで。そもそも、フォーレはどっちかっちゅうたらサウナが普通やし、毎日風呂沸かす習慣もあらへんねんから」

さらに、

「トイレもしっかり掃除が行き届いてるね。さすが高級ホテル」

「そらまあ、こういうところに手ぇ抜くようで、国一番の格式とか言えんわな」

魔道具が惜しみなく使われた水洗式のトイレも完備。

そして寝室には、

「ベッドおっきい」

「さすがに天蓋《てんがい》付きってわけじゃないみたいね。まあ、あたしだと、そういうベッドはさすがに勘弁願いたいけどね」

「なんだ、そういうお姫様のようなベッドに憧《あこが》れてるのかと思ったぞ」

「ないない」

部屋の広さに恥じぬ立派なベッドがあり、プロの技で寝心地よさそうに綺麗《きれい》にセッティングされていた。

リビング、メインダイニング、台所、トイレ、寝室、どれもが清潔に保たれており、従業員の躾《しつけ》が行き届いた格式高い宿であることを思い知らされる。

「タオルとかが備え付けなのはこっち来てから初めてだったから驚いたが、広さ以外は日本の普通の観光ホテルとそんなに変わらないな」

「まあ、私が知る限り、高級ホテルなんて、世界中どこでもそんなに変わらないから。多分そういう部分は、ファンタジーな世界でも同じなんじゃないかな」

「設備の差はある程度しょうがないとしても、それ以外の部分であまり変わらない、ってのは、考えてみればそれだけで大したもんだとは思うがね」

達也の言葉に頷《うなず》く一同。

実際問題として、洗濯機のような便利な道具もなく、また、クリーニング屋のような洗濯を請け負ってくれる業者も存在しないこの世界において、全ての部屋に人数分以上のタオルを追加料金なしで常備する、というのは並大抵のことではない。それが一般に手に入るものよりはるかに高品質なものとなると、余計にである。

しかも、こういう格式高い宿泊施設となると、従業員にもそれなりの人間性が求められるため、洗濯だけのためにたくさんの人を雇う、などということは簡単ではない。恐らく部屋数に対して相当な人数を雇っているだろうし、従業員の大半が見えないところで洗濯ぐらいは普通に兼任しているだろう。

機械がないのが当たり前なので、そのあたりの労働に不満を漏らす人間も多くはあるまい。だが、このホテルに関してはそういう問題ではなく、客の前に出る従業員がそのあたりを悟らせず、ただただひたすら宿泊客の居心地のよさだけを追求しているところがすごいのだ。

さすがにこの世界での生活も長くなり、そこらへんの事情も理解できるようになった宏達は、それゆえにこのホテルのサービスのよさに関しては、さすが洒落《しゃれ》にならない費用を請求する高級宿、と感心するしかなかったのである。

「問題があるとすれば、この部屋に用意されてる家具が、ことごとく今まで普段使いしてたやつの方が質がいいかもしれないことなんだが……」

「それはもう、最初から割り切るしかないことだと思うし。ねえ、宏君」

「なんで僕に振るんよ？」

それなりに新鮮な驚きを感じながらも部屋の確認を終え、得た感想は結局そんなところであった。

「この分だと、飯はあまり期待しないほうがいいのか？」

「どうやろうなあ？　今までの宿でも美味《うま》かったもんはそれなりに一杯あったし」

「ウルスやダールのお城の料理とか考えると、美味《おい》しくないものは絶対出てこないよ」

「だといいけどなあ」

宏と春菜の言葉に、何とも疑わしげに応じる達也。

確かに、これまでの道中でもそんなにまずい飯を食わされた回数は少ない。ウルスやダールでご馳走《ちそう》になった宮廷料理も、間違いなく美味に分類することはできた。

だが、高級ホテルの一流ディナー、という言葉のイメージにふさわしい、感動するほど美味い食事が出てくるのか、という話になると、残念ながら難しいのではないかと思ってしまう。

何しろ、宏と春菜のおかげで食事の面も充実しているこの一行。感動できるだけの美味を、となると、最低ラインでワイバーン料理を超えなければいけないのだ。

さすがに宿や王宮でそのハードルを乗り越えた料理を口にしたことは一度もないことを考えると、フォーレで一番のホテルのレストランといえども、そこまで過剰な期待はできない。

「なんつうか、さ」

「何、真琴姉？」

「ものすごくありがたいことだから文句言うのは筋違いなんだけど、宏と春菜のおかげで旅の楽しみが半減してる気はするわよね」

「真琴姉、それものすごく贅沢《ぜいたく》」

「分かってるわよ」

澪に突っ込まれ、自分がひどく贅沢を言っていることは素直に認める真琴。

実際、宏達の存在は非常にありがたいのだ。ありがたいのだが、おかげで宿のありがたみが労働力的な意味で楽できることしかなくなっている。

しかも、料理をしなくていいというのは学生組の三人にとってはそれほどありがたいことではないようで、旅先での食事には郷土料理を知ること以上の楽しみは特になさそうなのだ。

「まあ、食事に関しては、要確認だな。元々別料金だし、ドレスコードの問題とかもあるから場合によっちゃあルームサービスってことになるし」

「あ～、確かにそうね。ドレスコードを指定されてたら、あたし達の手持ちの服じゃ厳しいし」

真琴がしみじみ頷く。そもそも、ドレスコードを指定されて対応できる冒険者などほとんどいない。

別料金なのだから、本来は外に食べに行っても別にかまわない。かまわないのだが、わざわざ支配人に案内してもらった手前、初日から外で食事をする、というのも気が引ける。それに、フォーレの高級料理というのも興味はあるのだ。

「ほんま、格式の高い場所っちゅうんは、なんやかんやといろいろ面倒やなあ……」

「ファーレーンでも夜会とかに出たんだし、多分、今後もこういうことが多々あるだろうし、慣れるしかないよ」

場違いな場所にいることに思わずぼやく宏を窘《たしな》める春菜。

とりあえずしばらくは動きたくなかったため、そこそこの時間になるまで用意されていた飲み物を飲みながら、まったりくつろぐ一行であった。

☆

メインダイニングでのディナーは、特に問題なく許された。

「いけるもんやねんなあ……」

お高そうな雰囲気に微妙にのまれつつ、しみじみと呟《つぶや》く宏。

春菜と真琴がデザインした彼らの服は、その素材が持つ高級感と風格により、この格調高い空間に浮くことなく溶け込んでいた。

「多分、霊布の服だったからだと思うよ」

「せやろうなあ。基本的に単なるシャツとかブラウスの類やっちゅうても、素材がシルク以上やねんからそれなりに品はあるんやろうなあ。僕にはあんまり似合ってへんけど」

あまり似合っていない、という一言に、思わず苦笑が漏れる一同。似合っていない、というわけではない。こちらに来てそれなりの修羅場もくぐりぬけてきたためか、それともフォーレに来てから毎日普段着として着続けているからか、あえて春菜が宏のために無難なデザインにしたこの服装が、馬鹿にされない程度には板についてきている。

まだ完全に着られている感じを拭《ぬぐ》いさることはできないが、少なくともダサいと一言で切り捨てられることはないだろう。ファッション誌に掲載されているようなおしゃれな服を着せれば、一瞬でダサい男に早変わりするだろうことは相変わらずなのだが。

「それにしても、フォーレの高級料理って、どんなのが出てくるんだろうね？」

「楽しみ」

もはや解決した問題から話題を変え、これから出てくる料理に意識を切り替える春菜と澪。

春菜は料理人として、澪は食欲魔人として、フォーレの高級料理のフルコースというやつを楽しみにしている。

「今頃になって気がついたんだが……」

「どうしたの、達也さん？」

「こっちの世界に来てから、自前で高級料理食うのって、今回が初めてだよな？」

「あ、確かにそうだよね」

今まで何度か高級料理を口にする機会はあった一行だが、それらは全て招待されてのものだ。手土産の類を持っていってはいるので、まったく無料で食事をしているわけではないのだが、自分の金で食べるというのはこれが初めてである。

「まあ、アドネのホテルで食った分は僕らの仕事に対する報酬みたいなもんやから、あれは自前で食ったことにしてええかもしれんで」

「金を払ったって感覚がないのは、ちょっと横に置いておきたいところだな」

「せやな」

などと、緊張感がほぐれてきたのか緩い会話をしているうちに、食前酒が運ばれてくる。

料理の内容や傾向、味の方向性は大きく違うが、西部の三大国家のフルコースは、基本的な形式はあまり変わらないようだ。食前酒のあとに出てくるのがスープが先か前菜が先か、もしくはサラダか、というところに地域性が若干出てくるものの、それらが出た後に魚料理と肉料理、という順番は同じだ。

なお、宏達未成年組には食前酒の代わりに本日の料理に合わせた発泡飲料が用意された。ジュースという表現がしっくりこない程度には、甘さ控えめで高級感がある飲み物だ。

「んじゃまあ、無事にクレストケイブのごたごたから手をひけたことと、真琴の誕生日の前祝いを兼ねて、乾杯」

「ありがとう、乾杯」

「乾杯」

折角の機会だから、グラスを掲げて乾杯をする一同。

乾杯といっても日本でのコンパや飲み会のように、グラスをかち合わせたりはせず、ただ上品に軽くグラスを掲げるだけである。

「あ、この飲み物美味しい。なんだろう？」

「本日の飲み物、としか書いてへんからなあ。あとで聞いてみよか」

「うん。今まで飲んだことのない味だから、ぜひとも材料と作り方教えてもらって再現しなきゃ」

一口飲み物を口にし、その不思議な味わいに歓声を上げて即座に材料と作り方に興味を移す春菜と宏。片や料理人的思考で、片や職人的思考ではあるが、結果としては何一つ変わらない。

「部屋のワインもそうだけど、フォーレでこういう上品なお酒に出会えるのも不思議な感じね」

「ドワーフの酒ってとにかく量を飲む感じの、こういっちゃあなんだが、品とか風情とかを求める代物じゃねえからなあ……」

食前酒の上品ですっきりとした味わいに、声をひそめながら不思議な感覚について話し合う年長組。もう少し野趣あふれる酒が振る舞われるものとばかり思っていたので、良くも悪くも不意を衝《つ》かれた気分なのだ。

「フォーレのことを悪く言うつもりはないけど、ドワーフが多いせいか、こういう上品なとか風情のあるとか落ち着いたとか、そんな表現が似合うお酒とか料理があるイメージはなかったのよねえ」

「こちらに初めてお泊まりになられたお客様は、決まってそうおっしゃいます」

テーブルの外に聞こえないように言った真琴の言葉に、表情一つ変えずにこやかな笑みを絶やさずに従業員が口を挟む。

どうやら、ちょうど前菜をテーブルに給仕するタイミングで、先ほどの台詞が聞こえてしまったらしい。まるで気配を感じさせぬ動きに、近くに来ていたことにまったく気がつかなかったのだ。

「あ、ご、ごめんなさい」

「いえいえ。確かにフォーレという土地は全体的に、よく言えば質実剛健、悪く言えば見た目を気にしない文化ですので、国外から来られたお客様にそう思われてしまうのも仕方がありません。実際、当店のような店と料理はフォーレ全体を見てもごく少数で、王族でも普段は下町で食べられるような、量が最優先、次に味で見栄えは最後、という料理を食べていますから」

特に気を悪くした様子も見せずにフォーレの伝統野菜であるキャベツとジャガイモ、そしてレーゲックという大根の葉に似た葉物野菜を使った見事な盛り付けの前菜を並べながら、自分達の国について誇るでもなく、かといって卑下するわけでもなく、にこやかに語る従業員。

「私、フォーレの細かいことを気にせずに一杯盛りつける大皿料理も、あれはあれで風情があって好きだよ。普通に美味しいし、みんなでわいわいやりながら食べるんだったら、大雑把に取り分けられる料理の方がいい面もあるし。落ち着いた食事っていうんだったら、圧倒的にこっちだけど」

「あたしも、少人数で楽しく、だったらこういう料理もいいけど、たくさんの人数でワイワイやりながら食べるんだったら、普通のフォーレ料理の方がいいと思うわ。要求される状況が違うだけで、どっちの料理がいいってものじゃないし。あ、もちろん、フォーレのこういう料理も美味しくて見た目綺麗で大好きよ？」

「ありがとうございます」

真琴の言い訳じみたフォローに嬉《うれ》しそうに微笑《ほほえ》むと、頭を一つ下げて次の料理のために下がる従業員。それを見送ったあと、とある失敗に気がつく春菜。

「あ、しまった」

「どうした？」

「飲み物について、質問するの忘れてた」

あくまでも料理人思考の春菜に、思わず呆《あき》れた表情を浮かべる達也。そこに追い打ちをかけるように、黙々と前菜を食べていた澪が口を開く。

「ねえ、春姉《はるねえ》」

「何？」

「飲み物足りない。頼んでいい？」

一応高級レストランの上、飲み物も食べ物も別料金であることを気にしていたらしい澪のその台詞に、呆れを通り越して苦笑するしかない達也と真琴。これまでの飲み食いに対する遠慮のなさを考えると、どうにも今更のような感じがする。

今まで何もかもを自給自足で済ませてきたこともあり、どうにも澪は自分達が世間一般では金持ちに分類されることも、少々金を使っても問題ないこともピンとこないようだ。

要は、貧乏性なのだろう。

「私ももう一杯欲しかったし、おかわり頼もうか。宏君は？」

「せやな。僕ももう一杯貰《もら》うわ」

なんとなく、全員飲み物を追加する流れになったため、折角だからとワインとソフトドリンクをボトルで追加することにする。

人数が人数だし、真琴がいる以上、酒を余らせるということはないという判断だ。もっとも、真琴の誕生日の前祝いという口実である以上、酒が一本で済むわけがないのだが。

なお、食前酒代わりに出たソフトドリンクは、ドルーツェンというこの国の伝統的な高級飲料であった。一杯の値段が安酒の倍以上する、実にお高い飲み物である。

「なるほど。ドルフェットって果物を絞って、アルコールにならないようにガレン草の汁を混ぜて、発泡するまで熟成させるんだ。ドルフェットって、普通に売ってる？」

「はい。ですが、ドルフェットは質のいいものを使わないと、雑味が強くなる上にガレン草のえぐみが出てしまうため、あまり美味しいドルーツェンにはなりません」

「どんなのがいいドルフェットなのか、今度誰かに教えてもらおっと」

「でしたら、当店の料理長にお聞きくだされば、喜んで答えるはずです」

「ん、ありがとう」

注文の際に聞きたかったことを確認し、出てきたサラダを上機嫌で口にする春菜。

フォーレではキャベツとレーゲック以外の葉物野菜はあまり食されない傾向があるが、ここのサラダにはそれ以外にも、レタスや見覚えのない（おそらくモンスター食材であろう）葉物野菜が入っている。これもあとで要確認、と心の中のメモ帳に記録し、フォーレの伝統料理という枠を崩さずに洗練させたスープや魚料理を平らげていく。

「……さすが高級ホテル。食べたことのないモンスター肉が出てくるとは思わなかったよ」

「このへんのモンスターは、ゲームん中で全部一回は食うたと思ったんやけどなあ……」

肉料理を食べ終え、デザートを待ちながら感心したように言い合う春菜と宏。

恐らくはトロール鳥やロックワームなどと同じ、比較的普通の技量を持つ料理人が調理できる限界、というラインの高級なモンスター食材なのだろうが、どのモンスターがそうなのかが分からない。もしかしたら、ポメのようにゲームの方には存在しなかった生き物なのかもしれない。

「これも、あとで料理長さんに確認だね」

「せやな」

どうにも食には妥協しない姿勢が染みついている宏と春菜は、今回もやはりとことんやるつもりのようだ。

その様子を見て微妙に呆れながらも、今後も美味しいものが食べられそうだと少々期待する達也達三人。

「デザートも綺麗」

出てきたデザートにそんな感想を漏らしながらも、食べる手は容赦ない澪。おかわり自由のパンをかなりの数食べているというのに、まったく食欲は衰えていないらしい。真琴の酒もそうだが、澪の食べたものもどこに入っているのか不思議になるほどの食べっぷりである。

幸いにして、今のところ胸には多少肉が付いても腹には付いていないようだが、背丈にも胸にも腹にも行っていないカロリーがどこに消えているのかは、永遠の謎である。

「とりあえず、宿とかで食べた料理の中では一番美味かったな」

「ファーレーンとかダールの王宮でご馳走になったぐらいには、美味しかったわね」

食後に出されたこの地方の茶を嗜《たしな》みながら、宏達の料理という例外を除けば最上級の味だと言っていい評価を下す達也と真琴。どうにも表現が微妙なのは、ワイバーンやガルバレンジア、ベヒモスなどの特殊な肉のせいである。

余談ながら、達也と真琴が初めてベヒモスの肉を食べたのは、ダンジョン内でリポップ待ちをしていた時のことだ。軽く塩コショウしてあぶっただけの肉が、今まで食べたどんなものより美味く感動したことは、彼らの記憶に新しい。

「店がものすごい高級そうな雰囲気やから、浮いたらどないしようかと思うたけど、春菜さんのおかげで何とかなったなあ」

「え、そうかな？」

宏の言葉に不思議そうにする春菜に、全員が同時に頷く。

付け焼き刃ながら、今回は全員春菜の食べ方を見ながら、なおかつ、記憶にあるレイオット達王族の食べ方も参考に、不細工にならない程度に崩して食べていた。

なので、本式のテーブルマナーほどにはちゃんとできていなくても、よそから見て野蛮だとか下品だと言われない程度には取りつくろえたのである。

「何にしても、料理長さんにいろいろ聞きたいんでしょ？　早く精算済ませて行ってきたら？」

「了解」

真琴の勧めに従って精算を済ませ、宏と澪を従えて厨房《ちゅうぼう》にお邪魔する春菜。

料理長と意気投合してこの地方の食材について教えてもらえるだけ教えてもらい、お返しにいくつかの調味料の作り方と調理方法を教えて、双方ほくほく顔で話を終えたのであった。

☆

そして三日後。

「また、結構広いところにしたんだな」

「鍛治場《かじば》付きの安い物件でね。ここだったら、もしスティレンに転移陣を設置することになっても問題ないかな、って考えたんだ」

「あ～、可能性はあるんだよなあ……」

一行は、春菜が探してきた鍛冶場付きの工房兼住居に拠点を移す準備を進めていた。

「クレストケイブの仮拠点もそのままなんだよな、確か」

「あそこは報酬として貰ったから、必要なら転移ポイントに使えるよ」

「なるほどな」

宏が作り方を教えた新型溶鉱炉、その技術料と試作三基の費用。その一部として、クレストケイブの仮拠点を貰い受けるように交渉していた。理由は簡単で、あると便利だからである。

それ以外にもアズマ工房の身分証を提示すれば、ダンジョンでの採掘は無料で行えるように手配してもらっており、それでも余った報酬は普通に現金で受け取っている。さすがに貰ったものが結構多いこともあり、現金で受け取ったのは五十万ドーマ程度でしかなかったため、宿での宿泊はドーマ通貨温存のためにクローネ通貨で支払いをしたのである。

「やっぱり、こういう空気は落ち着く」

早速リビングにベヒモス革のソファーを設置した澪が、そのソファーの上でだらんと伸びて呟く。その表情は一見無表情に見えて、その実明らかに緩んでいた。

「一流ホテルも、連泊は三日ぐらいが限度やなあ」

「こっちの世界の事情を考えるとすごく行きとどいてたけど、居心地悪かった？」

「ん～、何っちゅうか、部屋はともかくそれ以外のスペースでの高級感が、エレ姉さんの治療名目でファーレーンの王宮居《お》った頃を思い出して、なんとなく微妙やった」

「あ、なるほど」

宏の言い分に、思わず納得する春菜。

実家の絡みで一流ホテルだの一流レストランだのに行くことが多いため、彼女自身はああいう空間に慣れている。が、慣れているのと居心地がいいと感じるかどうかは別問題で、やはり春菜が居心地のいい空間というのは、庶民である宏達とあまり変わらない。

もっともそれを言い出せば、いわゆるセレブのはずの春菜の両親ですら、庶民的な空間の方を愛してはいるのだが。

「とりあえず、部屋割り決めてベッドとか置こうよ」

「せやな。どうせ鍛冶仕事とかやるから、僕は一階やな」

「だったら俺もだな」

そんなこんなで、あっという間に部屋割りを決めた宏達は、下手な高級ホテルなど目ではないほど品質のよい家具を次々と配置し、瞬《またた》く間に庶民的ながらもどことなく品のいい空間を作り上げるのであった。

フォーレ編 第九話

「連中が先日、このスティレンに入ったとのことだが、様子はどうだ？」

「はっ、四日前にこのスティレンに入っております。昨日までグランドフォーレに宿泊し、その後は外れにある貸し工房に拠点を移した、とのことです」

「ふむ……」

スティレン城の国王の執務室。本日の執務をあらかた終えたフォーレ王の問いかけに、宰相がよどみなく答える。

「そうか、グランドフォーレに宿泊できたか。その程度の人物ではある、ということか」

「そうなりますすな」

「そのあとの動向は？」

「今のところは、これといって何かをしている様子はありません」

何もしていない、という報告に少々眉をひそめる国王。クレストケイブであれだけ派手に行動したのだから、むしろ何もしていないというのは胡散《うさん》臭く、不気味でもある。

「本当にか？　武闘大会に関しても、何も行動を起こしておらんのか？」

「拠点探しを終えたあとは冒険者として雑事をこなす以外、本当に何もしていない様子です」

重ねて問う国王に、きっぱりと言い切る宰相。

実際、現時点では宏達《ひろし》は、武闘大会で賑《にぎ》わうことで増えた雑事をちまちまとこなす以外、本当に特別なことはしていないのだ。

「なるほど。不審な動きは、しておらんわけか」

「何をもって不審とするかにもよりますが、今のところは法に触れるような真似も、法には触れないまでも咎《とが》められるような真似もしていないようです。逆に、クレストケイブの件以外では褒賞を与えるようなことも行っていませんので、それ以外でこちらから干渉する口実は存在しないかと」

「ふむ。ならば、しばらくは様子見だな」

宏達が大人しいと聞き、とりあえずそう結論を出す国王。

アロゴードマインおよびクレストケイブでの行いや、ファーレーンとダールの関係者の話を聞く限りでは、宏達がそういう方面での野心を持っていたり、人を陥れるための行動をしたりということはまずない。

それは分かってはいるのだが、直接見て人となりを確認したわけではなく、また、本人達が自身の影響力を甘く見すぎている部分が目につくこともあり、警戒を解くことはできないのである。

「そういえば、クレストケイブの方は、今どうなっておる？」

「先日完成した三号炉、および四号炉も、順調に稼働しているとのことです。現時点では、まだまだ鉄の生産量が落ちた分を補えるほどではありませんが、現在建設中の五号炉およびそれ以降の溶鉱炉が順調に完成すれば、三年以内に鉄から魔鉄に入れ替わった採掘分全てを加工できるようになるだろう、との見通しです」

「ふむ……」

どうやら、順調に魔鉄製品の生産量は増えているようだ。これに関しては、元々少なくない割合のドワーフ達が、魔力さえ補えれば十分に魔鉄を精製、加工できるだけの能力を持っていたことが大きい。そのため、魔力不足というネックさえ解決してやれば、生産能力を増強することは難しくなかったのである。

「その件で、何やらゴミが余計なことをしておったようだが、そちらについては何か分かったか？」

「はい。彼《か》の人物に公文書を与えた者については、すでに特定して拘束してあります。見苦しい言い逃れをしているようですが、武闘大会までには罪を認め、動機を白状することでしょう」

「そうか。冤罪《えんざい》で全てを巻き上げられそうになったのは、どのような人物なのだ？」

「エンチャントなどをかけない単純な鉄製品を作らせたら、クレストケイブでも五指に入る職人だと聞いております。残念ながらドワーフとしては魔力が極端に低く、そのため素晴らしい腕を持ちながら魔鉄鉱石の精製・加工はできなかったようですが、今回の件で一番最初に試作名目で新型炉を提供されたため、現在では今までにないほどの品質の魔鉄製品を作り上げているとのことです」

「なるほどな……」

その時点で、事件のからくりを大まかに察したらしい。

怒りと呆《あき》れが入り混じった表情を浮かべるフォーレ王。

「理由がどうであれ、わが国でそれだけの職人相手に不当な行為を働いて、無事で済むと思っているとは、このゴウトも甘く見られたものだ。のう？」

「御意に」

その一言で王の求めることを察し、命令を待つまでもなく深々と頭を下げる宰相。

もっとも、フォーレ王の怒りは宰相の、否《いな》、関係者全員の怒りでもある。公文書を発行できる立場でありながら、この国でまっとうな腕のいい職人に悪さをするということの意味を理解していないのは、頭が悪いどころの話ではない。

「さて、武闘大会の参加締め切りまで、残すところあとわずか。連中がどのような行動を見せるか、引き続き監視しておくように」

「分かりました」

ゴミの処分に筋道をつけて、現在の重要事項に話を戻すフォーレ王。

宏達がスティレンで本格的に活動し始めるまで、見守ることしかできないフォーレ中枢であった。

☆

「武闘大会の締め切り、もうすぐだがどうする？」

「参加する理由があらへんやん」

スティレンに入ってから一週間。フォーレ王達がアズマ工房一行の行動に注視しているとはつゆ知らず、ようやく話題の武闘大会についての身の振り方を話し合うことになった宏達。

しょっぱなから宏に切り捨てられたとおり、元々武闘派でもない彼らが、わざわざ武闘大会などという派手な大会に参加する理由がないのだが。

「それとも、誰ぞ参加したいん？」

「あたしはパス」

「私もかな？」

「ボクもパス」

宏の問いかけに、女性陣が即座に拒否する。

対人戦は面倒なことこの上ないし、賞品も特に魅力的なわけではない。賞金などなくても金を稼ぐ手段はいくらでもあるのだから、わざわざ殺人のリスクがある対人戦、それも殺したら罪悪感を覚えるような相手と戦う可能性のあるイベントは避けたいのだ。

もっとも、スティレンの大闘技場には生命保護の機能があり、タイタニックロアや疾風斬《しっぷうざん》のような攻撃系エクストラスキルで保護機能をぶち抜いてしまわない限りは、一定以上のダメージは無効化されて戦闘不能扱いになる。故に、普通に試合をする分には死人は出ない。

「兄貴が出たいんやったら、別段止めへんけど？」

「俺が出たいと思うか？」

「いんや」

「だろう？　それに、十中八九、手加減したオキサイドサークルの先制攻撃で勝負がつくんだから、面白みも何もねえよ」

言い切った達也《たつや》の言葉に、思わず納得してしまう宏達。

オキサイドサークルは普通に効く相手に対してはどこまでも便利な魔法で、酸欠で仕留めるのにかかる時間こそ変更できないものの、後遺症を残さずに昏倒《こんとう》させる、という種類の手加減は容易に可能なのだ。

「てか、そこまで便利な魔法なのに、あたしオキサイドサークルに関しては、達也が使ってるところを見るまで、存在そのものを知らなかったわよ」

「実用になるのが熟練度七十五以上からで、しかもダンジョンのモンスターとかベヒモスクラスのフィールドボスとかには大概効果がねえからな。最前線でダンジョン攻略してる連中が使わねえのもある意味当然だ」

「ああ、そっか。そういうことか」

達也の解説を聞き、なぜこの便利な魔法を使っている人間が周りにいなかったかを理解する真琴《まこと》。

ダンジョンのモンスターに効かないのであれば、ダンジョン攻略の時に使うはずがない。

もしかしたら、身内に使いこなしている人間がいたのかもしれないが、フィールドで狩りをしたのは飛ばされる前の段階で、現実時間で一年近く前。それもボス狩りだったのだから、これまた高確率で出番などなかっただろう。

余談ながら、オキサイドサークルは習得したばかりの時は、ウルス近郊に出没するウサギの口と鼻をふさげる程度の効果範囲と、その状態で辛うじてウサギを窒息死させられる程度の持続時間しかない。

しかも、全体を取り込めないので束縛機能もなく、誰かに捕まえておいてもらう、もしくは束縛系のスキルや魔法で相手が動けないようにした上で窒息死させるしかスキルを上げる手段がない。

さらに、その作業を千羽ほど繰り返してようやく熟練度が一つ上がるというマゾ仕様が、オキサイドサークルをマイナー魔法に甘んじさせている理由である。

「まあ、話はそれたが、とりあえず俺達は不参加でいいってことだな？」

「ええよ。っちゅうか、参加する理由があらへん」

「了解。じゃあ、武闘大会に関しては、これといって何もしないのか？」

達也の確認に対し、宏がちょっとばかし不審な挙動を見せる。それを目ざとく見咎《みとが》めた達也が、宏にジト目を向ける。

「お前、何か悪だくみしてるだろう？」

「悪だくみっちゅうか、悪ふざけは考えとるよ」

「一体何を考えてんだ？」

達也に問い詰められ、どう説明しようかと視線を宙にさまよわせる宏。

考えていることは実にしょうもないことなのだが、それなりにいろんなところに影響がありそうなので、口にすると駄目出しされそうなのが悩ましい。

「まあ、まだ考えてるだけやねんけど、やりたいことは二つほどやねん」

「ほう？　何をやりたいんだ？」

「一つはな、ちょうどええ機会やから、春菜《はるな》さんが練習で作ったナイフとかのうち、売り物になる範囲のんにちょっと手ぇ入れて露店で売りさばこうか、ってな。これに関しては、商業組合に一応許可は取ってん」

「それはまあ、どうせあっても使わねえんだろうし、売れるんだったらいくらでも売り払えばいいとは思うが、もう一つは？」

思ったより健全というか普通の内容だった一つ目に毒気を抜かれながらも、宏のことだからどうせ余計なことを考えているだろうと警戒を解かずに突っ込む達也。他のメンバーも微妙に身構えているあたり、この手の案件に関しては宏はまったく信用がない。

「もう一つも、春菜さんの作った武器とか細工ものを処理するんが目当てやねんけどな」

「それが目当てだったら、わざわざ余計なことしなくてもいいと思うんだけど……」

「普通に売るだけやったら、おもろないやん」

大したものではないといっても、自分の作品で余計なことをされてはたまらない。

ところが、抗議も兼ねて窘《たしな》めるように意見を言った春菜を、余計なところで芸人根性を発揮しているとしか思えない回答で退ける宏。

妙にワクテカしている宏に、ますます不安が募る一同。

「でまあ、やりたいことのもう一個やけど……」

もったいつけた宏の言葉に、不安の表情を浮かべながらやや前のめりになって続きを待つ達也達。

「そこそこの腕の無名の選手が、装備の力で優勝したらおもろない？」

「さすがにそれは、いくらなんでも悪ふざけが過ぎるぞおい!!」

宏が言い出した言葉は、予想どおり碌《ろく》でもないものであった。

☆

『定期報告、定期報告』

どうにか今週も体重を増やさずに済んだ、などと安堵《あんど》しながら、レイニーはレイオットと通信を始めた。

『現時点で、何か変わったことは？』

『いくつかあり。最初の一つとして、先週の定期報告直後、ハニー達がスティレンに入った』

『ふむ、ようやくか』

予想以上に時間がかかったな、などと考えながらも、続きを促す。

『どんな様子だ？』

『基本的にいつもと同じ。予想どおり武闘大会に参加するような動きはない。だけど、今回は屋台をやってないみたい』

『武闘大会に参加することはないと思ってはいたが、屋台もやっていないのか……』

『うん。到着後三日目ぐらいに貸し工房に拠点移してた。宿に泊まってる間は、拠点探しと駆け出しの冒険者みたいな仕事しかしてない』

レイニーからの報告を受けたレイオットは、最初の報告内容に嫌な予感を覚えて眉をひそめる。

『ヒロシは外に出ているのか？』

『ハニーは工房借りてからずっと外に出ていない』

『本気で嫌な予感しかしないな……』

宏が拠点に引きこもっている場合、十中八九は碌なことをしていない。それで何か大きな被害が出る、ということはないが、敵味方双方の思惑を大きく狂わせることはしょっちゅうだ。

『他の連中は、どうしている？』

『ハルナとミオは、ハニーと一緒に何かやってる。タツヤとマコトは、雑用とモンスター狩りに専念してる、らしい』

『ふむ……』

何とも不審な情報である。先入観でものを言うのはよくないが、どうにも本当に碌なことはしていないイメージしかない。

『……まあ、連中が碌なことをしていないとしても、主に振り回されるのはそっちの国と邪神関係者だ。ファーレーンには大した響はないだろう』

『殿下、ひどい』

『根本的な話として、だ。フォーレで起こった出来事に、頼まれもせずにファーレーンが介入するわけにはいかんだろう？　お前が個人の判断と権限で手を出せる範囲ならともかく、私が直《じか》に出ていくと話が大きくなりすぎる』

『この飼い主、本当にひどい。ハニーに会わせてもくれない癖に、大した権限もない私に対応丸投げしてる……』

『権力者というのはそういうものだ、諦めろ。で、他の報告事項は？』

このまま漫才を続けていては、話が終わらない。さっさと戯言《ざれごと》を切り上げて、続きをせかす。

『大きな話としては、エルザ神殿本殿とスティレンのエルザ神殿分殿が音信不通、らしい』

『……大事《おおごと》ではないか……』

『うん。事が事だけに緊急連絡を入れようかと思ったけど、最初の情報ソースがいまいち信用できなくて、もう少し確度の高い情報を集めてた。内容的にも、ただの胡散臭い噂《うわさ》の段階で下手に緊急連絡入れて、話が制御できないほど大きくなったらさすがにまずいと考えた』

『なるほど、な。最初に情報を拾ったのは、いつだ？』

『一昨日の晩。だから、確度が高い情報が揃《そろ》わなくても、今日報告するつもりだった。これが前の定期報告直後とかだったら、次の日の昼過ぎぐらいまで情報集めたら、迷わず緊急連絡を入れてた。内容的に一週間はまずいかもしれないけど、二日ぐらいだったら大勢に影響しないと判断した』

レイニーの対応に、いいとも悪いとも言わずに一つ頷《うなず》くレイオット。

胡散臭い噂として広まっている、ということは、すでにそれなりの時間が経っている、ということだ。情報を確認するぐらいの時間の差は、大した影響が出ないだろう。

『それで、口ぶりからいって、ほぼ確定なのか？』

『ほぼ確定。本殿に向かった人間が、何人か行方不明になっている。あと、来るはずだった人間が来ていない。スティレンのエルザ神殿分殿がおかしいと思い始めたのが、ちょうど前回の殿下への定期報告の時ぐらいで、街中での調査とかこまごまとした準備とかに時間を取られて、少人数の調査隊を送り出したのが昨日の早朝とのこと。で、その調査隊から、予定された定期報告がこない、って今朝になって騒ぎになってた』

『なるほど。厄介なことになっていそうだな』

『うん。一応明日にでもルートは確認しに行くけど、正直こっちからはそれ以上調査するのは難しそう。ここから先はエアリス様の領域だと思う』

『ああ、そうだな。この件は、こちらで預かる。場合によっては、エアリスがそちらに向かうことになるかもしれん』

『了解』

五大神の一柱にして三女神の一柱である大地母神エルザ。

彼女がいるはずの神殿と連絡が取れない、というのは大いにまずい。さすがにこの件に関しては、内政干渉だのなんだのとごちゃごちゃ言っている余裕はなさそうである。

『で、次に、マークしてたディーデント伯爵が、公文書偽造の罪でフォーレ王家に拘束された』

『とうとう、か』

『うん。直接的なきっかけは、クレストケイブでハニーの邪魔をしたチンピラに、くだらないお墨付きを与えていたことだったらしい。そのチンピラが拘束されて、そこから芋づる式にいろいろ出てきたみたい。昨日ぐらいまでは何か見苦しい言い訳をわめいてたそうだけど、今日の昼ぐらいには完全に降参してた、とのこと』

『なるほどな。やけに具体的だが、その情報はどこから仕入れた？』

『体重という乙女のピンチと引き換えに仲よくなった、国の中央に近いドワーフの人』

レイニーの言葉に、誰のことかすぐにピンとくるレイオット。

『ダヴィド侯と、そこまで親しくなったのか？』

『調査に入った酒場で宴会に巻き込まれて以来、週に二回は飲む間柄？』

『それはまた、随分と気に入られたものだな』

『おかげで、ここのところ肝臓と体重が気になってしょうがない』

『相手はドワーフだからな。悪いが、諦《あきら》めて肝臓を鍛えて減量に励んでくれ』

思わぬ大物を釣り上げていたレイニーに驚きつつも、それゆえにどうしようもないことに関しては内心申しわけなく思いながら冷たくあしらうレイオット。

『さすがに週二回もドワーフに付き合うのはつらい。殿下、ハニーにお酒とダイエットの対策を相談していい？』

『……そうだな。たるんだ体を晒《さら》すのに抵抗がなければ、許可しよう』

『うっ……』

恐らく気にしているであろう点をピンポイントで貫きつつ、とりあえず褒美代わりに許可を出すレイオット。宏達がクレストケイブであれこれやらかしているうちに、レイニーはレイニーでいろいろなものと引き換えにかなり重要なコネを作っていたようだ。

『報告は、それだけか？』

『あとは大したことない。せいぜい、クレストケイブの新型炉で作った魔鉄製品が入荷するようになってきて、鉄製品の値段が落ち着き始めたぐらい』

『なるほど。連中が関わっているから当然といえば当然だが、予想よりかなり早いな』

『遠からず、鉄製品の輸出量も元に戻せるだろう、とはスティレンの鉱業組合の組合長の言葉』

『それは助かるな』

レイニーがもたらしたありがたい情報に、通信具の向こうで顔をほころばせるレイオット。

ダールと違ってファーレーンは、質を気にしなければ需要を賄えるだけの鉄鉱石は取れる。だが、鉄鉱石の質が質だけに、製鉄技術も加工技術もフォーレに比べて数段は落ちるため、ここのところのフォーレの輸出制限は頭の痛い問題だったのだ。

ある程度何でも自前で賄え、食糧供給を背景に割当量の削減幅を大幅に抑えてもらったファーレーンでこれだ。同じく製鉄に関わるあれこれをある程度供給しているダールやローレンはともかく、それ以外の国はかなり頭が痛い状況だっただろう。

何しろ、鉄がらみの技術に関しては、二番手がフォーレと比較して二枚は劣るファーレーンとマルクトなのだ。それ以外の国はさらに技術的には劣るわけで、国によっては致命的な影響を受けていてもおかしくない。

『とりあえず、報告するような内容はこんなところ』

『分かった、ご苦労だったな。追加の予算を送っておいたから、明日にでも大使館に受け取りに行くように』

レイニーの報告を聞き終え、ねぎらいの言葉と業務連絡を告げてレイオットが通信を切り上げる。

一方で、通信が終わって、小さくため息をつくレイニー。

最近は食事の量を大幅に絞っているため、実のところ経費にはかなり余裕がある。余裕はあるのだが、何に必要になるかは分からないので、追加予算は素直に受け取りに行くことにする。

「寝る前に、もう少し運動しよう……」

レイオットに言われるまでもなく、前に比べて体がたるんできている自覚はある。日々鍛え直すためにひたすら運動をしているが、二回で一週間分以上のカロリーを強制的に摂取させられるのだ。澪《みお》ぐらい燃費が悪くない限り、いくら鍛え直してもきりがない。

「明日、本当にハニーに相談しないと……」

はっきり言って、今のたるんだ体を宏に晒すのは嫌だが、それを言って先送りにすると手遅れになりかねない。女としても潜入工作員としても手遅れになる前に、好きな男に赤裸々に全てを晒して相談することを心に決めるレイニーであった。

☆

レイニーが定期報告をしていたのと同じ日の夜。その日の作業を終えた鍛冶場《かじば》では、へとへとになった春菜と付きっきりで指導していた宏、その補佐をしていた澪の三人が、完成品を前に打ち合わせをしていた。

「とりあえず、ラインナップとしてはこんなもんちゃうか？」

「……ん～、多分、こんなもんだと思う……」

完成品を検分していた宏の言葉に、スタミナも魔力も枯渇寸前まで使った春菜が同意する。

彼らの目の前には、長剣十本に大剣八本、槍《やり》が五本、斧《おの》とハンマーが三つと、なかなかの数の武器が並んでいた。全て、春菜の作品である。このうち長剣と大剣のそれぞれ半分ずつはクレストケイブで作ったものに徹底的に手を入れたもので、残りは全て、クレストケイブで作ったものを溶かして新たに作りなおしたものである。

「……作ってるうちによく分からなくなってきたんだけど、性能的にはどんな感じ……？」

「一番出来のいい長剣以外は全部、素の性能はファーレーンで売ってるのよりは大幅にいいけど、ドワーフ製には届かない」

「そっかあ。まあ、そうだよね……」

澪の正確な評価に肩を落としながら、スタミナポーションに手を伸ばす春菜。飲まないと正直、明日の朝までに回復するとは思えない疲労加減なのだ。

「とりあえず、全部ちょっと不良品っぽい偽装かけて、不良品としてはふっかけ気味の値段で並べてみる予定やけど、どない？」

「その偽装をかける理由って、何？」

「現金かき集めすぎんように値段を抑えるんが一つと、偽装を見抜ける目利きがどんぐらい居《お》るかの調査や。因《ちな》みに、春菜さんが作るんに失敗した、ほんまもんの不良品も混ぜる予定やで」

澪の質問に、ある種妥当だと思われる理由と明らかに趣味に走っているであろう理由を告げる宏。その理由を聞いて呆れつつ、特に文句は言わないことにする春菜と澪。

「で、いっちゃん出来のええやつは魔鉄製の最低ラインとええ勝負やし、さらにあれこれ手ぇ入れて本命のネタに使う予定や」

「本命のネタはいいとして、どんな風に改造するつもりなの？」

「素体はもう、必要十分な性能持っとるからな。ここはエンチャントで徹底的にあれこれやったろうかな、って」

「具体的には？」

「防御系のエンチャントでガチガチに固めて、それこそエルの技量でもワイバーンクラスとやりあえるようにしたろうかな、ってな」

明らかに遊ぶ気満々の宏の言葉に、思わず全力で呆れた声を漏らす春菜と澪。

恐ろしいことに、鍛造段階で攻撃力向上のエンチャントがかかっているため、ワイバーンの中でも弱い個体なら必要最低限のダメージが通る程度の威力は出せるのである。

「さて、まずはベヒモスの油使うて全防御能力向上２００％からやな。あとはアリゲーターの尻尾の骨でパッシブバリア発動率七割とガルバレンジアの毒袋で状態異常耐性強化（全）の75％つけたって、仕上げにパリィ強化75％と細かいステータスアップを入れられるだけ入れる感じで……。あ、せやせや。持ち主の力量とかピンチに合わせて解放される隠し機能の類《たぐい》も突っ込んどくか」

「師匠、やりすぎ……」

「何の何の。これぐらい序の口やで」

何の冗談だ、と言いたくなるようなエンチャントを戯言とともに施していく宏に、思わず突っ込みを入れざるを得なかった澪。

無論、そんな突っ込みを宏が聞き入れるわけもない。しかも、いくつか春菜が聞いたこともないエンチャントが混ざっている。パッシブバリアなんて、そんなエンチャントも特殊能力も初耳だ。

隠し機能については、どれもこれも突っ込みどころしかない。

「さて、完成や。ちょっと持ってみ？」

「……なに、このどこの魔王に喧嘩《けんか》を売りに行くつもりなのか、って剣は……」

「名付けてディフェンダーソードや。ドーガのおっちゃんとかが使えば、それだけでバルドでも無力化できるはずや」

明らかに防御面だけ過剰な性能を持つ剣に、恐れと呆れの混ざったコメントしか出てこない春菜。

そんな春菜の様子にドヤ顔を浮かべ、ひたすら物騒な台詞を言い放つ宏。

「不満を言うとしたら、素材が所詮《しょせん》鉄やから、強度が強くて百パーセント発動のパッシブバリアと率の高いパリィ強化がつけられへんかったことやな。さすがに全防御能力向上２００％は、低級素材につけると他のエンチャントの難易度を跳ね上げおるわ」

これで不満なのか、と言いたくなるような宏の言葉に、呆れを通り越してある種の尊敬を覚えてしまう春菜。はっきり言ってこの剣、駆け出しの冒険者でもストーンアントの巣ぐらいは安全に駆除できる武器だ。

「師匠、この剣のパッシブバリアって、出力どの程度？」

「防御力抜けたダメージを威力五千まで吸収、っちゅうところやな。ドーガのおっちゃんとかユーさんの通常攻撃やったら問題ないぐらいやけど、中級スキルやと普通に貫通しおるわ」

「確率も考えると、確かにちょっと微妙」

宏と澪の会話を聞いて、それが微妙なのか～、などと遠い目をする春菜。

実際のところ、ダメージを五千吸収というのは、一定以上のレベルになると攻撃力のインフレが激しい『フェアクロ』では、確かに微妙な数値だ。

だが、その一定以上のレベルというのが二百レベル台後半の達也で片足をひっかけた程度の数値なので、完全に通用しなくなるのはいわゆる廃人の領域になってくるのである。

しかも、通用しなくなってくるといっても、ダメージを軽減する保険という観点では十分すぎる性能を持っているし、宏やドーガのようなすさまじい防御力を持っている人間ならば、剣の他のエンチャントの効果も考えれば五千という数字は過剰と言っていいものである。

第一、この数字で駄目出しされてしまうと、同程度の性能で愛用者が多い中級防御魔法・アブソーブが完全に実用範囲外扱いされてしまう。

「ねえ、宏君……」

「ん？」

「確か、アブソーブの熟練度七十五ぐらいで知力が三百ぐらいだとそのぐらいの防御性能になった記憶があるんだけど、それで微妙なんだ……」

「発動率が所詮七割やからなあ。確実に発動するアブソーブとは微妙に比較しづらいで」

「そこは分かるんだけど、コストなしでクールタイムとか関係なく発動することを考えたら、微妙っていうのはどうなんだろう、って思うんだ」

一応この中では常識人に分類される春菜が、明らかに常識をどこかに置き忘れた宏と澪に突っ込みを入れる。この場に達也と真琴がいたら、間違いなく春菜に同意していたことだろう。

「最近感覚麻痺《まひ》してたけど、やっぱり宏君が作るものは常識からかなりずれたところにあるんだよね……」

「何やひどい言われようやな……」

「レベル一の初心者がストーンアントとかに喧嘩売れるような武器作ってたら、そりゃいろいろ言うよ……」

「さすがにレベル一やと防御力強化は張り子やで」

宏が作るものがあれで何なのはいつものことで、しかも最近は中級から上級にかけての素材で作ったものが多く強くて当然だったためにスルーしていたが、たかが春菜が作り上げた長剣をここまで魔改造してのけた様子を見てしまうと、さすがに宏に常識が通じないことは再認識せざるを得ない。

「春姉《はるねえ》、春姉」

「何？」

「多分製造クリティカルの結果だろうけど、それでもその素体にできるような武器を作れるようになってる時点で、春姉も同類」

「平気であれぐらい作れる澪ちゃんには言われたくない……」

目をそむけていたい種類の事実を澪に突きつけられ、なんとなくがっくりしながら力なく反論する春菜。

結局、この三人はよそから見れば五十歩百歩なのだ。テレスやノーラのようなまだ普通の範囲にいる工房職員ならば、春菜も人のことを決して言えないと力強く断言してくれるであろう。

「それにしても春菜さん、うちら職人プレイヤーの間では割と一般的なエンチャントでも結構知らへんみたいやけど、ゲームん時の普通のエンチャント職人ってどんな感じやったん？」

「ものすごく人気のある人で、中級折り返す前って言ってた。それも、一般に知られてるエンチャントの性能を強化したようなのしかできなかったみたい」

「あ〜。オリジナルのエンチャント製作は、上級入らんとなかなか成功せえへんからなあ。育てるんにしても製造過程でエンチャントしたり、加工手順に応用したりとかやったほうが上がりやすいから、なかなかやろうなあ」

「そういうもんなんだ」

「そういうもんやで。っちゅうか、春菜さんもそろそろ、普通に中級に入りかかっとるしな」

「えっ!?」

宏の指摘に、思わず大きく驚いてしまう春菜。

だが、考えてみれば、今回は精錬の段階からエンチャントを使う練習をしたのだし、錬金術や製薬でも初歩のエンチャントの応用はずっと続けてきている。宏の説明どおりであれば、いい加減中級に入っていてもおかしなことは何一つないのだ。

「まあ、割とおかしなことでもあらへんねんけどな。錬金術とエンチャントとクラフトは他の生産に応用することが多いから、メイキングマスタリー覚える前に中級に上がるケースも珍しないし」

「そうなんだ」

「せやで。澪も、確か錬金術とエンチャントは先に中級上がっとったし」

宏の言葉を聞いて春菜が確認するように澪を見ると、本人がその事実を肯定するように頷く。

「まあ、中級入ったら文献とかから復旧できるエンチャントとか大幅に増えおるし、間ぁ見てそこらへんも教えたげるわ」

「うん」

「さて、露店の準備も整ったことやし、あとは前祝いのあとバタバタしてちゃんとお祝いできんかった、明日の真琴さんの誕生日祝いやな」

「……なんか、前祝いが豪勢だったから、いまいち盛り上がらないよね」

あからさまな話題転換に乗っかりつつ、どうにも問題となってしまっている事柄を提示する春菜。

背に腹は代えられない面があったとはいえ、はからずも豪華な料理と高い酒で誕生日の前祝いを済ませてしまったのだ。本番をあれ以上豪勢にするのもなんとなくいろんな意味でもたれそうで気が引ける。だが祝わないという選択はしたくない。

「そこは本人も言うとったから、今回は諦めて新作の酒と真琴さんが食べたい料理と、それからケーキぐらいでお茶濁すことになるやろうなあ」

「ん〜、申しわけないけど、それでいくしかないかな？」

「一応、ペンと紙とスクリーントーン各種と印刷機は用意してあるけど、使うかどうかは本人次第やしなあ」

「宏君、印刷機までいつの間に……」

何かしら別口で用意をしておくと言っていた宏の、変な方向に気合いの入った品揃《しなぞろ》えに、本格的に呆れた表情を浮かべる春菜。

「あったら同人誌だけやなくて、いろんなことに使えるからな。因みにオフセット印刷可能で、製本まで全自動やで」

「師匠、それ明らかに、技術的に何段階か進化飛ばしてる」

「地底の連中も大差ない性能のやつ持っとるし、ええんちゃう？」

いろいろとオーバースペックな地底の連中を引き合いに出され、反論に困ってしまう澪。

確かに連中の技術は今の地上の技術水準とは隔絶しているが、宏のように模倣すらできないものを作りまくって半ば垂れ流しにするようなことはしていない。

「まあ、何にしてもや。あとは明日の料理、何食べたいか本人に聞いて……」

「ただいま～」

「お。噂をすればなんとやら、やな」

絶妙なタイミングで帰ってきた真琴と達也に、明日のことでどことなく浮き足立った様子を見せる宏達。そんな宏達の様子を知る由もない真琴と達也が、とりあえずみんなが集まっている鍛冶場に顔を出す。

「兄貴、真琴さん、お帰り」

「おう、ただいま」

「ただいま。武器作りは終わったの？　あと、晩ご飯何？」

学生組の顔を見て、挨拶もそこそこに気になっていたことを矢継ぎ早に質問する真琴。

「武器は終わったで。晩ご飯はこれからやけど、春菜さんは何の予定やった？」

「ん～、ゴーヤに似た野菜見つけたから、それとロックボアの肉でゴーヤチャンプルーもどきにしようかなって。あとは形は違うけど冬瓜《とうがん》みたいな瓜《うり》もあったから、それを煮物にする予定。あ、もちろんまだ季節ものの枝豆と、お味噌汁《みそしる》もつけるよ？」

「お～。春菜、愛してる!!」

「ありがとう」

どうやら真琴の今の気分にストライクだったらしい。

オーバーなぐらいに喜ばれ、微妙に苦笑を浮かべる春菜。

「で、真琴さん。明日何食べたい？」

「明日？　ああ、そっか。あんまり気にしなくてもいいけど、強いて言うなら美味《おい》しいおつまみがあるといいかな？　ご飯にも合う種類だと最高ね」

「了解。いろいろ考えるよ。ケーキは？」

「フルーツたっぷりなのも捨てがたいけど、シンプルなのもいいわね」

真琴のリクエストに頷き、これまたいろいろと頭の中で計画を練る。仕入れの方は問題ないので、後はリクエストに合わせて好き放題やればいいだろう。

とりあえずケーキは切り分け用のホールで一つと小さいものを各人に一個ずつ作れば、両方のリクエストに応えられる。皆まだまだ若いし、デザートにケーキ二切れぐらいは余裕で食べられるはずだ。

「とりあえず企画は練ったから、明日はこっちのお酒でよさそうなのも探してくるよ」

「了解。楽しみにしてるわ」

翌日の夕食について簡単な打ち合わせを終えたところで、今日の成果物を披露する春菜。大半は春菜の技量もここまで来た、という証明にすぎないものではあるが、さすがに本命は真琴をして
「どこのボスに喧嘩ふっかけさせるつもりよ……」

と呆れて言わしめざるを得なかったのはここだけの話である。

☆

そして翌日。

「お？　レイニーか？」

「朝早くにごめん。ハニーに相談したいことがある。殿下からの許可は取った。いい？」

春菜に頼まれ、酒の仕入れに同行することになった達也が貸し工房の外に出ると、誰かが出てくるのを待っていたレイニーに遭遇する。一方、頼んだ春菜は、ついでに仕入れるものを決めるために、食料庫を再チェック中だ。

「相談？　どんなことだ？」

「恥ずかしくて言いにくいことだけど、ダイエットのこと」

ダイエット、と言われて思わずまじまじとレイニーの体を観察してしまう達也。

気にする必要があるとは思えないが、確かに以前に比べると少々、全体的に丸くなっている。

もっとも、それ以上にどことなく顔色が悪いことの方が気になるのだが。

「……別に、気にすることはねえと思うんだが……」

「週二回、ドワーフの宴会に付き合うのはきつい……」

「あ〜、なるほどな……」

ドワーフの宴会、という言葉でいろいろと理解する達也。

確かにそれは、ダイエットが必要になりそうだ。今は不断の努力でこの程度に抑えていても、何かがあって運動量を稼げなくなった瞬間に太る。

「ってことは、酒に対する対策も、か？」

「うん。一昨日のお酒、完全に抜けてる気がしなくて……」

「……お前も大変だな……」

「マコトとミオが羨《うらや》ましい……」

澪とは別方向で感情表現が苦手なレイニーが、珍しく誰もが共感し、同情するような表情を浮かべてしみじみと呟《つぶや》く。そろそろ成長期が終わりかかっている少女にとって、ドワーフの宴会はいろんな意味で過酷な環境なのだ。

「達也さん、お待たせ。って、レイニーさん？」

「ハニーに相談したいことがあって。殿下の許可は取った。駄目？」

普段とはちょっと違う、どことなくパワーが感じられないレイニーの様子に、思わず達也の方を見る春菜。

「いろいろ思うところはあるんだろうけどな。今回だけは許してやれ」

「まあ、殿下の許可を取ってあるんだったら、宏君に飛びかかったりしない分にはかまわないんだけど。というか、レイニーさん顔色悪い上に、ちょっと太った？」

春菜に容赦なく問題点を突っ込まれ、全力でどんよりした空気を発散するレイニー。それを見て、地雷を思いっきり踏み抜いたことを自覚する春菜。

春菜がフォローの言葉を口にするより早く、どんよりしたレイニーが口を開く。

「ハルナだって、週に二回以上ドワーフの宴会に付き合わされれば、絶対に太る……」

「あ～……」

レイニーの言葉で全ての事情を察し、全力で同情してしまう春菜。

誰もが納得するあたり、ドワーフの宴会がフォーレ以外の国の年頃の女性にとって、いかに危険なものかがよく分かる。

あれに付き合って平然としたまま、体型も何も影響を受けない真琴や澪は絶対におかしい。二人とも、明らかに胃袋どころか自分の体積よりも大量の酒もしくは料理を口にしているのだから、ウワバミもフードファイターも真っ青だ。

「というか、体の方は大丈夫？」

「そろそろ、お酒が抜けなくなってきた気がする……」

「……宏君に相談しないと、まずそうだよね」

本人が思っているより深刻かもしれないと判断し、さっさと宏に相談することを決める春菜。折り合いがいい相手ではないにしても、死んでほしいと思うほど嫌いな相手ではない。

どうしようもない変態ではあるが、会うたびに少しずつ常識を身につけてきている様子がうかがえることもあり、こういう苦境を見捨てるのは忍びないのだ。

「とりあえず、ちゃんと大人しくすること。宏君に飛びかかったりするなら、相談はなかったことにするからね」

「こんなたるんだ体で、ハニーの前で服を脱げない……」

「たるんだ、ってほどでもないけど、まあ、気持ちは分かるよ……」

いくら見た目に問題がないと分かっていても、好きな男に太った姿を晒すのは乙女心が許さない。

その気持ちは大いに理解できる。

こちらに来る前は、余程見苦しくない限りは気にする必要はない、などと思っていた春菜だが、本気の恋をした今となっては、そんな戯言は到底言えないのである。

無論、過度に絞りすぎてみっともない姿になるのも許せない。恋する乙女にとっての体重管理というのは、ベストの数値を探し当てるための不断の努力の積み重ねなのだ。

「じゃあ、ここで話をしててもしょうがないし、中に入って」

「おじゃまします」

春菜に促され、おずおずと中に入っていくレイニー。どこまでもしおらしい彼女にどうにも調子が狂うものを感じながら、とりあえずさっさと宏に会わせることに。

「あれ？　どないしたん？　って、レイニーか？」

出たばかりのはずの春菜と達也が戻ってきたのを見て怪訝《けげん》な顔をし、その背後に隠れるように立っているレイニーに気がついてとっさに身構える宏。

過去三回の遭遇内容を考えれば、無理もない反応だろう。

「ヒロ、多分今回は大丈夫だ」

「というか、あんまりにも哀れだから、相談に乗ってあげて」

「兄貴と春菜さんがそういうんやったらええけど。っちゅうか、レイニーちょっと体大きなったか？」

「あう……」

達也と春菜に取りなされ、とりあえず警戒を解かずにレイニーを見て気がついたことを確認する宏。

その一言に思わず呻《うめ》き声上げて、地面に両手をついてがっくりしたポーズを取ってしまうレイニー。

「顔色もあんまりようないし、どないしたんよ？」

「あいつの体格で週二回以上ドワーフの宴会に付き合わされれば、こんなもんだろう」

「ああ、なるほどなあ……」

その一言で、レイニーが妙に調子が悪そうな理由と、相談事の内容を把握する宏。

ここまでの全員が、ドワーフの宴会の一言でレイニーの抱えている問題を瞬時に理解するあたり、ドワーフの業というやつがよく分かる。

「体型に関しては前が、むしろよう胸の肉が落ちてへんなあ、っちゅう種類の細さやったから、今ぐらいでもええとは思うんやけど……」

「ハニーは分かってない……」

「分かってない、っちゅうてもなあ……」

宏的には、自分に女心の理解など求められても困る。困るのだが、それを言っても通じないのが人間というものだ。

「工作員としても、そろそろ致命的な状況になりつつある……」

「そんなに動きにくうなっとんの？」

「今がギリギリぐらい。この食生活が続けば、遠からず体が思うように動かせなくなる……」

「なるほどなあ……」

レイニーの深刻な表情に、さすがに体重は気にしなくてもいいんじゃないか、とは言えなくなる宏。恐らく現状でも限界まで体を絞り、それでも徐々に体重が増えてきているのだろうと推測できる以上、なにがしかの対策は必要なのかもしれない。

「まあ、さすがに劇的に体重減らすようなもんはあらへんけど、代謝を上げて食べた分の燃焼を早くする薬と腰回りの脂肪燃焼を促進する類のダイエット食は準備できるで」

「頼んでいい？」

「下手すると命にかかわりそうやからなあ。ただ、ドワーフの宴会で食べた分をチャラにするためのもんやから、恐らく今の状態から体重は減らへんで。あと、ドワーフの宴会に参加せえへんなったら、今度一気に体重落ちかねへんから、一週間か二週間かぐらいで普通の食事に戻さんと命に関わんで」

「うん、分かった」

宏に言われ、素直に頷くレイニー。彼女とて、体重を落としすぎることの愚は十分理解している。今回のような緊急事態でもなければ、ダイエットなど考えもしなかっただろう。

「で、お酒対策の方やけど、まずは今残っとるアルコール抜こうか」

そう言って、万能薬と三級のスタミナポーションをレイニーに渡す宏。

ギリギリのラインではあるが、そろそろ後遺症という形になりかかっていたらしい。三級以上のスタミナポーションでも飲まない限りは、肝機能が回復しなくなりつつあったのだ。まだ完全にその状況に至っていないため三級のスタミナポーションでもいけたが、あと二週間ほど遅かったら二級を使うか長期戦で治療するかのどちらかになっていたところである。

「……なんだか、ものすごく体が軽くなった……」

「肝機能障害が出とったみたいやからな。仕事やからしゃあないっちゅうても、ちょっとばかし無茶しすぎやで」

「分かってるけど、ドワーフ相手にお酒断るのは無理……」

「やろうなあ。っちゅうわけで、アルコールの分解を助ける薬、宴会前に飲むやつと終わったあとに飲むやつ用意しとくわ。ダイエット関連の準備もあるから、また晩ぐらいに来てや」

「了解。ありがとう、ハニー」

この苦境から脱出するためのわずかな光を見つけ、どことなく儚《はかな》い笑顔を浮かべて心底嬉《うれ》しそうに頭を下げるレイニー。この時点で変態的な行動に出ないのは、狂いに狂ったバイオリズムが、肝臓のダメージを取り除いた程度では元に戻らないからだろう。

「あ、そうだ。ちょうどいいから報告」

「ん？　何や？」

「まだ詳細は調査中だけど、ここのエルザ神殿分殿が本殿と連絡が取れなくなった」

「……そらまた、厄介な話やな。そもそも、本殿ってどこにあるんや？」

「大霊峰《だいれいほう》中腹。過去にいろいろあって、基本的に一般人立ち入り禁止。だから本殿の詳細な場所やルートは秘匿されてる」

レイニーの情報に、難しい表情で考え込む宏と春菜、達也の三人。どうにもきな臭い話だ。

「一般人立ち入り禁止、っちゅうことは、何らかのコネで許可もらわなあかん、っちゅうことか」

「とりあえず、本殿そのものに関してはエアリス様に丸投げした。ルートに関しては、入口から中ほどぐらいまでは情報収集して割り出したから、今日これからちょっと調査してくる予定」

「……多分、自分が思うとるより体の状態はようないから、今日はやめといたほうがええ」

「……心配してくれるの？」

「そら、顔見知りに何かあったら寝覚め悪いしな。春菜さんらも、僕に相談持ちかけるん許したんはそういうこっちゃろ？」

宏の言葉に頷く春菜と達也。

さほど縁があるわけでもなければ積極的に仲よくしたい相手でもないが、別段不幸になってほしいわけでもない。故に、あまりに哀れなレイニーの現状は、お人よしぞろいのアズマ工房一行が見てられなくて手を出すには十分だったのである。

「とりあえず、胃腸もちょっと弱っとるやろうから、そこらへんの薬も出しとくわ。ポーションで治ったからいうてすぐに無茶できるわけやないし」

「じゃあ、私はちょっとおかゆ用意してくる」

「薬飲んで春菜さんのおかゆ食べて安静にしとったら、晩には本調子に戻るはずや。今日一日は自分の拠点で大人しいしとき」

「ありがとう……」

宏達の優しさに感じ入るように、うつむきがちになりながらもちょっとかすれた声でお礼の言葉を告げるレイニー。

その様子に青い瞳《ひとみ》を丸くしていた春菜だが、すぐに優しい微笑《ほほえ》みを浮かべて一つ頷くと、何も言わずに台所に消える。

「今日は真琴さんの誕生日パーティで、晩飯が酒のつまみ主体やねん。ちょうどええ機会やから兄貴とか真琴さんとかに、酒の飲み方とか教わったらええわ」

「俺はともかく、真琴のは参考になるのかね？」

「真琴さんは素で海に酒流しこんどるような感じやから、微妙かもなあ」

などといいながらも、とりあえずこの場で渡せる薬を全て用意してレイニーに渡す宏。

胃薬や熱さまし、酔い止めなどは宏達には必要ないものだが、なんだかんだで結構使うことが多いため種類も量もたくさん持っているのだ。

「お粥《かゆ》できた。一応こぼれないようにして腐敗防止の布で包んでおいたから、気をつけて持って帰って、食べる前に布を解いてね」

「本当にありがとう」

嫌われている自覚のある相手からあれこれ優しくしてもらい、何度も何度も礼を言うしかないレイニーなのであった。

☆

その日の夜。完全に復調したレイニーは、なぜか真琴の誕生日祝いの席に参加していた。

そして現在、ベヒモスの角煮や枝豆をはじめとした大量の酒のつまみを前に、上手《うま》く誤魔化しながら適量を食べる方法やドワーフにペースを乱されずに酒を飲む方法を真琴に仕込まれている。

「ドワーフの宴会も、ここまでとは言わないまでも普通ぐらいまで落ち着いてたらいいのに……」

「それは思うよね～」

誰に強要されることでもなく、自分のペースで何もかも適量に抑えられる落ち着いたパーティに、思わずしみじみと呟くレイニーと、その言葉に心の底から同意する春菜。

「あたしはあの豪快な宴会も好きよ？」

「普通に飲み比べでドワーフをノックアウトできるマコトが羨ましい……」

心底羨ましそうに言うレイニーに、思わず心の底から憐《あわ》れんで飲み方指導にも力が入る真琴。そんなこんなで、和やかにパーティは進む。

「久しぶりに、ご飯が美味しい……」

「そっか、よかった。デザートもあるから」

「楽しみ。……この木の芽の揚げ物、美味しい……」

「スティレンの特産品で、この時期に新芽が出るんだって。やっぱり、ウルスでは見かけないものも多いよ」

久しぶりにちゃんと味わって食べられる食事を楽しんでいる様子のレイニーに、ものすごく和んでしまうアズマ工房一同。

状況が状況だけに量はセーブしているが、その分一つ一つをじっくり味わっている。

「で、や。さすがに飯のリクエストと新しい酒だけ、っちゅうんも味気ないから、一応プレゼント用意しといたんよ」

「プレゼント？　何よ？」

「真琴さんは同人誌嗜《たしな》んどったんやろ？　ほな、画材にスクリーントーンに印刷機とか、ものっそいええんちゃう？」

「ちょっ!?」

食事も落ち着いてきたところで、宏がこっそり準備してあったプレゼントを披露する。

「え、あ、なんかすごい嬉しいんだけど……、あたしいろいろあって足洗ったのよね……」

「別に、いっぺん足洗ったからっちゅうて、もっぺんやったらあかん、っちゅうこともないやん」

「洗った理由が理由だから、さ……」

基本的に強気な発言が多い真琴にしては珍しい、実に弱気な態度。それを見た達也が苦笑をしながら割り込む。

「そんだけ薬効いてんだったら、もう同じミスはやらねえだろ？　ここにゃお前さんが腐女子だからって程度で見る目変えるような人間はいねえし、節度守ってれば誰も文句は言わねえよ」

「でもさあ……」

「大丈夫。真琴姉はボクほど手遅れじゃない」

「あんたは自覚があるんだったら、もうちょっと控えなさい」

達也に便乗して真琴をなだめようとし、強烈な反撃を食らって明後日《あさって》の方向を向く澪。恐らくこれぐらい図太ければ引きこもりになることはなかったであろう。

「まあ、そういうわけやから、思う存分性癖解放してぶつけたって」

「そこまで言うんだったらありがたく受け取るけど、あたしがどんなもの描いても文句は受け付けないわよ？」

「昔に何があったかは知らんけど、僕が知っとる真琴さんはそこまで無節操に何でも描き散らす人

やないって信用しとるから」

「そうそう。今のお前さんなら、俺達にちゃんと配慮しながら自分の趣味を追い求めるぐらいはできるって信じてるからな」

「あのね。それって絶対に押すなよ、ってやつと同じ流れなの、分かってる？　さすがに言われてもやる気はないけどさ」

真琴の突っ込みに、明らかに確信犯で行っていたと分かる顔でそっと目をそらす宏と達也。

そんな二人の心遣いに内心で感謝しつつ、謝辞も込めてあえて強気な態度でそう言い放つ真琴。

「分かったわよ。すごいの描いて、あんた達をびっくりさせてやるんだからね！」

「おう。俺達男とかＢＬに興味ない未成年の春菜や澪も読めて、かつ普通に漫画として面白いやつを期待してるぞ」

真琴の言葉に激励とも挑発ともつかない言葉を達也が返し、プレゼントの贈呈式が終了。その後、なんとなく雑談に移ったところで、今度はレイニーが大活躍する。

「武闘大会、今年の個人の部は三つ巴《みつどもえ》らしい」

「ふむふむ」

「組み合わせは明日発表される。優勝候補は……」

折角の誕生日パーティということで、街で集めた情報のうち、雑談のタネになるものを積極的に供給するレイニー。特に武闘大会系の情報は、スティレンに入ってから引きこもり気味だった宏達にはありがたいネタだった。

それだけならよかったのだが……、

「ファーレーンの……伯爵と、ダールの……」

「えっ？　そうなの？」

「あと、最近ファーレーンの地方騎士団の内部で……」

「そこのところ詳しく！」

「あとね……」

「フォー!!　みなぎってきたわ!!」

よせばいいのに誕生日プレゼントとして腐の匂《にお》いが漂う新鮮な情報を大量に投下するレイニー。

これらのネタにより、後に真琴が画材と印刷機をフル稼働させてしまうことになるのはここだけの話である。

MFブックス

フェアリーテイル・クロニクル ~空気読まない異世界ライフ~ 8

発行 2015年8月31日 初版第一刷発行

著者 埴輪星人
発行者 三坂泰二
発行所 株式会社KADOKAWA
〒102-8177 東京都千代田区富士見2-13-3
0570-002-001(カスタマーサポート)
年末年始を除く平日10:00~18:00まで
印刷・製本 株式会社廣済堂

ISBN 978-4-04-067760-6 C0093
©Haniwaseijin 2015
Printed in JAPAN
http://www.kadokawa.co.jp/

※本書の無断複製(コピー、スキャン、デジタル化等)並びに無断複製物の譲渡及び配信は、著作権法上での例外を除き禁じられています。また、本書を代行業者等の第三者に依頼して複製する行為は、たとえ個人や家庭内の利用であっても一切認められておりません。
※定価はカバーに表示してあります。
※乱丁本・落丁本は送料小社負担にてお取り替えいたします。KADOKAWA 読者係までご連絡ください。
(古書店で購入したものについては、お取り替えできません。)
電話:049-259-1100 (9:00~17:00/土日、祝日、年末年始を除く)
〒354-0041 埼玉県入間郡三芳町藤久保550-1

企画 株式会社フロンティアワークス
担当編集 渡辺悠人/佐藤 裕(株式会社フロンティアワークス)
ブックデザイン ragtime
イラスト ricci

本書は小説投稿サイト「小説家になろう」(http://syosetu.com/)初出の作品を加筆の上書籍化したものです。

ファンレター、作品のご感想をお待ちしています

宛先
〒102-0071 東京都千代田区富士見2-13-12
株式会社 KADOKAWA MFブックス編集部気付
「埴輪星人先生」係 「ricci 先生」係

二次元コードまたはURLご利用の上
本書に関するアンケートにご協力ください。

http://mfe.jp/qvr/

●スマートフォンにも対応しております(一部対応していない機種もございます)。
●お答えいただいた方全員に、作者が書き下ろした「こぼれ話」をプレゼント!
●サイトにアクセスする際や、登録・メール送信時にかかる通信費はご負担ください。

原作第6巻&コミックス第1巻
2015年9月発売予定!!

八男って、それはないでしょう!

原作:Y.A　イラスト:藤ちょこ　漫画:楠本弘樹

漫画版『八男』は、Comic《コミック》 Walker《ウォーカー》にて大好評連載中!
(http://comic-walker.com/)
3話まで無料で読めちゃいます!　最新話は毎月19日更新予定!

モバイルアンケートに答えて
著者書き下ろし
「こぼれ話」を読もう！

「こぼれ話」の内容は、
あとがきだったり
ショートストーリーだったり、
タイトルによってさまざまです。
読んでみてのお楽しみ！

よりよい本作りのため、
読者の皆様のご意見を参考にさせて頂きたく、
アンケートを実施しております。
ご協力頂けます場合は、以下の手順でお願いいたします。
アンケートにお答えくださった方全員に、
著者書き下ろしの「こぼれ話」をプレゼントしています。

この二次元コードから
アンケートページへアクセス！

http://mfe.jp/qvr/

このページ、または奥付掲載の二次元コード(またはURL)に
お手持ちの携帯電話でアクセス。

↓

アンケートページが開きます。

↓

最後まで回答して頂いた方全員に、著者書き下ろしの「こぼれ話」をプレゼント。

●スマートフォンに対応しております(一部対応していない機種もございます)。
●サイトにアクセスする際や、登録・メール送信時にかかる通信費はご負担ください。

MFブックス　http://mfbooks.jp/